KB176563

을유세계문학전집 · 41

젊은 의사의 수기 · 모르핀

을유세계문학전집 · 41

젊은 의사의 수기·모르핀

ZAPISKI IUNOGO VRACHA·MORFII

미하일 불가코프 지음 · 이병훈 옮김

을유문화사

옮긴이 이병훈

고려대학교 노어노문학과를 졸업하고, 모스크바 국립대학에서 러시아 문학 석 · 박사 학위를 받았으며, 현재 아주대학교 기초교육대학 강의 교수로 재직 중이다. 아주대학교 의대에서 '문학과 의학'을 강의하고 있기도 하다. 저서로는 『모스끄바가 사랑한 예술가들』, 『백야의 뻬쩨르부르그에서』 등이 있고, 옮긴 책으로 벨린스키 비평 선집 『전형성, 파토스, 현실성』(공역) 등이 있다.

을유세계문학전집 41
젊은 의사의 수기·모르핀

발행일·2011년 3월 5일 초판 1쇄 | 2022년 12월 30일 초판 3쇄
지은이·미하일 불가코프 | 옮긴이·이병훈
펴낸이·정무영, 정상준 | 펴낸곳·(주)을유문화사
창립일·1945년 12월 1일 | 주소·서울시 마포구 서교동 469-48
전화·02-733-8153 | FAX ·02-732-9154 | 홈페이지·www.eulyoo.co.kr
ISBN 978-89-324-0371-7 04890 978-89-324-0330-4(세트)

• 값은 뒤표지에 표시되어 있습니다.
• 옮긴이와의 협의하에 인지를 붙이지 않습니다.

차례

젊은 의사의 수기

수탉을 수놓은 수건

말을 타고 황량한 시골 길을 다녀 보지 않은 사람에게 그 길에 대해 이야기하는 것은 소용없는 짓이다. 그는 어떤 경우에도 이해하지 못할 것이다. 그 길을 다녀 본 사람이면 누구든 이런 경험을 떠올리려 하지 않을 것이다.

용건만 말하자면 나는 마부와 함께 외딴 지방 도시 그라체프카에서 무린스키 병원까지 40베르스타*를 하루 종일 마차를 타고 달렸다. 그런데 흥미로운 것은 우리가 1917년 9월 16일 낮 2시에 이 멋진 도시, 그라체프카의 경계에 위치한 마지막 가게에 있었는데, 1917년, 잊을 수 없는 그해 9월 17일 2시 5분에는 내가 무린스키 병원 마당에 서 있었다는 점이다. 병원 마당의 잔디는 9월에 내린 가을비로 다 쓰러져 죽어 가고 있었다. 나는 다리가 뻣뻣하게 굳은 상태에서 사람이 앓는 질병 중에 근육이 뼈처럼 굳는 병이 실제로 있는 것인지 아니면 그것을 어젯밤 그라빌로브카 마을에서 꾸었던 꿈속에서 본 것인지 어렴풋이 생각하면서 의학 책 이곳저곳을 훑어보며 병원 마당에 서 있었다. 이 망할 놈의 병을 라틴어로 뭐라고 했더라? 치통을 떠올릴 만큼 온몸의 근육이 참을 수 없을 정도로 아팠다. 발가락은 말할 것도 없었다. 발가락은 장화 속에 얌전히 누워 움직이지도 않았다. 발가락은 목발처럼 되어 버렸다. 너무 지친 나머지 나는 5년 전 대학 총장한테 제출한 의과 대학 지원서를 저주하기도 했다. 이때 체를 치듯이 하늘에서 빗방울이 흩뿌리기 시작했다. 내 외투는 마치 스펀지처럼 부풀어 올랐다. 오른손가락으로 트렁크 손잡이를 잡으려 했지만 손가락이 말을 듣지 않았다. 나는 젖은 잔디에 침을 뱉었다. 이제 손가락으로 아무것도 잡을 수가 없었다. 나는 다시 흥미로운 의학 서적 안에 있는 모든 지식을 총동원해서 그 병의 이름을 떠올리려고 애썼다. '중풍!'

필사적으로 생각한 끝에 나는 영문도 모르고 라틴어로 '파랄리시스' 라고 중얼거렸다.

"다 당신은, 이 시 시 골 길에 더 익숙해져야겠어요." 나는 새파랗게 변해 무감각해진 입술로 겨우 말했다.

사실 그는 이번 여정에 아무 죄가 없음에도 불구하고, 나는 그때 무슨 이유 때문인지 마부를 매섭게 노려보기까지 했다.

"에이…… 의사 선생님, 내 15년 동안 이 길을 다니고 있지만, 환히 꿰고 있지는 못해요." 마부는 누르스름한 콧수염 밑 입술을 겨우 움직이며 대꾸했다.

나는 몸을 떨면서 칠이 벗겨진 2층짜리 흰색 건물과 의사보(補)가 거처하고 있는 작은 집의 바래지 않은 통나무 벽 그리고 내가 머무를 관저, 음침하고 이상야릇한 창문들이 달린 매우 말쑥해 보이는 이층집을 우울한 눈빛으로 둘러보고는 길게 한숨을 내쉬었다. 이때 내 머릿속에는 라틴어 대신 마차의 진동과 추위 때문에 몽롱해진 상태에서 목청껏 불렀던 달콤한 노래 구절이 아른거리며 떠올랐다.

'안녕, 거룩한 안식처여…….'

안녕, 영원히 안녕, 금빛 찬란한 볼쇼이 극장이여, 모스크바여, 쇼윈도여…… 아! 안녕히.

'다음에는 모피 외투를 입어야지.' 극도의 절망감에 빠진 나는 이렇게 생각하고 뻣뻣해진 손으로 트렁크의 가죽끈을 잡아당겼다. '나는…… 다음 달은 이미 10월이지만…… 모피 외투를 두 개 껴입어야지. 그러나 한 달이 지나기 전에는 그라체프카에 돌아가지 못하게 될지도 몰라. 생각해 봐…… 여기까지 오는 데도 중간에 하룻밤을 묵었잖아! 칠흑 같은 어둠 속에서 20베르스타나 달려왔어. 밤에…… 그라빌로브카 마을에 도착해서 하룻밤을 묵었지. 그 선생 댁에서……. 그리고 오늘 아침 7시에 출발했어. 바로 그렇게 달렸는데…… 이거 큰일이군, 걷는 것보다 더 느리니……. 한쪽 바퀴가 수렁에 푹 빠지면, 반대쪽 바퀴는 공중으로 뜨고, 그러면 트렁크가 다리에 '쾅' 부딪히고…… 다음에는 옆구리, 또 다음에는 다른 곳에 부딪힌다. 이번에는 몸이 앞으로 쏠렸다가 뒤로 쏠리고…… 하늘에서는 이슬비가 내리고, 뼛속까지 시려 온다. 음울하게 찌푸린 9월 중순에 엄동설한처럼 사람이 들판에서 동사(凍死)할 수 있다는 사실을 과연 믿어야 하는가? 아니야, 어쩌면 가능할지도 몰라. 그리고 서서히 죽어 가는 동안 똑같은 풍경만 보게 될 거야. 오른쪽은 경사진 앙상한 들판, 왼쪽은 메마른 작은 숲. 그 주위에 회색으로 빛바랜 농가 대여섯 채. 그 농가에는 아무도 살지 않는 것 같다. 그리고 적막, 주위에 적막이…….'

결국 트렁크가 쓰러졌다. 마부는 트렁크를 배로 받아 내게 곧장 밀어 주었다. 나는 트렁크의 끈을 잡으려 했지만 손이 말을 듣지 않았다. 비에 젖어 부풀어 오르고 이제 귀찮아진, 게다가 책들과 온갖 잡동사니가 들어 있는 동반자는 내 다리에 세게 부딪히고는 바로 풀밭에 빠져 버렸다.

"오, 맙소사!" 마부가 깜짝 놀랐지만, 나는 한마디 불평도 하지 않았다. 내 다리는 절단을 해도 아무 감각도 못 느낄 정도였다.

"어이! 저기 누구 없어요?" 마부가 수탉이 날갯짓하듯 손짓을 하며 소리쳤다. "어이, 의사 양반을 부축해 줘요!"

이때 의사보가 사는 집의 어두침침한 유리 창문에 희미한 사람 그림자가 어른거리더니 이내 문이 쾅 하고 열렸다. 다 해진 외투에 장화를 신은 사람이 잔디밭을 가로질러 절룩거리며 걸어왔다. 그는 정중하고 재빨리 모자를 벗고는 두어 걸음 내게로 다가서서 왠지 수줍은 듯 빙그레 웃으면서 쉰 목소리로 인사를 했다.

"안녕하십니까, 의사 선생님."

"당신은 누구지요?" 내가 물었다.

"예고리치라고 합니다." 그가 자기소개를 했다. "이곳 수위지요. 우리는 선생님을 기다리고 있었습니다."

그러고는 트렁크를 잡더니 어깨에 둘러메고 날랐다. 나는 다리를 절뚝거리며 그 뒤를 따라갔다. 돈지갑을 꺼내기 위해 바지 주머니에 손을 집어넣으려 했지만 헛수고였다.

사실 이런 상황에서 사람에게 필요한 것은 거의 없다. 무엇보다도 불이 가장 필요하다. 시골 벽촌인 무린스키로 떠나기 전, 모스크바에서 나는 위엄 있게 처신하리라 맹세했던 일이 생각났다. 하지만 나의 앳된 모습은 처음부터 내 발목을 잡았다. 모든 사람에게 내 소개를 해야 했다.

"저는 의사입니다."

그러면 그들은 모두 눈썹을 치켜뜨며 놀라서 되물었다.

"정말이에요? 전 아직 학생인 줄 알았어요."

"아닙니다. 전 이미 졸업했습니다." 나는 얼굴을 찌푸리며 대답하고는 이렇게 생각했다. '안경을 걸치는 게 좋겠어.' 하지만 내 눈은 너무 좋아서 안경을 쓸 수 없었다. 시력은 세파에 시달리면서도 아직 침침해지지 않았다. 안경의 도움으로 항상 관대하고 부드러운 미소를 피할 수 있는 가능성을 상실한 나는 존경심을 불러일으키는 독특한 습관을 기르려고 노력했다. 말을 할 때에도 규칙적이고 무게 있게 하려고 했으며, 가능한 한 서두르는 행동을 자제하였고, 대학을 갓 졸업한 스물세 살의 청년처럼 뛰지 않고 천천히 걸어 다녔다. 오랜 세월이 지난 지금 생각해 보니 그때 내가 한 모든 행동이 매우 어리석었다는 판단이 든다.

그때 나는 자신의 관습적인 행동을 무시했다. 나는 사무실이 아닌 부엌 한구석에 다리를 꼬며 쪼그리고 앉아 마치 조로아스터 교도라도 된 것처럼 아궁이 속에서 활활 타는 자작나무 장작을 열심히 뒤적이고 있었다. 왼손 옆에는 거꾸로 뒤집힌 채 엎어진 작은 나무통이 하나 있었고, 그 위에 내 구두가 놓여 있었다. 바로 옆에는 목이 잘리고 털이 다 뽑힌 수탉 한 마리가 쓰러져 있었다. 수탉 옆에는 갖가지 색깔의 깃털이 한 무더기 쌓여 있었다. 문제는 긴장된 상태에서 삶이 나에게 요구하는 일련의 행동들을 수행했다는 데 있었다. 예고리치의 아내인, 코가 긴 아크시냐가 내 요리사가 되었다. 그래서 그녀의 손에 수탉 한 마리가 죽어 나갔다. 그 수탉은 내가 먹을 식사였다. 나는 병원의 모든 식구들과 인사했다. 의사보는 데미얀 루키치고, 두 명의 조산부는 펠라게야 이바노브나와 안나 니콜라예브나다. 나는 병원을 둘러보고 각종 의료 기구들이 다 갖추어져 있다는 사실을 확인했다. 나는 (물론, 마음속으로) 한 번도 사용하지 않은 듯 번쩍이는 의료 기구들이 내게는 기능조차 생소한 것들이라는 사실을 솔직히 인정하지 않을 수 없었다. 나는 그것들을 손에 잡아 보지도 못했을 뿐만 아니라 심지어 본 적도 없다는 사실을 솔직히 인정한다.

"음…… 병원에 좋은 의료 기구들이 많군요. 음……." 나는 매우 의미심장하게 중얼거렸다.

"네, 이것들은 모두 전에 계시던 의사 레오폴드 레오폴도비치께서 열심히 장만하신 거지요. 그는 아침부터 저녁까지 수술을 하시곤 하셨지요." 데미얀 루키치가 기분이 좋아서 설명을 늘어놓았다.

거기서 나는 식은땀을 흘리며 거울이 달린 빛나는 벽장들을 바라보았다.

다음에 우리는 텅 빈 병실을 둘러보았다. 나는 병실에 40명은 충분히 수용할 수 있을 거라고 생각했다.

"레오폴드 레오폴도비치는 이따금 50명까지도 입원시키곤 했지요." 데미얀 루키치가 나를 위로하듯 말했다. 백발이 다 된 머리를 왕관처럼 틀어 올린 안나 니콜라예브나가 말한다.

"의사 선생님! 너무 어려 보이시네요…… 정말 그래요. 마치 학생 같아요."

'휴, 젠장! 마치 약속이라도 한 것 같군. 틀림없어!' 나는 이렇게 생각했다.

그러고는 매정하게 입안에서 우물우물 말했다.

"흠…… 아니요, 나는, 그러니까 나는…… 그렇죠, 어려 보이지요."

그다음에 우리는 아래층 약국으로 내려갔다. 그리고 나는 곧 그곳에 없는 약이 없다는 것을 알았다. 어두침침한 두 개의 방에서 약초 냄새가 코를 찔렀다. 선반에는 필요한 모든 것이 있었다. 심지어 유명한 외제 약들도 있었다. 물론 이런 약들에 대해 나는 전혀 들어 보지도 못했다는 사실을 덧붙인다.

"레오폴드 레오폴도비치께서 주문하셨지요." 펠라게야 이바노브나가 자랑스럽게 말했다.

'레오폴드라는 의사는 아주 대단한 사람이었군.' 나는 이렇게 생각하며, 이 한적한 시골을 떠난 신비스러운 인물, 레오폴드에 대해 존경심을 갖게 되었다.

이런 상황에 처한 인간에겐 불 이외에도 우선 환경에 적응하는 것이 필요하다. 수탉은 이미 오래전에 먹어 치웠다. 예고리치는 나를 위해 건초를 가득 채웠다. 그리고 그 위에 시트를 덮고 내 방에 램프를 켰다. 나는 앉아서 넋을 잃은 채 전설적인 레오폴드의 세 번째 업적인, 책이 가득 꽂혀 있는 책장을 바라보았다. 러시아어와 독일어로 된 외과학 입문서가 어림잡아 30권은 넘는 것 같았다. 그리고 내과학 서적과 절묘한 피부 도해서들도 있었다!

이윽고 저녁이 되었다. 나는 주위에 조금 더 익숙해졌다.

'나는 아직 죄를 지은 적은 없어.' 나는 끊임없이 고통스럽게 이런 생각을 했다. '나는 학위가 있어. 그리고 열다섯 번이나 우등 점수를 받았어. 나는 보조 의사라도 좋으니 큰 도시로 가고 싶다고 했었지. 하지만 거절당했어. 그들은 웃으면서 말했지. 적응하라고. 당신은 익숙해질 거라고. 탈장 환자가 와도? 설명해 보세요, 내가 어떻게 탈장 환자에 익숙해진다는 말입니까? 더구나 내 손길이 닿는 곳마다 탈장 환자가 느낄 고통은 얼마나 대단하겠는가? 아마도 그 환자는 저세상에 익숙해지겠지(여기서 나는 등골이 오싹해졌다)…….

그리고 곪아 터진 맹장염은? 아! 더구나 디프테리아에 걸린 시골 아이들은? 기관 절개 수술은 언제 하지? 기관 절개 수술 말고도 어려운 일들이 닥칠 것이다. 그리고…… 그리고 분만은! 분만을 잊고 있었네! 비정상적인 태아의 위치. 그럼 나는 어떻게 해야 하나? 네? 정말 나는 생각이 모자라는 사람이야! 이런 시골 벽지는 처음부터 거절했어야 됐어. 암, 그랬어야 하는 건데. 이런 곳에는 레오폴드 같은 사람이 어울리지.'

나는 우울하고 의기소침해져서 방 안을 서성거렸다. 내가 램프 불 옆에 섰을 때, 창 너머 칠흑같이 어두운 들판 속에 램프 불과 나란히 나의 창백한 얼굴 모습이 비쳤다.

'꼭 참칭자(僭稱者) 드미트리*와 흡사하군.' 나는 갑자기 엉뚱한 생각을 하고 나서는 다시 책상 앞에 다가앉았다.

나는 두 시간가량을 홀로 자책했다. 그리고 자신을 너무 학대한 나머지 나중에는 신경이 무뎌져서 공포감조차 느낄 수 없었다. 그때 나는 마음이 안정되기 시작했고, 심지어 몇 가지 계획을 세우기까지 했다.

그래…… 사람들은 지금 환자 진료가 아무것도 아니라고 말한다. 농촌에서 아마(亞麻)를 다듬고 길이 나쁜 계절에는……. 이때 내 머릿속에서 험한 목소리가 들렸다. '바로 그때 사람들이 탈장 환자를 운반해 올 겁니다. 왜냐하면 코감기(중병이 아닌)에 걸린 사람도 그 길을 따라 오지 않기 때문이지요. 진정하세요, 존경하는 의사 선생님, 탈장 환자를 데리고 올 겁니다.'

꽤 영리한 목소리가 아닌가? 나는 몸을 떨었다.

'아무 소리 마!' 나는 목소리에게 말했다. '뭐 탈장 환자뿐만이겠어! 신경과민이야. 이미 내친걸음인데 무슨 엄살이야.'

'그래, 내친걸음이라고.' 그 목소리가 독살스럽게 대꾸했다.

그래…… 지침서를 항상 곁에 끼고 있어야지. 만일 무슨 처방을 해야 할지 떠오르지 않으면 손을 씻는 동안 생각해 보고…… 지침서는 환자 진찰 기록부 바로 위에 펼쳐 놓을 수 있을 거야. 유익하고 어렵지 않은 처방전 정도는 쓸 수 있을 거야. 가령 실리실

산나트륨데오브로민 0.5그램을 하루에 세 번 가루약으로 복용…… .

'소다를 쓴다고!' 아주 조롱 섞인 목소리로 내면의 말 상대가 대꾸했다.

소다가 어때서? 난 구토제도 주문할 거야. 팅크*도…… 180그램 혹은 200그램. 부탁해요.

여기서 어느 누구도 램프 옆에서 고독에 빠져 있는 나에게 구토제를 요구하지 않았음에도 불구하고 나는 처방전 지침서를 무기력하게 뒤적이며 구토제를 조사했다. 그리고 내친김에 이 세상에 '인시핀(insipin)'이라는 약이 존재한다는 사실을 자동적으로 읽어 내려갔다. 인시핀은 다름 아닌 '키니네산 에테르 유산염'이다. 그런데 키니네*는 맛이 없군! 그러면 무엇에 쓰이는 것이지? 그리고 언제 처방하는 것일까? 가루약으로? 제기랄!

'인시핀은 인시핀이고, 그런데 탈장 환자는 어떻게 하지?' 목소리는 계속 겁을 주었다.

'목욕통에 앉히고.' 나는 화를 내며 대답했다. '목욕통 안에서 제자리로 돌려놔야지.'

'이 양반아, 수축되었단 말이야! 그런데 목욕통에서 어떻게, 기가 막혀서! 수축된 것을 잘라 내야 해.' 악마의 목소리는 두려움을 불러일으켰다.

여기서 나는 완전히 항복했고 거의 울 뻔했다. 그러고는 창 너머 어둠 속에서 간절히 기도했다. 어떤 환자라도 좋으니 제발 수축된 탈장 환자만은…… .

나는 녹초가 되었다.

'잠이나 자게, 불쌍한 의사 양반! 자고 나면 아침에 알게 될 거야. 애송이 신경 쇠약자여, 편히 쉬게. 보시오! 창밖의 어둠은 고요하고, 차가운 들판도 이미 잠들었어. 어디에도 탈장 환자는 없지. 그리고 아침이면 알게 될 거야. 적응해야 돼. 잠이나 자라고…… 도해서(圖解書)는 던져 버려. 지금 수캐를 봐도 이해 못하기는 매한가지야. 탈장 고리*는…….'

그가 어떻게 들어왔는지 나는 상상할 수조차 없었다. 다만 기억나는 것은 문에서 빗장 소리가 울리더니 아크시냐가 뭔가 우는 소리를 냈다는 것이다. 그리고 창밖에서 짐마차가 삐걱거리는 소리가 들렸다.

그는 모자도 안 쓰고 털가죽으로 된 반코트를 풀어 헤친 채, 엉긴 턱수염을 하고는 제정신이 아니었다.

그는 성호를 긋자마자, 무릎을 꿇고 마룻바닥에 이마를 댔다.

'난 이제 끝장이구나.' 우울한 생각이 치밀었다.

"무슨 일이에요, 왜 그래요!" 나는 이렇게 중얼거리며 그의 회색 소매를 잡아당겼다.

그가 울상을 하고는 목멘 소리로 숨을 헐떡거리며 떠듬떠듬 말하기 시작했다.

"의사 선생님 나리…… 하나밖에 없는, 하나밖에 없는…… 하나밖에 없는!" 그가 갑자기 우렁찬 목소리로 고함치는 바람에 램프 갓이 흔들리기까지 했다. "아, 선생님, 맙소사! 아……." 그는 슬픔에 복받쳐 두 손을 구부리며 마치 마루청을 부수려는 듯 다시 이마를 바닥에 세게 부딪혔다. “무엇 때문입니까? 무슨 천벌입니까? ……무엇 때문에 노하셨습니까?”

“뭐라고요? 무슨 일이에요?” 나는 얼굴이 오싹해지는 것을 느끼면서 소리쳤다.

그는 벌떡 일어나더니 내게 달려들어 속삭였다.

“의사 나리…… 무엇을 원하세요. 돈은 얼마든지 드리겠습니다. 돈은 원하시는 대로 다 드리지요. 원하시는 대로……. 식료품도 얼마든지 보내 드리지요. 단, 죽지만 않게 해 주신다면…… 단, 죽지만 않도록 해 주신다면…… 불구자가 돼도 좋아요. 좋다고요!” 그는 천장을 향하여 소리쳤다. “충분해요. 충분히 먹여 살릴 수 있다고요.”

아크시냐의 창백한 얼굴이 시커먼 사각문 너머로 보였다. 슬픔이 내 가슴을 휘감았다.

“뭐라고? ……뭐라고요? 말씀해 보세요!” 나는 고통스럽게 소리쳤다.

그는 잠잠해지더니, 마치 비밀을 털어놓듯 내게 속삭였다. 그의 눈에는 이미 초점이 없었다.

“삼을 다듬는 기계 위로 떨어졌어요.”

“삼을 다듬는 기계…… 삼을 다듬는 기계라고요?” 나는 되물었다. “그게 뭡니까?”

“아마, 아마를 다듬는…… 의사 선생님, 삼을 다듬는 기계는…… 아마를 다듬는…….” 아크시냐가 낮은 소리로 설명했다.

'드디어 시작이군. 올 것이 왔어. 오, 내가 여기까지 왜 왔는가!' 나는 두려움에 가득 차서 생각했다.

"누가요?"

"제 딸이오." 그는 속삭이듯 대답하더니, 다시 큰 소리로 외쳤다. "도와주십시오!" 그가 갑자기 달려드는 바람에 단발머리가 사내의 두 눈을 가렸다.

* * *

두 개의 뿔이 달린 양철 갓을 씌운 램프 불이 활활 타고 있었다. 세탁 향이 나는 하얀 방수포가 깔린 수술대 위에 누워 있는 그녀를 본 순간, 탈장에 관한 생각이 싹 달아났다.

불그스레한 머리카락이 말라 엉겨 붙은 채 수술대 밑으로 늘어져 있었다. 땋은 머리채는 굉장히 길어서 그 끝이 마룻바닥에 닿을 정도였다.

사라사로 된 치마는 찢어져 있었고, 치마에 피가 얼룩져 갈색 반점과 지방질의 새빨간 얼룩 등 다양한 빛깔을 띠었다. 램프 불이 누렇고 선명한 빛을 비췄다. 그녀의 종이같이 하얀 얼굴에 뾰족한 콧날이 드러났다.

마치 깁스를 한 것처럼 움직임이 없는 그녀의 하얀 얼굴에서 실제로 보기 드문 진귀한 아름다움이 서서히 꺼져 가고 있었다. 이렇게 아름다운 얼굴은 정말 본 적이 없었다!

수술실에는 10초 정도 적막이 흘렀지만 닫힌 문밖에서는 누군가의 알아들을 수 없는 고함 소리와 연거푸 머리를 마루청에 부딪히는 소리가 들렸다.

'남자가 정신이 나가 간호조무사들이 안정을 시키고 있는 모양이지.' 나는 이렇게 생각했다. '어째서 이런 미인이? 남자도 이목구비가 또렷하지만…… 분명 엄마가 미인이었을 거야. 그럼 그는 홀아비인가…….'

"그가 홀아비일까?" 나는 자신도 모르게 속삭였다.

"홀아비예요." 펠라게야 이바노브나가 조용히 대답했다.

그때 데미얀 루키치가 악당처럼 신속한 동작으로 치마를 끝에서 위로 확 찢어서 그녀를 금방 벌거숭이로 만들었다. 나는 예상하지 못한 모습을 보았다. 실제로 왼쪽 다리가 없었다. 잘려 나간 무릎부터 피 묻은 천 조각과 으깨진 붉은 근육들이 붙어 있었고, 부서진 하얀 뼈들이 날카롭게 사방으로 돌출되어 있었다. 오른쪽 다리는 종아리 부분이 완전히 골절되어 뼈 양 끝이 살을 뚫고 밖으로 튕겨 나와 있었다. 그 결과, 오른쪽 다리의 발뒤꿈치는 핏기도 없이 완전히 분리된 것처럼 옆으로 방향이 틀어진 채 놓여 있었다.

"허." 의사보가 조용히 중얼거리더니 더는 아무 말도 하지 않았다.

거기서 나는 정신을 차리고 그녀의 맥을 짚어 보았다. 차디찬 손에 맥박은 멎어 있었다. 몇 초 후에 나는 약하게 뛰는 맥을 겨우 감지할 수 있었다. 맥박이 지나가고…… 그러고는 멈추었다. 순간 나는 파랗게 변한 그녀의 콧등과 창백한 입술을 볼 수 있었다. 그녀가 죽었다고 말하고 싶었지만 다행히 나는 참고 있었다. 다시 실오라기 같은 맥박이 뛰었다.

'갈기갈기 찢긴 사람이 여기 이렇게 죽어 가고 있는데, 너는 지금 아무것도 할 수 없단 말인가.' 나는 이런 생각을 했다.

하지만 나는 갑자기 낯선 목소리로 준엄하게 말했다.

"캠퍼 주사!*"

이때 안나 니콜라예브나가 내 귀에 대고 속삭였다.

"무얼 하시려고요, 의사 선생님? 괴로워하지 마세요. 무엇 때문에 두 번 죽이려고 하세요? 지금 죽어 가고 있어요…… 구할 수 없단 말이에요."

나는 매섭게 그녀를 노려보면서 말했다.

"캠퍼 주사를 준비하세요."

무안해서 얼굴이 잔뜩 부은 안나 니콜라예브나가 곧장 책장 쪽으로 달려가며 앰풀*을 땄다.

의사보 또한 캠퍼 주사에 동의하지 않는 것 같았다. 그가 능숙하고 신속하게 주사를 놓았음에도 불구하고 어깨 부분의 피부 밑에서 노란 주사약이 흘러나왔다.

'죽어라, 빨리 죽어라.' 나는 생각했다. '죽어라. 내가 너를 어떻게 치료할 것인가?'

"지금 죽어 가고 있어요." 마치 내 속마음을 알아차리기라도 한 듯 의사보가 중얼거렸다. 그는 시트를 힐끗 쳐다보았는데 시트가 피로 물드는 것을 안타깝게 여기는 것 같았다. 그러나 몇 초 후 시트로 그녀를 덮어야 했다. 그녀는 시체처럼 누워 있었지만 아직 죽지는 않았다. 그 옛날 해부학 실습실의 유리 천장 아래에서처럼 내 머릿속이 갑자기 밝아졌다.

"캠퍼 주사 한 번 더!" 나는 쉰 목소리로 말했다.

의사보가 다시 고분고분 주사를 놓았다.

'정말 죽지 않을까?' 나는 절망적으로 생각했다. '정말 죽어야 하는데…….'

어떤 지침서에도 의지하지 않고, 어떤 충고나 도움도 없이 지금 당장 생애 처음으로, 다 죽어 가는 사람을 절단해야만 한다는 생각이 갑자기 내 머리를 환하게 스쳤다. 내가 생각한 신념은 확고부동했다. 이 여자는 내 메스 아래서 죽을 것이다. 아! 메스 아래서 죽을 것이다. 정말 그녀는 피가 절대적으로 부족하다! 10베르스타나 떨어진 곳에서 오는 동안 절단된 다리를 통해 피가 모두 밖으로 흘러나왔다. 그리고 지금 그녀가 무언가를 느끼거나 듣고 있는지조차 분명치 않다. 그녀는 묵묵부답이었다. 아! 왜 그녀는 죽지 않는 것일까? 반미치광이가 된 그녀의 아버지는 내게 무슨 말을 할까?

"절단 준비하세요." 나는 의사보에게 낯선 목소리로 말했다.

조산부가 깜짝 놀라 나를 쳐다보았지만 의사보의 눈에는 동정의 빛이 어른거렸다. 그리고 수술 도구들을 놓고 허둥대기 시작했다. 그가 석유난로에 불을 붙였다.

15분가량 흘렀다. 나는 두려움에 가득 차서 그녀의 차디찬 눈꺼풀을 올려 다 꺼져 가는 눈동자를 들여다보았다. 나는 이해할 수 없었다. 어떻게 이런 반송장이 살 수 있는가? 땀방울이 하얀 의사모 밑의 이마를 타고 흘러내렸다. 펠라게야 이바노브나가 가제로 소금기 섞인 땀을 닦아 주었다. 처녀의 혈관에 남아 있는 핏속에는 지금 카페인이 돌고 있다. 카페인을 더 주사해야 되나 말아야 되나? 안나 니콜라예브나는 넓적다리를 조금씩 만지면서 생리학적 용액 때문에 부풀어 오른 볼록한 부분을 어루만졌다. 처녀는 살아 있었다.

나는 누군가를 흉내 내려고 애쓰면서 메스를 잡았다. (나는 의과 대학에서 절단하는 것을 한 번 본 적이 있다.) 나는 앞으로 30분만이라도 그녀가 죽지 않게 해 달라고 간청했다. '내가 수술을 끝내고 입원실로 옮긴 다음에 죽게 해 주십시오.'

특수한 상황에 처한 나는 오직 상식대로만 작업했다. 노련한 푸줏간 주인처럼 날카로운 메스로 능숙하게 그녀의 넓적다리를 원형으로 잘라 냈다. 피부는 피 한 방울 나오지 않으면서 갈라졌다. '혈관에서 피가 쏟아지면 어쩌지?' 나는 이런 생각을 하면서 마치 늑대처럼 혈관 폐쇄 핀셋 더미를 곁눈질했다. 나는 여자의 커다란 살덩이 한 조각과 혈관 하나를 잘라 냈다. 그 혈관은 하얀빛을 띤 조그만 나팔관 모양을 하고 있었다. 그러나 거기서도 피 한 방울 나오지 않았다. 나는 혈관을 핀셋으로 꽂아 멀리 옮겨 놓았다. 혈관이 있을 만한 곳에는 모두 혈관 폐쇄 핀셋을 꽂아 놓았다. '동맥…… 동맥…… 제기랄, 동맥은 어떻게 해야지?' 수술실은 마치 대학 부속 병원 같았다. 혈관 폐쇄 핀셋들이 송이송이 매달렸다. 가제로 핀셋 무더기를 살덩어리와 함께 위로 잡아당겼다. 그리고 나는 작고 번쩍거리는 톱으로 그녀의 둥근 뼈를 자르기 시작했다.

'이제서 죽지 않는 것일까? 놀랍군…… 아! 정말 불사신 같은 여자야!'

마침내 뼈가 떨어져 나갔다. 데미얀 루키치가 처녀의 한쪽 다리를 손에 들고 있었다. 몸에 난 털, 살덩어리, 뼈! 이 모든 것을 옆으로 치웠고, 수술대 위엔 잘린 다리 쪽으로 기울어 마치 3분의 1로 줄어든 것 같은 처녀만 남아 있었다. '조금, 조금만 더…… 죽지 마라.' 나는 흥분해서 이렇게 생각했다. '입원실까지만 참아 다오. 그래서 내 생의 이 끔찍한 사건으로부터 무사히 빠져나갈 수 있게 해 다오.'

그런 다음 혈관들을 잡아매고 나서 나는 다리를 부들부들 떨며 피부를 듬성듬성 꿰매기 시작했다. 하지만 갑자기 멈추었다. 문득 생각이 났다. 배수(排水)를 잊고 있었다. 가제로 된 솜방망이를 집어넣었다. 땀이 눈앞을 가렸다. 마치 내가 목욕탕 안에 있는 것 같았다.

후! 하고 크게 숨을 내쉬었다. 나는 불구가 된 다리와 밀랍처럼 창백한 얼굴을 힘겹게 바라보면서 물었다.

"살아날까?"

"살 수 있을지……." 소리 없는 메아리처럼 의사보와 안나 니콜라예브나가 바로 대답했다.

"잠시 동안은 살아 있을 거예요." 의사보가 겨우 들릴 만한 소리로 입술을 움직이며 내게 말했다. 다음에 그는 더듬거리며 정중하게 충고했다. "두 번째 다리는 건드리지 마십시오, 의사 선생님. 가제로 감아야 합니다. 아시겠어요. 그런데 입원실까지는 옮기지도 못할 겁니다. 네? 만일 수술실에서 죽지 않는다면 그게 최상이죠."

"깁스합시다!" 나는 알 수 없는 힘이 솟구쳐 쉰 목소리로 대답했다.

바닥이 온통 얼룩으로 더러웠다. 우리 모두 땀으로 뒤범벅이었다. 반송장이 된 그녀는 꼼짝 않고 누워 있었다. 오른쪽 다리는 깁스로 감겼고, 골절된 부분에 내가 만들어 놓은 커다란 구멍은 종아리 쪽을 향하여 크게 입을 벌리고 있었다.

"살아 있어……." 의사보가 놀라서 목이 잠긴 목소리로 말했다.

잠시 후에 우리는 그녀를 들어 올렸다. 시트 밑 한쪽이 푹 꺼져 있는 것이 보였다. 그녀 몸의 3분의 1을 우리는 수술실에 남겨 놓았다.

잠시 후, 복도에 그림자들이 흔들거리더니 간호조무사들이 뛰어 들어왔다. 헝클어진 머리를 한 남자가 벽을 따라 몰래 들어와서 외마디 통곡 소리를 내는 모습이 보였다. 하지만 사람들이 그를 쫓아냈다. 그리고 잠잠해졌다.

수술실에서 나는 피투성이가 된 팔뚝을 닦았다.

"의사 선생님, 절단 수술을 많이 해 보셨나 봐요?" 갑자기 안나 니콜라에브나가 물었다. "아주, 아주 훌륭하십니다…… 레오폴드 선생님 못지않으세요."

'외교 사절단장' 처럼 그녀는 '레오폴드' 라는 단어를 항상 달고 다녔었다.

나는 사람들을 힐끗 쳐다보았다. 데미얀 루키치, 펠라게야 이바노브나 등 사람들의 눈에 존경과 놀라움의 빛이 역력했다.

"음, 난…… 난 수술을 두 번 한 적이 있어요. 아실지 모르셨습니다만……."

그때 나는 무엇 때문에 거짓말을 했을까? 지금도 난 이 점을 이해할 수 없다.

병원 안은 다시 조용해졌다. 적막…….

"그녀가 위험하면 반드시 내게 사람을 보내세요." 나는 작은 소리로 의사보에게 지시했다. 그런데 그는 웬일인지 '좋습니다' 라는 말 대신 정중하게 이렇게 대답했다.

"알겠습니다."

몇 분 후에 나는 의사 관저에 있는 방 안의 푸른색 램프 옆에 앉아 있었다. 집 안은 고요했다.

창백한 얼굴이 까만 유리창에 비쳤다.

'아냐, 나는 참칭자 드미트리를 닮지 않았어. 내가 얼마나 나이를 먹었느냔 말이야. 그렇지…… 양미간 위의 주름……. 이제 곧 노크 소리가 들리겠지. 그러고는 이렇게 말할 거야. 〈그녀가 죽었어요〉라고.'

'그럼 가서 마지막으로 잠시 보게 될 거야. 이제 노크 소리가 울릴 것이다.'

* * *

마침내 노크 소리가 났다. 하지만 그것은 두 달 반이 지나서였다. 창문에는 첫 겨울날이 반짝이고 있었다.

그가 들어왔다. 나는 그때서야 그를 알아보았다. 실제로 그의 얼굴은 균형이 잡혀 있었다. 나이는 마흔대여섯 살. 그의 두 눈이 반짝였다.

잠시 후 사각사각하는 소리가 들렸다. 곱게 주름을 잡아 테를 두른 아주 폭 넓은 치마를 입은 빼어난 미모의 외다리 처녀가 목발을 짚고 성큼성큼 들어왔다.

나를 쳐다보는 그녀의 볼이 발그레했다.

"모스크바에서…… 모스크바에서……." 나는 주소를 쓰기 시작했다. "거기서 의족(義足), 즉 인공 다리를 만듭니다."

"의사 선생님 손에 키스하거라." 갑자기 그녀의 아버지가 말했다.

나는 당황하여 입술 대신 그녀의 코에 먼저 키스했다.

그러자 그녀는 목발에 몸을 축 늘어뜨리면서 보따리 하나를 풀었다. 거기서 소박하고 아름답게 수탉을 수놓은, 눈처럼 하얀 긴 수건 하나가 떨어졌다. 내가 회진을 돌 때 그녀가 베개 밑에 숨겨 두었던 바로 그것이었다. 조그만 탁자 위에 실타래가 놓여 있던 것이 기억났다.

"받지 않을 거야." 나는 엄하게 말하며 고개까지 흔들었다. 하지만 그때 내가 본 그녀의 얼굴과 눈빛이…….

오랫동안 그 수건은 무린스키에 있는 내 침실에 걸려 있었다. 그리고 나와 함께 이곳저곳을 돌아다녔다. 그리고 마침내 낡아서 닳아 구멍이 났다. 결국 수건은 없어졌다. 마치 내 기억이 희미해져서 결국엔 사라지듯이.

주현절*의 태아 회전술

N 병원에서는 하루하루가 빠르게 지나갔다. 그리고 나는 새로운 생활에 조금씩 적응해 가기 시작했다.

시골에서는 예전과 마찬가지로 아마를 다듬었고, 길은 여전히 통행이 곤란한 상태였으며, 나를 찾아오는 환자는 다섯 명을 넘지 않았다. 저녁 시간은 자유였기 때문에 나는 그 시간에 집 안에 있는 책들을 살펴보거나 외과학 관련 서적을 읽는가 하면 조용히 끓고 있는 사모바르 옆에서 혼자 오랫동안 차를 마시곤 했다.

몇 날 며칠을 밤낮으로 비가 퍼부으며 빗방울이 쉴 새 없이 지붕을 두드렸고 빗물은 배수관을 타고 물받이 통으로 떨어지면서 창문 아래를 내리쳤다. 진창이 된 마당엔 안개가 끼었다. 검게 깔린 어스름 속에서 의사보의 집 창문들은 뿌옇고 희미한 얼룩으로 빛났다. 입구에는 석유등이 있었다.

그런 어느 날 저녁 나는 서재에서 국소 해부학 도해서를 보고 있었다. 주위는 완전한 정적에 휩싸였다. 다만 식당 찬장 뒤에서

쥐들이 갉아 대는 소리가 가끔씩 정적을 깰 뿐이었다.

나는 눈꺼풀이 무거워 감길 때까지 책을 읽었다. 그러다가 결국엔 하품을 하며 도해서를 한쪽으로 치우고는 잠자리에 들기로 했다. 기지개를 켜고 쥐 소리와 빗소리 속에 맞게 될 평화로운 잠을 미리 맛보면서 나는 침실로 건너가 옷을 벗고 누웠다.

베개에 머리를 대기 전 몽롱한 상태에서 나는 토로포보 마을의 열일곱 살 소녀 안나 프로호로바의 얼굴을 떠올렸다. 안나 프로호로바는 치아를 뽑아야 했다. 의사보 데미얀 루키치가 번쩍거리는 펜치를 손에 들고 조용히 지나갔다. 나는 그가 고상한 문체를 좋아해서 '그런' 대신 '그와 같은'이라고 말하는 것이 생각나서 조용히 웃고는 잠이 들었다.

그런데 30분도 채 안 돼서 누군가 나를 잡아당기기라도 한 듯 갑자기 잠을 깼다. 일어나 앉아 놀란 표정으로 어둠을 응시하며 귀를 기울이기 시작했다.

누군가 집요하고 요란스럽게 바깥문을 두드리고 있었다. 그 소리가 나에겐 곧 불길한 징조로 여겨졌다.

누군가 문을 두드렸다.

노크 소리가 그치고 자물쇠가 철컥하더니 하녀의 목소리와 분명치 않은 누군가의 대답 소리가 들렸다. 그러고는 누군가가 삐걱거리면서 계단을 올라와 조용히 서재를 지나 침실 문을 두드렸다.

"누구십니까?"

"저예요." 공손하게 속삭이는 듯한 목소리가 대답했다. "저 아크시냐예요. 간호조무사요."

"무슨 일이지요?"

"안나 니콜라예브나가 선생님을 모셔 오라고 보냈어요. 되도록 빨리 병원으로 오시래요."

"무슨 일이 생겼는데요?" 이렇게 물으면서 나는 가슴이 철렁 내려앉는 걸 느꼈다.

"그게 말입니다, 둘체보에서 여자가 이송돼 와 있는데 난산(難産)이에요."

'그래, 드디어 올 것이 왔구나!' 나는 머릿속이 뿌옇게 흐려져 도무지 슬리퍼에 발을 끼울 수가 없었다. '에이, 제기랄! 성냥이 안 켜지네. 좋아, 이건 조만간 일어날 일이었어. 평생 후두염과 카타르성 위염만 치료할 순 없잖아.'

"알았어요. 가서 전해요, 곧 간다고요." 이렇게 소리치고 나서 나는 잠자리에서 일어났다. 문밖에서 아크시냐의 발걸음 소리가 들리더니 다시 자물쇠가 철컥, 하고 울렸다. 잠이 순식간에 달아났다. 떨리는 손가락으로 나는 서둘러 램프를 켜고 옷을 입기 시작했다. '11시 30분이군. 난산이라면 이 여자한테 무슨 일이 일어난 걸까? 음…… 태아의 위치가 잘못돼 있거나 골반이 좁거나 아니면 훨씬 더 안 좋은 상태일지도 몰라. 어쩌면 집게를 들이대야 할지도 모르고. 그녀를 곧장 시내로 보내면 어떨까? 하지만 그건 절대 안 돼. 다들 훌륭한 의사 났다고 그럴 테니. 그렇고말고! 게다가 난 그럴 권리도 없잖아. 아니지, 이젠 내 방식대로 해야 돼. 근데 뭘 해야 하지? 알 수가 없군. 당황하면 불행한 일이 생길 거야. 그럼 조산부들한테 망신이지. 그렇지만 우선은 지켜보는 게

필요해. 미리 불안해할 건 없어.'

나는 옷을 입고 외투를 걸치면서 모든 게 잘되기를 기원했다. 그러고는 딱딱 소리가 나는 나무판자를 따라 비를 맞으며 병원으로 달려갔다. 어두침침한 입구 주변에 짐마차 한 대가 보였다. 말이 발굽으로 썩은 널빤지를 구르고 있었다.

"당신들이 산모를 데리고 왔군요?" 말 옆에서 서성이고 있던 사람에게 괜히 물어보았다.

"저희요, 저희가 데려왔어요, 선생님." 여자가 애처로운 목소리로 대답했다.

인적이 끊긴 시간인데도 병원은 활기가 넘치고 부산스러웠다. 대기실에는 램프 불이 켜진 채 깜빡거렸다. 분만실로 나 있는 복도에서 아크시냐가 쇠 대야를 들고 내 옆을 지나갔다. 문 안쪽에서 갑자기 약한 신음 소리가 들리더니 사라졌다. 나는 문을 열고 분만실로 들어갔다. 하얀색으로 칠한 작은 방은 높이 달려 있는 램프로 환하게 밝혀져 있었다. 수술대 옆에 나란히 붙은 침대에는 젊은 여자가 담요를 턱까지 덮어쓴 채 누워 있었다. 그녀의 얼굴은 고통으로 일그러졌고, 젖은 머리칼은 입술에 달라붙어 있었다. 안나 니콜라예브나가 체온계를 손에 들고 관장 통에 용액을 만들었고, 부조산부인 펠라게야 이바노브나는 벽장에서 깨끗한 시트를 몇 장 꺼내고 있었다. 의사보는 벽에 기댄 채 나폴레옹의 포즈를 하고 서 있었다. 나를 보자 모두들 자세를 바로 했다. 산모는 눈을 뜨고 괴로워 몸부림치더니 다시 힘에 겨운 듯 애처롭게 신음했다.

"그래, 무슨 일입니까?" 나는 이렇게 물으면서, 내 말투가 그토록 확신에 차고 침착한 데 놀랐다.

"태아가 가로누워 있어요." 안나 니콜라예브나가 용액에 계속 물을 따르며 재빨리 대답했다.

"그, 그래요." 나는 얼굴을 찌푸리고 말을 길게 끌었다. "자, 어디 좀 봅시다……."

"의사가 손을 씻어야지요! 아크시냐!" 안나 니콜라예브나가 즉시 소리쳤다. 그녀의 얼굴은 근엄하고 진지했다.

떨어지는 물에 솔로 문질러 빨개진 손의 거품을 씻어 내면서 나는 안나 니콜라예브나에게 산모가 이송돼 온 지 오래됐는지, 또 어디서 왔는지와 같은 사소한 질문들을 던졌다. 펠라게야 이바노브나가 담요를 걷어 내자 나는 침대 끝에 걸터앉아 조심조심 불룩한 배를 만져 보았다. 여자는 신음 소리를 내면서 몸을 쭉 펴더니 손가락으로 시트를 움켜잡았다.

"가만, 가만…… 좀 참으세요." 나는 뜨겁고 건조해진 늘어난 피부에 조심스럽게 손을 올려놓으면서 말했다.

사실대로 말하자면, 노련한 안나 니콜라예브나가 문제를 귀띔해 준 후에 이 진찰은 아무 의미가 없었다. 내가 아무리 자세히 살펴본다고 해도 어쨌든 안나 니콜라예브나보다 더 많은 걸 알아내지는 못했을 것이다. 그녀의 진단은 물론 옳았다. 횡위(橫位)였다. 진단은 내려졌다. 그렇다면, 그다음은……?

얼굴을 찌푸린 채 나는 배 이곳저곳을 계속 만져 보면서 조산부들의 얼굴을 흘금흘금 곁눈질해 쳐다보았다. 그 둘은 긴장한 나머지 심각한 표정을 짓고 있었다. 그들이 내 행위를 인정하고 있다는 것을 나는 그들의 눈을 통해 알 수 있었다. 사실 내 행동은 확신에 차 있었고 또 올바른 것이었지만, 나는 불안한 마음을 가능한 한 깊숙이 감춤으로써 어떻게든 그것을 드러내지 않으려고 노력했다.

"그러면." 한숨을 내쉬고 말하면서 나는 침대에서 일어섰다. 겉으로는 더 이상 볼 것이 없었기 때문이다. "내진을 해 봅시다."

안나 니콜라예브나의 눈에 다시 인정하는 빛이 잠깐 비쳤다.

"아크시냐!"

그녀는 다시 물을 따랐다.

'아아, 지금 되데를라인을 읽으면 좋을 텐데!' 손에 비누칠을 하면서 나는 풀이 죽어 이런 생각을 했다. 그런데 대체 이 순간에 되데를라인이 나한테 무슨 도움이 될까? 나는 두꺼운 거품을 씻어 내고 손가락에 요오드를 발랐다. 깨끗한 시트가 펠라게야 이바노브나의 손 아래서 바스락거렸다. 산모 쪽으로 몸을 숙인 나는 신중하고 조심스럽게 내진을 하기 시작했다. 내 머릿속에 우연히 산부인과의 수술실 광경이 떠올랐다. 불투명한 전구 안에 환하게 켜져 있는 전등들, 석판을 깔아 반짝거리는 마루, 사방에서 빛나는 수도꼭지와 기구들. 눈처럼 하얀 가운을 입은 의사가 산모 위에서 처치를 하고, 그 둘레에는 레지던트 세 명과 인턴들, 실습생 무리가 있다. 훌륭하고 화사하며 안전하다.

그런데 여기서 나는 그지없이 외롭다. 내 손 아래 고통스러워하는 여자가 있다. 그녀는 내 소관이다. 하지만 나는 그녀를 어떻게 도와야 할지 모른다. 왜냐하면 내가 가까이서 분만을 본 것은 병원 생활을 하는 동안 딱 두 번뿐인 데다가, 그것도 완전히 정상 분만이었기 때문이다. 지금 나는 진찰을 하지만 그것이 산모나 내게 도움이 되는 것은 아니다. 나는 아무것도 이해하지 못하고 있고, 그녀의 내부를 만지지도 못하고 있다.

이제 뭔가를 결정해야 할 순간이다.

"가로누워 있단 말이지. 일단 횡위라면, 그건 말하자면…… 무슨 조치가 필요하다는……."

"다리를 잡고 태아 회전술을 해야죠." 보다 못한 안나 니콜라예브나가 혼잣말처럼 한마디 했다.

나이 많고 노련한 의사였다면 그녀가 자신의 결론을 주제넘게 말한 것을 차가운 시선으로 보았을 것이다. 하지만 나는 소심한 사람이 아니라서…….

"그렇죠." 나는 의미심장하게 확인하듯 말했다. "다리를 잡고 태아 회전술을 해야지."

그러자 눈앞에 되데를라인의 책이 아른거렸다. 한 방향으로 돌리는 태아 회전술, 복합 회전술, 우회해서 돌리는 태아 회전술…….

한 페이지, 두 페이지……. 하지만 그건 그림들이다. 골반, 머리가 일그러지고 눌린 신생아들…… 늘어진 팔, 그 위에 묶여 있는 끈.

그 책을 읽은 지는 오래되지 않았다. 게다가 집중해서 모든 단어를 심사숙고하고, 부분들의 연관성과 모든 방법을 상상하면서 줄까지 쳐 놓았다. 그래서 책을 읽을 때 텍스트 전체가 머릿속에 영원히 남을 것만 같았다.

그런데 지금은 읽은 것 중에서 한 구절만 떠오를 뿐이다.

횡위는 절대적으로 좋지 않은 위치이다.

그건 사실이다. 여자 자신과 6개월 전에 의과 대학을 졸업한 의사에게도 절대적으로 좋지 않다.

"좋아요…… 해 봅시다." 몸을 일으키면서 내가 말했다.

안나 니콜라예브나의 얼굴에 생기가 돌았다.

"데미얀 루키치!" 그녀가 의사보를 보고 말했다. "클로로포름을 준비해 주세요."

그녀가 이렇게 말한 것은 다행이다. 왜냐하면 정작 나는 마취를 시키고 수술을 해야 하는지에 대해 아직 확신이 없었다! 그래, 당연히 마취를 시켜야지. 달리 어쩌겠는가!

하지만 되데를라인을 한번 훑어봐야 하는데…….

손을 씻은 다음 나는 말했다.

"그래, 좋아요. 당신은 마취 준비를 하고 여자를 눕히세요. 나는 집에 가서 담배만 가지고 곧 올 테니."

"알겠습니다, 선생님, 서두르지 마세요." 안나 니콜라예브나가 대답했다.

내가 손을 닦자 간호조무사가 내 어깨에 외투를 걸쳐 주었다. 나는 외투에 소매도 끼지 않은 채 집으로 달려갔다.

집 안의 내 방에서 램프를 켜고 모자를 벗는 것도 잊은 채 나는 급히 책장으로 뛰어갔다.

바로 이거야, 되데를라인. 『산부인과 수술』. 나는 반지르르한 페이지들을 서둘러 넘기기 시작했다.

태아 회전술은 산모에게 언제나 위험한 수술이다.

등골이 오싹해졌다.

가장 위험한 것은 자궁이 저절로 파열될 가능성이다.

저—절—로…….

만일 의사가 자궁 안으로 손을 넣은 상태에서 공간이 부족하거나 자궁벽이 수축하여 다리를 잡는 일이 난관에 부딪친다면 태아 회전술을 위한 이후의 시도들을 포기해야 한다.

좋아. 만일 내가 기적적으로 이 '난관'을 판단할 수 있고, 그래서 '이후의 시도들'을 포기한다면, 클로로포름으로 마취된 둘체보 마을의 여자를 수술해야 하는가? 하는 의문이 생긴다.

그다음엔 이렇게 적혀 있다.

태아의 등을 따라 다리를 잡으려는 시도는 절대 금한다.

참고해야겠군.

위쪽에 있는 다리를 잡는 건 잘못이다. 왜냐하면 이때 태아의 척추가 쉽게 비틀어질 수 있기 때문이다. 이는 태아에게 심각한 충격이 될 수 있고, 그로 인해 매우 슬픈 결과를 초래할 수 있다.

'슬픈 결과.' 좀 모호하긴 하나 얼마나 인상적인 말인가! 그래서 둘체보 여자의 남편이 홀아비가 된다면? 나는 이마의 땀을 닦고 힘을 내어 이 끔찍한 부분은 넘기면서 가장 핵심적인 것만을 기억하려고 애썼다. 그러니까 내가 무엇을 해야 하는지, 어디로 어떻게 손을 집어넣어야 하는지를. 하지만 부정적인 대목들을 대충 읽으면서 나는 내내 무서운 사실들을 새로 접하게 되었다. 이런 내용이 눈에 띄었다.

파열이라는 엄청난 위험 때문에…… 내회전술이나 복합 회전술을 하려면 수술을 하게 되는데, 이것은 산모에게 가장 위험한 수술이 될 수밖에 없다.

그래서 결론은 이랬다.

시간이 지체될수록 위험하다.

그만! 책을 읽은 성과가 있었다면, 그건 내 머릿속에서 모든 게

뒤숙박죽되어 내가 아무것도 모르고 있다는 것, 그러니까 무엇보다도 어떤 방법으로 돌릴 것인지, 복합 회전술로 돌릴 것인지, 비복합 회전술로 돌릴 것인지, 한 방향으로 돌리는 태아 회전술을 쓸 건지, 우회해서 돌리는 태아 회전술을 쓸 건지를 모르고 있다는 것을 순간적으로 확인했다는 사실이다!

나는 되데를라인의 책을 던져 버리고 흩어진 생각들을 정리하려고 애쓰면서 안락의자에 앉았다. 그러고 나서 시계를 보았다. 제기랄! 벌써 12분이나 집에 있었네. 기다리고들 있을 텐데…….

시간이 지체될수록…….

시간은 분(分)으로 되어 있지만 이런 경우 몇 분 정도는 순식간에 지나간다. 나는 되데를라인을 던져 놓고 병원으로 뛰어갔다.

그곳은 벌써 모든 게 준비되어 있었다. 의사보는 작은 탁자 옆에 서서 마스크와 클로로포름이 든 약병을 준비하고 있었다. 산모는 이미 수술대 위에 누워 있었다. 신음 소리가 계속해서 병원에 울려 퍼졌다.

"참으세요, 참으세요." 펠라게야 이바노브나가 여자 쪽으로 몸을 숙이면서 다정하게 속삭였다. "선생님이 이제 당신을 도와줄 거예요."

"으으! 할 수가…… 없어요. 어떻게 할 수가 없다고요! ……못 참겠어요!"

"조금도 겁내지 말아요…… 두려워 말아요." 조산부가 속삭였다. “참아 봐요! 이제 당신은 냄새를 맡게 될 거고⋯⋯ 아무것도 안 들릴 거예요.”

수도꼭지에서 물이 콸콸 흘러나왔다. 안나 니콜라예브나와 나는 손에서 팔꿈치 아래까지 깨끗이 씻기 시작했다. 안나 니콜라예브나는 신음 소리와 악쓰는 소리를 들으면서 내게 선임자였던 노련한 외과 의사가 태아 회전술을 얼마나 잘했는지 말해 주었다. 나는 한마디도 대꾸하지 않으려고 애쓰면서 열심히 그녀의 이야기를 들었다. 이 10분 동안 나는 의사 국가 고시 준비를 위해 산부인과 분야 서적을 읽었던 것보다 더 많은 것을 배웠다. 산부인과 시험에서 ‘우등’ 점수를 받았는데도 말이다. 단편적인 말, 완전하지 않은 구절, 말할 때 잠깐씩 던지는 암시들에서 나는 어떤 책에도 나와 있지 않은 가장 필수적인 것을 알게 되었다. 소독 가제로 완전히 하얗고 깨끗하게 손을 닦기 시작했을 무렵 나는 각오를 다질 수 있었고, 내 머릿속엔 확고한 계획이 수립되었다. 복합 회전술로 돌릴 것인지, 비복합 회전술로 돌릴 것인지 하는 문제는 이제 생각할 필요가 없었다.

이 순간에 모든 학술 용어들은 아무 소용이 없다. 중요한 건 하나다. 한 손은 안으로 집어넣어야 하고, 다른 손은 밖에서 태아 회전술을 도와야 한다는 것. 그리고 책이 아니라 의사에게 꼭 필요한 감각에 의지하여 조심스럽고 끈기 있게 한 다리를 끌어 내리고 그걸 잡아서 아기를 꺼내야 한다는 사실이다.

나는 침착하고 신중해야 하며 동시에 아주 단호하고 겁이 없어야 한다.

"사, 시작합시다." 나는 의사보에게 지시를 하고 손가락에 요오드를 바르기 시작했다.

펠라게야 이바노브나가 곧바로 산모의 두 손을 하나로 포개 놓았다. 의사보는 괴로움에 지친 그녀의 얼굴을 마스크로 덮었다. 흑갈색 유리병에서 클로로포름이 천천히 떨어지기 시작했다. 달콤하고도 역겨운 냄새가 방 안에 차기 시작했다. 의사보와 조산부들의 얼굴이 마치 영감을 받은 것처럼 엄숙해졌다.

"아—아! 아!" 갑자기 여자가 고함을 질렀다. 그녀는 마스크를 벗으려고 잠시 경련하듯 용을 썼다.

"붙잡고 있어요!"

펠라게야 이바노브나가 그녀의 손을 붙들면서 가슴 쪽을 꽉 눌렀다. 여자는 얼굴을 돌려 마스크를 치우고 몇 번을 더 울부짖었다. 그러나 점점…… 약해지더니, 분명치 않은 말로 중얼거리기 시작했다.

"아—아…… 놔 줘! 아!"

잠시 후에 모든 소리가 잠잠해졌다. 하얀 방 안에 정적이 찾아왔다. 투명한 클로로포름이 모두 떨어졌다. 새하얀 가제 위로도 떨어졌다.

"펠라게야 이바노브나, 맥박은?"

"정상이에요."

펠라게야 이바노브나가 여자의 손을 조금 들어 올렸다 놓았다. 손이 생기를 잃은 채찍처럼 시트 위로 떨어졌다. 의사보가 마스크를 걷어 내고 눈동자를 검사했다.

"잠들었군요."

피가 낭자하다. 팔꿈치까지 피투성이다. 피로 얼룩진 시트들, 핏덩어리와 가제 뭉치들. 펠라게야 이바노브나는 벌써 아기를 흔들면서 가볍게 때린다. 아크시냐는 대야에 물을 따르며 양동이를 딸랑거리고 있다. 아기를 때로는 찬물에 때로는 더운물에 담근다. 아기는 울지도 않는다. 머리는 실에 매달린 것처럼 이쪽에서 저쪽으로 맥없이 흔들린다. 그런데 드디어 갑자기 삐거덕거리는 소리도 아니고 한숨 소리도 아닌, 목이 잠긴 약한 아기의 첫 울음소리가 난다.

"살아 있어…… 살아 있어." 펠라게야 이바노브나가 중얼거리면서 아기를 베개 위에 눕힌다.

산모도 살아 있다. 다행히 끔찍한 일은 일어나지 않았다. 나는 손수 맥을 짚어 본다. 맥박은 고르고 정확하다. 의사보가 조용히 여자의 어깨를 흔들면서 말한다.

"이봐요, 아줌마, 아줌마, 눈 좀 떠 봐요."

피투성이가 된 시트들을 옆으로 던져 놓고 깨끗한 시트를 재빨리 산모에게 덮어 준 다음, 의사보와 아크시냐는 그녀를 병실로 옮긴다. 포대기에 싸인 아기는 베개에 눕혀 나간다. 쭈글쭈글한 갈색 얼굴이 포대기 안에서 쳐다보고 있고 날카롭게 우는 소리는 그칠 줄 모른다.

세면대 수도꼭지에서 물이 쏟아져 나오고 있다. 안나 니콜라예브나가 볼이 패도록 담배 연기를 빨고는 연기 때문에 눈을 가늘게 뜨면서 기침을 한다.

"선생님, 태아 회전술을 잘 해내셨어요, 아주 자신감 있게."

나는 손을 열심히 솔로 문지르면서 곁눈질로 그녀를 본다. 비웃는 거 아냐? 그러나 그녀의 얼굴은 진심으로 대견해하는, 만족스러운 표정이다. 내 가슴은 기쁨으로 충만하다. 핏빛과 흰색으로 어질러진 주변, 대야 안의 붉은색 물을 바라보며 나는 자신이 승리자라고 느낀다. 하지만 마음 깊은 곳에서 번뇌가 인다.

"경과를 좀 더 두고 봅시다." 내가 말한다.

안나 니콜라예브나가 놀라 급히 눈을 들어 나를 본다.

"무슨 일이 있겠어요? 모든 게 다 순조로운데."

나는 무언가를 중얼거리며 분명치 않게 대답한다. 사실대로 말하자면 나는 이런 말을 하고 싶다. 그러니까 산모는 괜찮은지, 수술하는 동안 내가 혹시 그녀를 다치게 하지는 않았는지……. 이것이 내 마음을 불안하게 괴롭히는 것이다. 그런데 나의 산부인과 지식이 그토록 모호하고 책에만 의지한 단편적인 것이란 말인가! 파열이라고? 이건 왜 발생하지? 게다가 언제 일어나지? 지금, 아니면 나중에? ……아냐, 이런 얘기는 정말 하지 않는 게 나아.

"그래도……." 내가 말한다. "감염의 가능성을 배제할 순 없다는 거죠." 나는 어떤 교과서에 나오는 첫 번째 문구를 반복한다.

"아하, 그—거요!" 안나 니콜라예브나가 길게 끌며 태연하게 말한다. "뭐, 아무 일도 없을 거예요. 어디서 감염이 되겠어요? 모든 게 소독되어 있고 깨끗한데요."

* * *

숙소로 돌아왔을 때는 2시가 넘어 있었다. 서재 책상 위에는 되데를라인의 '태아 회전술의 위험성' 이라는 페이지가 펼쳐진 채 램프의 불빛을 받으며 평화로이 놓여 있었다. 식은 차를 마시면서 나는 한 시간가량 더 책장을 넘기며 그 앞에 앉아 있었다. 그런데 그때 흥미로운 일이 일어났다. 전에는 모호했던 대목들이 마치 빛을 받은 것처럼 완전히 이해되었다. 여기 램프 불이 켜진, 한밤중, 외진 곳에서 나는 진정한 지식의 의미를 이해하게 된 것이다.

'시골에서는 귀중한 경험을 할 수가 있구나.' 나는 잠이 들면서 이렇게 생각했다. '하지만 공부를 해야 돼, 공부를. 그것도…… 될수록 많이…….'

강철로 된 목

결국 나는 혼자 남았다. 주위에는 눈보라가 소용돌이치는 11월의 어둠뿐이다. 집은 눈에 파묻혔고 굴뚝에선 윙윙거리는 소리가 나기 시작했다. 나는 24년을 줄곧 대도시에서 살았고, 눈보라가 울부짖는 일은 소설에서나 일어나는 줄 알았다. 그런데 눈보라는 실제로 울부짖고 있었다. 이곳의 밤은 굉장히 길었다. 푸른색 갓 밑의 램프가 시커먼 창문에 비쳤다. 나는 왼팔에 비치는 그림자를 바라보며 지방 도시에 대한 공상에 잠겼다. 도시는 내가 있는 곳에서 40베르스타 거리에 있었다. 나는 이곳에서 그곳으로 달아나고 싶었다. 그곳은 전기가 들어왔고, 의사가 네 명 있었다. 그들과 상의할 수도 있고 어떤 경우에도 이렇게 두렵지는 않았다. 하지만 도망갈 수 있는 가능성은 없었다. 게다가 종종 내가 소심하다는 것도 알고 있다. 도대체 이걸 위해 내가 의과 대학에서 공부를 했단 말인가.

'음, 만일 여자가 실려 왔는데, 난산이라면? 혹은 환자가 왔는데 탈장이라면? 나는 어떻게 하지? 제발 알려 주세요. 48일 전 의과 대학을 우등으로 졸업했지만, 우등은 우등이고 탈장은 탈장이다. 교수님이 하는 탈장 수술을 한 번 보았다. 그는 수술을 했고 나는 관람석에 앉아 있었다. 그리고 다만…….'

탈장 생각을 하자 식은땀이 등짝을 따라 흘러내렸다. 매일 밤 나는 차를 마시며 같은 자세로 앉아 있었다. 내 왼쪽에는 산부인과 수술에 관한 모든 지침서들이 쌓여 있고, 맨 위에 되데를라인의 작은 책이 놓여 있다. 그리고 오른쪽에는 그림이 있는 열 권짜리 외과 수술 책들이 놓여 있다. 나는 신음 소리를 내며 담배를 피우고 식은 홍차를 마셨다.

그리고 잠이 들었다. 그날 밤을 또렷이 기억한다. 11월 29일, 요란한 문소리를 듣고 잠에서 깼다. 바지를 입으면서 나는 5분이 지나도록 기도하는 마음으로 외과 수술에 관한 신성한 책들에서 눈을 떼지 못했다. 마당에서 썰매의 미끄럼 나무가 삐걱거리는 소리가 들렸다. 내 귀는 몹시 예민해져 있었다. 탈장보다, 아이가 거꾸로 나오는 것보다 더 무서운 일이 벌어졌다. 밤 11시에 내가 일하는 니콜스키 지역 병원으로 여자아이 하나가 실려 왔다. 간호조무사가 분명하지 않은 목소리로 말했다.

"어린애가 죽어 가요. 제발, 선생님, 병원으로……."

마당을 가로질러 병원 현관에 걸려 있는 석유등 쪽으로 걸어갔던 일이 기억난다. 나는 무언가에 홀린 듯 등불이 깜박이는 것을 바라보았다. 진찰실은 이미 불이 켜져 있었고, 모든 조수들이 옷과 가운을 걸친 채 나를 기다리고 있었다. 의사보인 데미안 루키치, 그는 아직 젊지만 매우 유능했다. 그리고 두 명의 노련한 조산부, 안나 니콜라예브나와 펠라게야 이바노브니가 있었다. 나는 겨우 두 달 전 의과 대학을 갓 졸업하고 니콜스키 병원 책임자로 임명된 스물네 살짜리 의사일 뿐이었다.

의사보는 문을 힘차게 열었고, 그 뒤로 환자의 어머니가 나타났다. 그녀는 장화를 신은 채 미끄러지듯 마치 날아 들어오는 것 같았다. 머리에 쓴 스카프 위에는 눈이 채 녹지 않았다. 그녀는 보퉁이를 팔에 안고 있었는데 그것이 규칙적으로 쌕쌕거리는 소리를 냈다. 아이 어머니는 얼굴을 일그러뜨린 채 소리 없이 울었다. 그녀가 털외투와 스카프를 벗어 던지고 보퉁이를 풀자 세 살가량의 여자아이가 보였다. 그 아이를 보는 순간 잠시 외과 수술도, 외로움도, 쓸모없는 대학 시절의 짐도 잊었다. 아이가 너무 예쁜 나머지 모든 것을 완전히 잊어버렸던 것이다. 그 아이를 무엇에 비교할 수 있을 것인가? 그런 아이는 오직 과자 상자에나 그려져 있을 법했다. 자연스러운 머릿결은 다 익은 귀리 빛을 띤 채 곱슬곱슬하다. 푸른색 눈은 크고, 뺨은 인형의 뺨 같았다. 화가들이 천사들을 이렇게 그리곤 했다. 하지만 알 수 없는 고통이 아이의 눈 깊숙이 깃들어 있었고, 나는 그것이 공포임을 알아차렸다. 아이는 숨을 쉬지 못하고 있었다. '이 아이는 한 시간이면 죽을 것이다.' 나는 확신을 갖고 이렇게 생각했다. 그러자 내 가슴이 아프게 죄어 왔다.

아이가 숨을 쉴 때마다 목구멍이 우묵해졌고 혈관이 부풀어 올랐다. 얼굴은 분홍빛에서 연한 보랏빛으로 변했다. 얼굴빛을 보고 나는 이내 판단을 내렸다. 무슨 문제인지 즉시 알아차렸다. 나는 매우 정확하게 첫 번째 진단을 내렸다. 중요한 것은, 조산부들과 의견이 똑같았다는 사실이다. 그들은 매우 경험이 많았다. "아이는 디프테리아로 인한 호흡 곤란입니다. 이미 목이 박막들로 가득 차서 곧 막히고 말 겁니다."

"아이가 며칠이나 아팠습니까?" 나는 직원들이 조심스럽게 침묵하고 있는 와중에 물었다.

"닷새, 닷새째예요." 아이 어머니는 대답하고 나서, 마른 눈으로 나를 유심히 바라보았다.

"디프테리아로 인한 호흡 곤란입니다." 나는 이를 악물고 의사보에게 말했다. 그리고 아이 어머니에게는 이렇게 말했다. "당신은 무슨 생각을 한 겁니까? 도대체 어찌할 생각이었어요?"

그때 내 뒤에서 우는 목소리가 들렸다.

"닷새째예요, 선생님, 닷새째요!"

나는 돌아서서 스카프를 쓴, 조용하고 둥근 얼굴의 여자를 보았다. '세상에 이런 여자들이 아예 없었으면 좋았을 것을.' 이렇게 생각하며 나는 위험에 대한 슬픈 예감을 갖고 다음과 같이 말했다.

"할머니, 조용히 하세요. 방해가 됩니다." 그리고 아이 어머니에게 되풀이해서 말했다. "어찌할 생각이셨던 거예요? 닷새 동안이라니요? 네?"

그녀는 갑자기 기계적인 동작으로 아이를 할머니에게 넘겨주고 내 앞에 무릎을 꿇었다.

"애한테 물약을 주세요." 그녀는 이렇게 말하고 바닥에 머리를 조아렸다. "아이가 죽으면 저는 목을 매고 죽어 버릴 거예요."

"지금 당장 일어나요." 나는 대답했다. "안 그러면 당신과 이야기하지 않겠소."

아이 어머니는 넓은 치마로 사각거리는 소리를 내며 재빨리 일어나 할머니에게서 아이를 받아 어르기 시작했다. 할머니는 문설주에 대고 기도하기 시작했고, 아이는 여전히 뱀이 색색거리는 듯한 소리를 내며 숨을 쉬었다. 의사보가 말했다.

"이 사람들은 모두 다 그렇답니다. 시골 사람들이 그렇죠." 이 말을 할 때 그의 콧수염이 옆으로 비뚤어졌다.

"그럼 이 아이는 죽는 건가요?" 그녀가 나에게 눈길을 돌리며, 격노한 듯 말했다.

"죽습니다." 나는 크지 않은 목소리로 결연하게 말했다.

그러자 할머니가 옷자락을 말아 쥐고 눈물을 닦기 시작했다. 아이 어머니는 내게 거친 목소리로 소리쳤다.

"애한테 약을 줘요, 도와줘요, 약을 달라고요!"

그녀가 내 말을 기다리고 있다는 것을 분명히 알았지만 나는 태도를 바꾸지 않았다.

"무슨 약을 주란 말이오? 말씀해 보세요. 애가 숨을 헐떡거리고 있어요. 목이 벌써 막혔단 말입니다. 당신은 15베르스타나 떨어진 곳에서 닷새나 애를 방치했어요. 그런데 이제 와서 내게 뭘 하라고 명령하는 겁니까?"

"선생님이 모르셔서 그래요." 내 왼쪽 어깨 너머에 있던 할머니가 어색한 목소리로 푸념을 늘어놓았다. 나는 순간 그녀에 대해 증오감을 품었다.

"닥치세요!" 나는 그녀에게 말했다. 그리고 의사보에게 아이를 받으라고 말했다. 아이 어머니는 조산부에게 아이를 건네주었다. 아이는 몸부림치기 시작했고, 소리치고 싶지만 목소리가 나오지 않는 듯했다. 아이 어머니는 아이를 지키고 싶어 했지만 우리는 그녀를 떼어 놓았다. 나는 램프 빛 아래로 아이의 목을 들여다볼 수 있었다. 나는 이제까지 증상이 가볍거나 금방 낫는 경우를 제외하면 디프테리아를 본 적이 없었다. 목에는 무언가 부풀어 오른, 하얗고 너덜너덜한 것이 붙어 있었다. 아이가 갑자기 숨을 내쉬며 내 얼굴에 침을 뱉어 냈다. 하지만 나는 생각에 사로잡혀 많이 놀라지는 않았다.

"이거 보세요." 나는 스스로의 침착함에 내심 놀라며 말했다. "상황은 이렇습니다. 늦었어요. 아이는 죽어 가고 있습니다. 수술 말고는 다른 도리가 없어요."

그러고서 덜컥 겁이 났다. 왜 이런 말을 했는지. 하지만 말하지 않을 수 없었다. '이들이 동의하면 어쩌지?' 번뜩 이런 생각이 들었다.

"어떻게 하신단 말씀이에요?" 아이 어머니가 물었다.

"목 아래를 절개해서 아이가 숨을 쉴 수 있도록 은제 관을 삽입해야 합니다. 그러면 혹시 아이를 살릴지도 몰라요." 나는 이렇게 설명했다.

아이 어머니는 나를 미친 사람 보듯 쳐다보더니 내게서 아이를 빼앗아 두 팔로 막아섰고, 할머니는 다시 중얼거리기 시작했다.

"뭐라고요! 칼은 내지 마세요! 무슨 소리예요? 목을 자르다니!"

"할머니는 나가세요!" 나는 증오심에 불타 말했다. "캠퍼 주사를 놓아 주세요!" 나는 의사보에게 말했다.

아이 어머니는 주사기를 보자 아이를 내주려 하지 않았다. 하지만 우리는 주사는 괜찮다고 설명했다.

"주사가 도움이 될까요?" 아이 어머니가 물었다.

"전혀 도움이 되지 않습니다."

그러자 그녀는 큰 소리로 울기 시작했다.

"그만하세요." 나는 말했다. 그리고 시계를 꺼내 보며 덧붙였다. "5분 동안 생각할 시간을 드리지요. 5분 후에도 수술에 동의하지 않으시면 수술하지 않겠습니다."

"동의 못해요!" 아이 어머니가 날카롭게 말했다.

"우린 동의할 수 없어요!" 할머니도 덧붙였다.

"그럼 알아서 하세요." 나는 무심히 말하고는 이렇게 생각했다. '뭐, 이게 다군! 내겐 이게 더 편하지.' 내 말과 제안을 듣고 조산부들이 놀란 눈으로 쳐다보았다. '이 사람들이 거절했으니 나는 살았어.' 그런데 생각을 끝내기 무섭게 내가 아닌 누군가가 낯선 목소리로 이렇게 말하는 것이었다.

"어쩌자는 겁니까, 당신들 미쳤어요? 어떻게 동의를 안 할 수 있습니까? 아이가 죽어요. 동의하세요. 아이가 불쌍하지도 않습니까?"

"안 돼요!" 다시 아이 어머니가 소리쳤다.

나는 속으로 생각했다. '어쩌지? 이러다 내가 아이를 죽이는 거

아닌가.' 하지만 나는 다른 말을 하고 있었다.

"이봐요, 빨리 동의하세요! 어서 동의하시란 말입니다. 애가 벌써 손톱이 파래지고 있어요."

"안 돼요, 안 돼!"

"이런, 이 사람들을 병동으로 데리고 나가요. 거기 앉아 기다리라고 하세요."

사람들이 어두침침한 복도를 따라 그들을 데리고 나갔다. 나는 여자들의 울음소리와 아이의 쌕쌕거리는 소리를 들었다. 그때 의사보가 돌아와 말했다.

"여자들이 동의했습니다!"

나는 그 소리를 듣고 속으로 완전히 굳어 버렸다. 하지만 나는 분명히 말했다.

"빨리 메스, 가위, 걸쇠, 탐침기(探針器)를 소독하세요!"

나는 1분도 채 되지 않는 시간에 눈보라가 악마처럼 날뛰는 마당을 건너 숙소로 달려갔고, 잠시 생각하고는 책을 집어 들고 뒤적여 기도 절개술 그림을 찾아냈다. 그림 속의 모든 것이 단순하고 분명했다. 목은 열려 있고 기도에 칼이 꽂혀 있다. 나는 책을 읽었지만 무슨 말인지 이해할 수가 없었다. 글자들이 마치 눈 속에서 뛰어노는 것 같았다. 나는 이전에 기도 절개 수술을 전혀 본 적이 없었다. '아, 지금은 이미 늦었다.' 나는 이렇게 생각하며 서글프게 푸른 등불과 선명한 그림을 바라보았다. 그리고 무언가 나에게 어렵고 무서운 일이 닥쳤음을 느끼며 눈보라도 잊은 채 병원 건물로 돌아갔다.

진찰실에는 둥근 치마를 입은 그림자들이 내게 달라붙었다. 다시 하소연하는 목소리가 들렸다.

"선생님, 어떻게 어린아이 목을 자를 수가 있습니까? 도대체 생각할 수 있는 일인가요? 이 바보 같은 여편네는 동의했지만 나는 절대 그럴 수 없어요. 물약으로 치료하는 건 허락할 수 있어요. 하지만 목을 자르게 둘 순 없어요."

"이 할머니 좀 내보내세요!" 나는 큰 소리로 말하고는 화가 나서 한마디 덧붙였다. "당신이 바로 바보로군요! 바로 할머니가 말이에요! 저분은 차라리 현명합니다. 누가 당신한테 물어봤어요! 이 할머니를 좀 데리고 나가요!"

조산부가 할머니를 두 팔로 안아 병동에서 밀어냈다.

"준비되었습니다!" 때맞춰 의사보가 말했다.

우리는 작은 수술실로 들어갔다. 나는 커튼 너머로 반짝이는 수술 도구들, 눈부신 조명, 붕대…… 등을 보았다. 나는 마지막으로 아이 어머니에게 갔다. 우리는 간신히 그녀에게서 아이를 떼어 냈다. 나는 다만 훌쩍거리며 다음과 같이 말하는 소리를 들었다. "남편은 없어요. 도시에 갔어요. 돌아와서 제가 저지른 일을 알면 날 죽이고 말 거예요!"

"죽일 거다." 할머니가 겁에 질려 나를 보며 되풀이했다.

"이 사람들 수술실에 들여놓지 마세요!" 나는 이렇게 지시했다.

우리는 수술실에 남았다. 직원들과 나 그리고 리드카라는 이름의 아이뿐이다. 아이는 알몸으로 수술대에 앉아 소리 없이 울었다. 간호조무사들이 아이를 수술대에 눕히고 몸을 고정한 뒤 아이의 목을 세척하고 요오드로 닦아 냈다. 나는 메스를 들었다. 이런 생각이 들었다. '내가 무슨 짓을 하고 있는 것인가?' 수술실 안은 아주 조용했다. 나는 메스를 들고 부어오른 흰 목을 수직으로 그었다. 피가 한 방울도 나오지 않았다. 나는 이미 내 메스에 피부가 눌려 생긴 흰 자국을 따라 다시 한 번 칼을 그었다. 역시 피가 나지 않았다. 나는 천천히 해부도의 그림을 떠올리려고 노력하면서 신통치 않은 탐침기의 도움을 받아 얄팍한 피부 조직을 절단하기 시작했다. 그러자 상처 밑 어딘가에서 검은 피가 솟구쳐 금세 상처 부위를 적시고는 목을 따라 흘러내렸다. 의사보가 솜으로 피를 닦아 냈지만 피는 멎지 않았다. 대학에서 본 모든 것을 기억해 가며 나는 핀셋으로 상처 주위를 쥐어짰지만 아무것도 나오지 않았다. 나는 오싹해졌고, 이마는 축축하게 젖어 있었다. 몹시 후회스러웠다. 의과 대학에 왜 갔는지. 왜 이런 시골구석에 처박혀 있는지. 극도의 절망감 속에서 나는 핀셋을 상처 부위 이곳저곳에 밀어 넣고 걸쇠를 걸어 보았다. 그러자 순간 피가 멈췄다. 우리는 가제 뭉치로 상처를 닦아 냈다. 상처가 눈앞에 완전히 드러났지만 나는 전혀 이해할 수 없었다. 기도는 어디서도 찾을 수 없었다. 아이의 상처는 어떤 그림과도 일치하지 않았다. 2~3분이 더 지났다. 그동안 나는 완전히 기계적으로 무의미하게 메스와 탐침기로 기도를 찾아 쑤셔 댔다. 2분이 다 지나갈 무렵, 기도 찾는 일을 포기했다. '끝이다. 내가 왜 이런 일을 저지른 걸까? 수술하지 않겠다고 할 수도 있었을 텐데. 그러면 리드카는 내 병실에서 조용히 죽었을 것이다. 이제 아이가 목이 갈라진 상태로 죽는다면, 이 아이는 결국 죽었을 것이고 이 아이에게 나는 아무 해코지도 하지 않았다는 사실을 결코 증명하지 못할 것이다.' 나는 이렇게 생각했다. 조산부가 말없이 내 이마에 흐르는 땀을 닦아 주었다. '메스를 내려놓고 말해야겠다. 다음에 뭘 해야 할지 모르겠다고.' 이런 생각이 들자 아이 어머니의 눈이 떠올랐다. 나는 다시 메스를 들고 되는대로 더 깊고 예리하게 리드카의 목을 그었다. 조직이 갈라지더니 예기치 않게 내 앞에 기도가 나타났다.

"걸쇠!" 나는 쉰 목소리를 내뱉었다.

의사보가 걸쇠를 건네주었다. 나는 걸쇠 하나를 한쪽에, 또 하나를 다른 한쪽에 찔러 넣었다. 그리고 그중 하나를 의사보에게 잡고 있으라 했다. 이제 내게 보이는 것은 단 하나. 회색빛 둥근 고리 모양의 기도였다. 나는 날카로운 메스를 목 안에 찔러 넣었다. 그러고는 망연자실하고 말았다. 기도가 상처보다 더 들려 올라갔다. 그 순간 나는 의사보가 정신이 나간 게 아닌가 하는 생각이 들었다. 그는 갑자기 아이의 목을 잡아 늘이려 했다. 내 등 뒤에 있던 두 명의 조산부가 '아' 하는 소리를 질렀다. 나는 눈을 돌려 보고는 무엇이 문제인지 알아차렸다. 의사보는 숨 막힐 듯한 공기 때문에 걸쇠를 놓지 않은 채 순간 실신해서 기도가 찢어질 판이었다. '모든 게 엇나가는군, 이건 운명이야.' 나는 이렇게 생각했다. '이제 의심할 여지 없이 우리가 리드카의 목을 칼로 자른 꼴이 되었군.' 그리고 나는 냉정하게 이런 생각을 덧붙였다. '집에 가면 총으로 자살해야지.' 이때 경험 많고 나이 든 조산부가 의사보를 아주 거칠게 힘껏 잡아당겼다. 그녀는 조수에게서 걸쇠를 빼앗고는 이를 악물고 내게 말했다.

"선생님, 계속하세요……."

의사보가 소리를 내며 바닥에 넘어졌으나 우리는 돌아보지 않았다. 나는 아이의 기도에 칼을 찔러 넣고 은제 관을 삽입했다. 관은 매끄럽게 밀려 들어갔지만 리드카는 꼼짝도 하지 않았다. 공기가 관을 통해 기도로 들어가야 하는데 그러질 못했던 것이다. 나는 심호흡을 하고 멈추었다. 이제 더 이상 내가 할 수 있는 일이 없었다. 나는 누군가에게 용서를 빌고, 의과 대학에 들어간 스스로의 경솔함을 참회하고 싶었다. 침묵이 이어졌다. 리드카의 몸이 푸른색으로 변하는 것을 보았다. 나는 모든 것을 내던지고 울고 싶었다. 그런데 갑자기 리드카가 거칠게 몸을 떨더니 관을 통해서 찌꺼기 같은 핏덩어리를 분수처럼 뿜어냈다. 그리고 공기가 소리를 내며 아이의 목 속으로 빨려 들어갔다. 그러자 아이는 숨을 내쉬고 소리 지르며 울기 시작했다. 이 순간에 의사보가 일어났다. 그는 창백하고 땀에 젖어 있었다. 그는 겁에 질려 멍하니 아이의 목을 바라보다가 상처 봉합을 돕기 시작했다.

비몽사몽 중에 눈앞을 가리는 땀방울 너머로 나는 조산부들의 행복한 얼굴을 보았다. 그중 하나가 내게 말했다.

"선생님, 수술을 훌륭하게 마치셨어요."

나는 그녀가 비웃고 있다 생각하며 침울하게 눈을 들어 그녀를 바라보았다. 그러고는 문이 활짝 열리고 신선한 공기가 들어왔다. 리드카는 시트에 싸여 나갔고 곧이어 문간에 아이 어머니가 나타났다. 그녀의 눈이 마치 야생 동물의 눈 같았다. 그녀가 내게 물었다.

"어떻게 됐어요?"

그녀의 목소리를 듣자 등짝에서 땀이 흘러내렸다. 나는 그제야 리드카가 수술대에서 죽었으면 어떤 일이 일어났을지 짐작했다. 하지만 나는 아주 차분한 목소리로 아이 어머니에게 대답했다.

"진정하세요. 아이는 살아 있습니다. 앞으로도 살아 있기를 바랍니다. 다만 당장 관을 빼지 않을 것이니 아무 말도 못할 겁니다. 그러니 두려워하지 마세요."

그러자 할머니가 갑자기 땅에서 솟아오른 듯 일어나 문손잡이를 향해, 나를 향해, 그리고 천장을 향해 성호를 그었다. 나는 그녀에게 더 이상 화가 나지 않았다. 나는 돌아서서 리드카에게 캠퍼 주사를 놓고 교대로 간호하라는 지시를 내렸다. 그리고 마당을 건너 숙소로 돌아왔다. 나는 방에 푸른 등불이 켜져 있고, 그 아래 되데를라인의 책이 놓여 있던 것을 기억한다. 그리고 주위에는 책들이 뒹굴고 있었다. 나는 소파로 다가가 옷을 입은 채로 누웠다. 그리고 아무것도 보려고 하지 않았다. 나는 잠이 들었고 꿈도 꾸지 않았다.

한 달 그리고 또 한 달이 지났다. 나는 이미 너무 많은 것을 경험했다. 리드카의 목보다 더 끔찍한 경우도 있었다. 나는 그 일을 잊고 있었다. 사방에 눈이 내렸고, 접수 창구는 매일 붐볐다. 그리고 새해가 되자 한 여자가 뚱뚱하게 옷을 껴입힌 여자아이를 데리고 진찰실로 나를 찾아왔다. 여자는 눈을 반짝였다. 나는 그녀를 보고 누군지 알아차렸다.

"아, 리드카? 그래, 어때요?"

"다 괜찮아요."

리드카의 목을 풀었다. 아이가 수줍어하며 겁을 냈지만 나는 아이의 턱을 들어 올려 상처를 보았다. 분홍빛 목에는 수직으로 난 자줏빛 흉터와 봉합으로 인해 생긴 두 개의 얄팍한 흉터가 나란히 있었다.

"모두 정상이에요." 나는 아이 어머니에게 말했다. "더 이상 오지 않으셔도 됩니다."

"감사합니다, 선생님." 그녀가 말했다. 그러고는 아이에게 "고맙다고 말씀드려!" 하고 재촉했다.

그러나 리드카는 내게 아무 말도 하지 않으려 했다.

나는 더 이상 그 아이를 보지 못했다. 그다음에는 그 아이를 잊었다. 내가 진찰하는 환자의 수는 더 많아졌다. 그리고 내가 110명의 환자를 진료하는 날이 왔다. 우리는 아침 9시에 진료를 시작해 저녁 8시에 일을 마쳤다. 나는 비틀거리며 가운을 벗곤 했다. 나이 든 조산부 겸 의사보가 내게 말했다.

"이렇게 환자가 많은 것은 기도 절제술 덕분이에요. 선생님, 마을에서 뭐라고들 하는지 아세요? 선생님이 아픈 리드카에게 목 대신 철로 된 관을 심고 봉합했다고 그래요. 그 아이를 보러 사람들이 일부러 그 마을로 간대요. 그렇게 유명해지셨어요, 선생님, 축하드려요."

"그럼 강철로 된 목을 하고 산다는 겁니까?" 나는 물어보았다.

"그렇게 산다고 그래요. 선생님, 정말 잘하셨어요. 얼마나 냉정하게 수술을 하시던지, 멋졌어요!"

"음, 그래요. 아시다시피 나는 결코 흥분하는 일이 없어요." 나는 아무 이유 없이 이렇게 말했다. 하지만 피곤해서 부끄러운 줄도 몰랐다. 그저 옆으로 시선을 돌렸을 뿐이다. 나는 작별 인사를 하고 숙소로 돌아왔다. 함박눈이 내려 세상을 온통 뒤덮고 있었다. 가로등이 켜져 있었다. 내 집은 외롭고 조용하고 엄숙했다. 집에 오면 나는 자고 싶은 마음뿐이었다.

눈보라

눈보라는 야수처럼 울부짖고
아이들처럼 잉잉거릴 것이다.

이 이야기는 모든 사실을 알고 있는 아크시냐의 말대로 샬로메체보에 살고 있는 서기 팔치코프가 농업 기사의 딸을 연모한 데서 시작되었다. 그의 사랑은 열정적이고 애처롭게도 가슴 아픈 것이었다. 그는 지방 소도시 그라체프카에 가서 자신의 정장을 주문했다. 정장은 눈이 부실 정도였다. 사무용 바지의 회색 줄무늬가 불행한 인간의 운명을 결정하는 것은 충분히 일어날 수 있는 일이다. 농업 기사의 딸은 그의 아내가 되기로 했다.

나는 현청(縣廳) 소재지에 위치한 N 병원의 의사다. 나는 아마 분쇄기에 빠진 소녀의 다리를 절단하고 나서 감당할 수 없을 만큼 엄청난 명예를 얻을 정도로 유명해졌다. 하루에 백 명의 농부들이 썰매를 타고 나를 찾아왔다. 점심 먹을 시간도 없었다. 산수는 잔인한 과학이다. 내가 백 명의 환자들에게 5분…… 단 5분만을 할애했다고 가정해 보자! 그러면 5백 분, 즉 8시간 20분이다. 줄을 서서. 그리고 이외에 나는 30명의 입원 환자를 맡고 있었다. 게다가 수술까지 했다.

한마디로 저녁 8시에 병원에서 돌아오면 먹기도 마시기도 잠자기도 싫었다. 출산 때문에 불려 나가지 않았으면 하는 것 이외에 아무것도 바라는 게 없었다. 2주 동안 다섯 번이나 사람들은 밤에 나를 썰매에 태우고 어디론가 데리고 갔다.

이유 없이 눈물이 솟구쳤고, 양미간은 여러 줄로 된 나사의 비틀린 모양처럼 수직으로 주름이 졌다. 밤마다 나는 자욱한 안개 속에서 늑골 제거 수술을 한 환자들을 지켜보았다. 네덜란드식 페치카(난로)가 있음에도 불구하고 나는 식은땀에 젖어 서늘했고, 내 손은 늘 피범벅이었다.

나는 신속한 걸음걸이로 회진을 돌았고, 내 뒤로 의사보, 여자 의사보, 두 명의 간호조무사가 따랐다. 나는 고열로 쇠약해져 애처롭게 숨을 헐떡이는 환자의 침대에 멈춰 서서 환자의 몸속에 있는 모든 것을 알아내려고 머리를 쥐어짰다. 내 손가락은 초췌하고 붉게 변한 피부를 여기저기 더듬었다. 그리고 환자의 동공을 관찰하였고 늑골을 두드렸으며, 심장 깊은 곳에서 신비롭게 두근거리는 소리를 들었다. 한 가지 생각을 했다. 어떻게 환자를 구할 것인가? 이렇게 하면 구할 수 있다. 이 방법으로! 모두를!

전투가 지나갔다. 전투는 매일 아침 설광(雪光)이 희미하게 비칠

때 시작해서 활활 타는 램프가 황갈색으로 깜박거릴 때 끝났다

“이것이 어떻게 끝날지, 무척 궁금했었지.” 나는 밤이면 혼자 되뇌었다. “이런 식으로 1월, 2월, 3월에 환자들은 썰매를 타고 올 것이다.”

나는 N 현에 두 번째 의사가 부임해야 한다는 사실을 정중하게 상기시키는 편지를 써서 그라체프카로 보냈다.

편지를 실은 썰매는 평평한 설원을 따라 40베르스타를 달렸다. 그리고 3일 후에 답신이 도착했다. 편지에는 이렇게 적혀 있었다. 물론, 물론⋯⋯ 반드시⋯⋯ 하지만 지금 당장은 안 됩니다. 현재는 아무도 갈 사람이 없습니다.

편지는 내 노고에 대한 몇 마디 칭찬과 성공을 기원하는 말로 끝났다.

그 말에 고무된 나는 소독한 가제를 집어넣고, 디프테리아 혈청을 주사하고, 엄청난 크기의 종기를 째고, 깁스 붕대를 감아 놓았다.

화요일에는 백 명이 아니라 111명이 내원했다. 그 바람에 접수계는 저녁 9시에 문을 닫았다. 나는 내일, 수요일에는 몇 명이 올 것인지 생각하면서 잠이 들었다. 9백 명에 달하는 환자가 찾아오는 꿈을 꾸었다.

화창한 아침 햇살이 침실 창문을 통해 침실을 기웃거렸다. 누군가 날 깨운 것을 알아채지 못하고 눈을 떴다. 잠시 후에 노크 소리가 들렸다.

“의사 선생님.” 조산부 펠라게야 이바노브나의 목소리였다. “잠

에서 깨셨어요?"

"그래요." 나는 잠에 취한 거친 목소리로 대답했다.

"병원에 일찍 나오시지 않아도 된다고 말씀드리러 왔어요. 환자가 모두 두 명뿐이에요."

"뭐라고요? 지금 농담해요?"

"정말이에요. 눈보라, 선생님, 눈보라가 쳐서요." 그녀는 열쇠 구멍 틈으로 기쁨에 넘쳐 반복했다. "두 명 모두 충치 환자라서 데미얀 루키치가 발치할 거예요."

"그렇군요." 나는 아무 이유 없이 침대에서 뛰어내렸다.

황홀한 날이었다. 회진을 마친 나는 하루 종일 큰 방들을 돌아다니며(의사에게는 여섯 개의 방이 딸린 2층짜리 아파트가 제공되었다. 방 세 개는 위층에, 부엌과 나머지 방 세 개는 아래층에 있었다), 휘파람으로 오페라 아리아를 읊조리고, 담배를 피우고, 창문을 두드렸다. 창문 너머로 이제까지 한 번도 본 적이 없는 어떤 것이 펼쳐져 있었다. 하늘도, 땅도 보이지 않았다. 마치 악마가 가루 치약을 가로세로로 뿌려 놓은 것같이 눈보라가 이리저리 휘몰아쳤다.

정오에 나는 아크시냐에게 의사가 거주하는 아파트에서 하녀와 청소부가 응당 해야 할 일들을 전달했다. 그것은 세 양동이와 솥에 물을 끓이는 일이었다. 난 한 달째 목욕을 하지 못하고 있었다.

나는 아크시냐와 함께 작은 창고에서 엄청난 크기의 통을 끄집어냈다. 우리는 그 통을 부엌 마루에 놓았다(물론 N 현에서 목욕탕을 언급하는 것은 불가능했는데 목욕탕은 오직 병원 안에만 있었고, 그것은 너무 낡아 쓸모가 없었다).

오후 2시경 창문 너머로 소용돌이치던 눈보라가 잠잠해졌고, 나는 머리에 비누칠을 하고 벌거벗은 채 욕조에 앉아 있었다.

"알았어요…… 상황 파악이 끝났다고!" 나는 등에 뜨거운 물을 쏟아 부으며 유쾌하게 중얼거렸다. "목욕을 한 다음 우리는 점심 식사를 하고 낮잠을 청할 거야. 만일 내가 충분히 잠을 잔다면 내일은 150명의 환자도 받을 수 있을 것이다. 무슨 일이지요, 아크시냐?"

아크시냐는 문밖에서 목욕이 끝나기를 기다리고 있었다.

"샬로메체보 영지의 서기가 결혼한대요." 아크시냐가 대답했다.

"그래요, 여자도 승낙했대요?"

"그럼요, 사랑하고 있는데요." 아크시냐는 식기를 달그락거리며 노래하듯 말했다.

"신부 될 사람은 미인인가요?"

"최고의 미인이지요. 금발에 날씬하고……."

"계속해 봐요."

그때 문 두드리는 소리가 들렸다. 나는 얼굴을 찌푸리며 물을 끼얹고는 그 소리에 귀를 기울였다.

"의사 선생님께서 목욕하고 계세요." 아크시냐가 목소리를 길게 빼며 말했다.

"부르르…… 부르르……." 남성의 낮은 목소리가 중얼거렸다.

"선생님, 편지가 와 있어요." 아크시냐의 투덜거리는 소리가 문틈 사이로 들렸다.

"문 안쪽으로 내밀어요."

나는 목욕통에서 나의 운명을 예측하지 못하겠다는 듯 몸을 움츠리며 아크시냐의 손으로부터 눅눅해진 작은 봉투를 건네받았다.

"아, 안 되지. 목욕하다 말고 나갈 수는 없지요. 나도 인간이라고요." 나는 확신에 차지 않은 목소리로 말하고는 목욕통 안에서 편지지를 펼쳤다.

존경하는 친구에게(커다란 감탄 부호가 적혀 있다). 간곡히(지운 흔적이 있다) 바라건대 되도록 빨리 와 주세요. 머리를 맞은 여자가 코와 입에서(지운 흔적이 있다) 피를 쏟고 있어요. 의식이 없습니다. 나는 처치할 수가 없습니다. 간청 드립니다. 잘 달리는 말을 보냅니다. 맥박이 불안해요. 캠퍼 주사는 있습니다. 의사(필적을 판독하기가 힘들다).

'나는 왜 이렇게 운이 없을까.' 나는 페치카에서 타고 있는 장작더미를 바라보며 우울하게 생각에 잠겼다.

"밖에 있는 남자가 편지를 가져왔나요?"

"네, 맞아요."

"이리 데려오세요."

빛나는 헬멧과 귀가 큰 모자를 쓰고 있어서 고대 로마인처럼 보이는 남자가 들어왔다. 그는 늑대 가죽 외투를 입고 있었는데, 혹한을 견디고 온 흔적이 내 마음을 아프게 했다.

"당신은 왜 헬멧을 쓰고 있지요?" 나는 수건으로 덜 씻은 몸을 가리며 물었다.

"저는 살로메체보의 소방관입니다. 그곳에 소방대가 있지요." 로마인이 대답했다.

"어떤 의사가 이 편지를 썼지요?"

"우리 농업 지도소를 방문한 사람이에요. 젊은 의사죠. 우리에게 사고가 생겼습니다. 그 재난은……."

"어떤 여자지요?"

"서기의 약혼자입니다."

아크시냐가 문 뒤에서 한숨을 쉬었다.

"무슨 일이 있었지요?"(아크시냐가 문에 몸을 기대는 소리가 들렸다.)

"어제 약혼식이 있었어요. 약혼식이 끝난 뒤 서기는 약혼녀를 작은 썰매에 태우려 했어요. 경주마를 썰매에 매고 그녀를 태웠지요. 그래요, 입구에서. 그런데 경주마가 갑자기 날뛰기 시작했어요. 이마를 흔들어 약혼녀를 문기둥에 받아 버렸지 뭐예요. 그래서 그녀가 튀어 나갔어요. 이런 불행한 사고는 말로 표현하는 것이 불가능합니다. 목매달아 죽는다는 것을 제지하러 사람들이 서기한테 달려갔어요. 그 사람은 제정신이 아니었어요."

"나는 목욕 중입니다." 나는 애처롭게 말했다. "그녀를 왜 여기로 데려오지 않았어요?" 그때 나는 머리에 물을 쏟아 부었다. 비누가 목욕통에 빠졌다.

"모르시는 말씀입니다, 존경하는 의사 선생님." 소방관은 흥분해서 말했다. 그는 기도하듯이 손을 모았다. "그건 불가능합니다.

여자가 죽을 거예요."

"눈보라가 치는데 어떻게 간단 말입니까?"

"무슨 말씀을 하세요, 선생님. 잠잠해졌습니다. 훨씬 누그러졌어요. 준마들이 일렬로 대기 중입니다. 한 시간이면 도착할 수 있습니다."

나는 살며시 신음 소리를 내며 목욕통에서 나왔다. 화가 치밀어 두 양동이의 물을 몸에 끼얹었다. 그런 다음 페치카 입구에 쭈그리고 앉아 머리를 말리기 위해 페치카 쪽으로 다가갔다.

'나는 폐렴에 걸릴 수도 있다. 왕진을 갔다 와서 크루프성 폐렴*에 걸릴 수 있어. 그리고 중요한 것은 내가 그녀를 위해 무엇을 할 수 있는가이다. 편지에 따르면, 이 의사는 나보다 경험이 많지 않을 것이다. 하지만 나는 아무것도 모른다. 반년 동안 임상 경험을 했을 뿐이다. 그는 이런 나보다 경험이 부족한 것이다. 의과 대학을 갓 졸업한 것이 분명하다. 내가 경험이 많다고 생각한 것이다.'

이렇게 생각하면서 나는 어떻게 옷을 입었는지도 깨닫지 못했다. 복장을 갖추는 것은 간단하지 않았다. 바지, 상의, 펠트 가죽 장화, 상의 위에 가죽 재킷, 그다음에 외투. 위에는 양가죽 외투를 걸치고, 털모자를 쓰고, 왕진 가방을 챙겼다. 가방에는 카페인, 캠퍼 주사, 모르핀, 아드레날린, 핀셋, 소독된 물건, 주사기, 프로브,* 브라우닝제 권총, 담배, 성냥, 시계, 청진기 등이 들어 있다.

우리가 마을 경계를 벗어날 땐 이미 날이 저물고 어둑했다. 눈보라가 약해진 것 같았다. 눈보라는 비스듬히 오른뺨 한 방향으로 불어왔다. 덩치 큰 소방관이 첫 번째 말의 몸으로 나를 감쌌다. 말들은 실제로 원기 왕성했다. 말들이 몸을 곧추세우자 썰매들이 도로의 파인 곳을 피해 내달렸다. 썰매에 누우니 금세 몸이 따뜻해졌다. 나는 크루프성 폐렴을 염려했다. 그리고 아마도 그 처녀의 두개골이 안쪽으로 부서지면서 뼛조각이 뇌에 박혔을 것이라고 생각했다.

"소방대 소속 말들인가요?" 나는 양가죽 외투의 옷깃에 얼굴을 파묻고 물었다.

"그렇습니다⋯⋯ 그래요." 마부는 뒤도 돌아보지 않고 우물거리며 말했다.

"의사가 그녀에게 무슨 조치를 했나요?"

"네, 그가⋯⋯ 그러니까⋯⋯ 그는 성병 치료를 공부한 분이라서⋯⋯ 그렇습니다⋯⋯ 그래요."

눈보라가 작은 산림 지대에서 웅웅거리더니 옆에서 바람이 세게 불자 다시 퍼붓기 시작했다. 나를 태운 썰매가 이리저리 흔들렸다. 나는 지금 모스크바에 있는 산두노프 공중목욕탕에 있는 것이 아니었다. 탈의실에서 외투를 뒤집어쓰고 땀에 흠뻑 젖어 있었다. 얼마 안 있어 횃불이 타올랐고, 사람들이 추위를 쫓고 있었다. 눈을 떴을 때 나는 선홍색 헬멧이 빛나고 있는 것을 보고는 불이 났다고 생각했다. 그다음에 눈을 깜박이고 내가 목적지에 도착했다는 것을 깨달았다. 나는 니콜라이 1세 시대의 기둥을 한 흰색 건물의 문지방에 서 있었다. 주위에는 컴컴한 어둠이 내렸다. 소방관들이 나를 맞으러 나왔다. 그들의 머리 위로 불꽃이 춤추고 있었다. 양가죽 외투의 틈새로 시계를 꺼내 보았다. 5시였다. 우리는 한 시간이 아니라 두 시간 반 만에 도착한 것이다.

"돌아갈 말을 준비해 주세요." 나는 말했다.

"알았습니다." 마부가 대답했다.

찜질한 것처럼 가죽 재킷 속에서 잠에 취하고 땀범벅이 된 나는 현관으로 들어갔다. 옆에서 램프 불빛이 쏟아졌다. 빛줄기가 페인트칠한 마루 위를 차지하고 있었다. 거기서 주름이 잘 잡히게 다림질한 양복 바지를 입고 갈색 머리를 한 젊은이가 놀란 눈으로 뛰어나왔다. 그는 검정 물방울무늬가 있는 흰색 넥타이를 한쪽으로 늘어뜨리고 있었다. 와이셔츠 가슴에 댄 흰 천은 불룩하게 튀어나와 있었다. 하지만 새로 맞춘 신사복은 칼 같은 주름이 잡혀 있었다.

남자는 손을 치켜 올려 내 외투를 붙잡고 흔들며 나에게 매달렸다. 그리고 낮은 소리로 속에 있는 말을 털어놓았다.

"존경하는…… 의사 선생님, 빨리. 그녀가 죽어 가고 있어요. 나는 살인자예요." 그는 옆을 물끄러미 쳐다보고 험상궂게 눈을 껌벅이더니 누군가에게 말했다. "나는 살인자예요. 보세요."

그는 소리 내어 울면서, 성긴 머리칼을 잡아당겼다. 나는 그가 정말 손으로 머리채를 감아 당기는 것을 보았다.

"그만해요." 나는 그에게 말하고 주먹을 불끈 쥐었다.

누군가 그를 끌고 갔다. 몇 명의 여자들이 뛰어나왔다.

어떤 이가 내 외투를 벗겼다. 그리고 혼례용 매트를 따라 나를 하얀 침대로 데리고 갔다. 나를 맞기 위해 젊은 의사가 의자에서 일어났다. 그는 고통스럽게 눈을 찡그리고는 어찌할 바를 몰라 했다. 내가 자신과 같이 젊다는 것을 확인하자 순간 그의 눈에 놀라움이 나타났다. 우리는 동갑내기 얼굴을 그린 두 개의 초상화를 닮았다. 하지만 내가 반가운 것도 잠깐, 그는 목이 메어 울먹였다.

"이렇게 반가울 수가……. 친구, 여길…… 보세요, 맥박이 떨어지고 있어요. 나는 원래 성병 전문의입니다. 당신이 와서 미칠 듯이 기뻐요."

탁자 위 가제 조각 안에 주사기와 황색 용액이 들어 있는 몇 개의 앰풀이 놓여 있었다. 서기의 울음소리가 문 뒤에서 들려왔다. 문이 닫히고, 바로 옆으로 흰옷을 입은 여자가 나타났다. 침실은 희끄무레했고, 램프 옆으로 녹색 빛의 파편이 흘러내렸다. 푸르스름한 그림자 속에 창백한 낯빛을 한 사람이 베개를 베고 누워 있었다. 밝은 색의 머리카락이 아래로 늘어져 있었다. 코끝은 뾰족했고 콧구멍은 피로 물든 솜으로 틀어막고 있었다.

"맥박이……." 의사가 내게 속삭였다.

나는 생기 없는 손을 잡고, 이미 익숙한 동작으로 손가락을 댄 다음 몸을 떨었다. 손가락 밑으로 맥박이 약하고 불규칙하게 뛰더니 사라졌다가 이어졌다를 반복했다. 가까이서 죽음을 보면 항상 그렇듯이 나는 습관적으로 명치끝이 서늘해졌다. 나는 죽음을 증오한다. 나는 앰풀 끝을 깨고 주사기에 용액을 넣었다. 그리고 기계적으로 주사기를 꽂고, 공연히 처녀의 피부 아래로 손을 억지로 찔러 넣었다.

처녀의 아래턱이 실룩거리기 시작했다. 그녀는 숨을 헐떡거리더니 아래로 축 늘어졌나. 그녀의 몸은 이불 속에서 심장이 멎은 듯 뻣뻣하게 굳어 있다가 축 처졌다. 마지막 맥박이 내 손끝에서 사라졌다.

"죽었어요." 나는 의사의 귀에 입을 대고 말했다.

회색 머리를 한 창백한 인물이 이불로 다가와 엎드리고는 몸을 벌벌 떨었다.

"진정하세요." 나는 창백한 여인의 귀에 대고 이렇게 말했다. 의사는 고통스러워하며 문 쪽을 곁눈질했다.

"신랑이 날 죽이려고 했어요." 의사가 아주 조용히 말했다.

우리는 다음과 같이 일을 처리했다. 울고 있는 죽은 처녀의 어머니를 침실에 머물게 하고, 아무한테도 이야기하지 않은 채 서기를 다른 방으로 데리고 갔다.

거기서 나는 그에게 말했다.

"만일 당신이 진정제를 맞지 않으면 우리가 아무 일도 할 수 없습니다. 당신은 우리를 괴롭히며 일을 방해하고 있어요."

그는 동의했고 조용히 울먹이며 신사복을 벗었다. 우리는 그의 약혼식 셔츠 소매를 걷어 올리고 모르핀 주사를 놓았다. 의사는 마치 환자를 돌보기라도 하듯 죽은 여자에게 갔고, 나는 서기 옆을 지켰다. 모르핀은 내가 기대한 것보다 더 효과가 있었다. 15분이 지나자 서기는 두서없이 푸념을 늘어놓으면서 울먹이더니 졸기 시작했다. 그리고 울어서 퉁퉁 부은 얼굴을 손으로 감싸고 잠들었다. 그는 소란스러운 소리, 울음소리, 바스락거리는 소리, 억누른 통곡 소리를 듣지 못했다.

"이봐요, 친구, 지금 떠나는 건 위험해요. 당신은 길을 잃을 수 있어요." 의사가 현관에서 속삭이듯이 내게 말했다. "묵었다 가세요."

"안 돼요. 그럴 수 없어요. 무슨 일이 있어도 가야 해요. 사람들이 지금 돌아갈 준비를 하겠다고 약속했어요."

"그래요, 그들이 준비할 거예요. 하지만 보세요."

"나는 세 명의 티푸스 환자를 돌봐야 합니다. 밤에 나는 그들을 봐야 합니다."

"그런데 보세요."

그는 주정(酒精)에 물을 타서 내게 건넸다. 나는 현관에서 햄 조각을 먹었다. 속이 따뜻해지고 가슴속의 슬픔이 조금 가라앉았다. 나는 마지막으로 침실로 가서 죽은 여자를 보고, 서기에게 들렀다가 의사에게 모르핀 앰풀을 주었다. 그리고 몸을 감싸고 현관 밖으로 나갔다.

휘파람 소리가 들리자 말들이 머리를 숙였다. 말들은 눈보라를 맞고 있었다. 횃불이 타올랐다.

"당신 길 알지요?" 입을 감싸며 내가 물었다.

"길은 알지요." 마부는 매우 슬프게 대답했다(그는 헬멧을 쓰고 있지 않았다). "묵었다 가시지요……."

그의 털모자 귀마개 뒤로 죽어도 가기 싫다는 표정이 역력했다.

"묵었다 가십시오." 타오르는 횃불을 잡고 있던 두 번째 마부가 덧붙였다. "들판의 상황이 좋지 않습니다요."

"12베르스타라……." 나는 우울한 기분으로 중얼거리기 시작했다. "도착할 거야. 심각한 환자들이 있잖아." 그러고는 썰매에 올랐다.

정말 미안했다. 불행한 사태가 벌어졌지만 전혀 도울 수 없다는 생각 때문에 참기 어려웠다는 사실을 나는 말하지 못했다.

마부가 절망적으로 마부석에 털썩 주저앉더니 고삐를 팽팽하게 잡아당겨 흔들었다. 우리는 썰매를 타고 입구 쪽으로 향했다. 횃불은 꺼져 자취를 감추었다. 그러나 잠시 후, 다른 것이 나의 호기심을 자극했다. 어렵사리 돌아선 나는 횃불뿐만 아니라 샬로메체보의 모든 건물이 마치 꿈속처럼 어두워지는 것을 보았다. 그것이 나를 불안하고 가슴 아프게 했다.

"하지만 괜찮을 거야." 이건 생각도 중얼거림도 아니었다. 나는 잠시 밖으로 코를 내밀었다가 나쁜 일이 일어날까 두려워 다시 마차 안으로 숨었다. 온 세상이 서로 얽혀 있다가 다시 사방으로 흩어졌다.

돌아가지 말까 하는 생각이 불현듯 떠올랐다. 하지만 나는 그 생각을 접고 썰매 바닥의 건초 더미 속에 누웠다. 나는 작은 배에 있는 것처럼 몸을 웅크리고 눈을 감았다. 그때 램프 속에서 녹색 그림자가 떠올랐다. 창백한 얼굴이었다. 램프가 갑자기 머리를 비추었다. "두개골 골절입니다. 그, 그, 그래요. 아하, 바로 그래요!" 올바른 진단이라는 확신이 들었다. 문득 이런 생각이 들었다. 그런데 어떻게 해야 한단 말인가? 지금은 소용없다. 전에도 소용없었다. 무엇을 할 수 있단 말인가! 이런 불행한 운명이라니! 세상 사는 것이 어찌 이처럼 불합리하고 끔찍할 수 있는가! 농업 기사의 집은 지금 어떻게 되었을까? 심지어 생각하는 것조차 괴롭고 서글프나! 자신이 딱하게 여겨졌다. 내 인생은 왜 이렇듯 힘겨운 것일까. 사람들은 지금 잠들고, 페치카도 달구어졌건만 나는 씻지도 못하고 있다. 눈보라가 나를 나뭇잎처럼 흔들었다. 그래, 나는 집에 도착할 것이고, 그들이 선량한 나를 다시 어디론가 인도할 것이다. 그렇게 눈보라 속을 달릴 것이다. 나는 혼자지만 환자는 수천 명이다. 나는 폐렴에 걸려 여기서 죽을 것이다. 그렇게 자신을 측은하게 생각하면서 나는 어둠 속으로 빠져들었다. 그러나 거기서 얼마 동안 있었는지 모른다. 나는 목욕탕에 있는 것이 아니었다. 오한이 몰려왔다. 주위가 점점 더 싸늘해졌다.

눈을 떴을 때 나는 시커먼 등짝을 보았다. 그리고 잠시 후에 우리가 달리지 않고 멈춰 서 있다는 것을 알게 되었다.

"다 왔나요?" 나는 몽롱한 상태로 눈을 휘둥그레 뜨고 물었다.

시커먼 마부가 갑자기 썰매에서 내리며 침울하게 입을 떼었다. 그는 사방으로 왔다 갔다 하는 것 같았다. 그리고 거칠게 말하기 시작했다.

"왔습니다…… 사람들 얘기를 들었어야 하는데…… 정말 이게 뭐람! 말도 우리도 다 죽게 생겼으니……."

"길을 잃은 건가요?" 나는 등 쪽에 한기를 느꼈다.

"길이 없어졌어요." 마부가 실망한 목소리로 대답했다. "우리 주위엔 온통 흰빛뿐입니다. 아주 쓸데없는 짓을 한 셈이지요. 네 시간이나 달려왔는데, 대체 이게 무슨 변고인지……."

네 시간. 머릿속으로 온갖 생각이 지나갔다. 손으로 시계를 더

듬어 찾았다. 그리고 성냥을 꺼냈다. 무슨 목적으로? 이건 소용없는 짓이었다. 성냥개비 하나가 먹통이었다. 마찰음을 내며 반짝이더니 순간 불꽃을 먹고 말았다.

"네 시간이라고 말씀드렸지요. 지금 뭘 해야 하지요?" 소방관이 슬픈 어조로 말했다.

"우리가 지금 어디쯤 있는 겁니까?"

마부가 대답할 가치를 느끼지 못할 정도로 질문은 어리석은 것이었다. 그는 사방을 둘러봤다. 하지만 시간이 지날수록 그가 움직이지 않는 것처럼 보였다. 나는 썰매 안에서 서성거렸다. 나는 썰매에서 겨우 나왔다. 그리고 곧 썰매의 미끄럼 나무 옆에 눈이 무릎까지 쌓여 있다는 사실을 깨달았다. 뒤에 있는 말은 배까지 눈 더미에 빠졌다. 말갈기가 맨머리를 한 여인처럼 축 늘어져 있었다.

"말들도 그렇게 된 겁니까?"

"그래요, 동물들이 고생이지요."

나는 갑자기 어떤 단편 이야기를 떠올리고는 무슨 이유 때문인지 레프 톨스토이에 대해 유감을 품게 되었다.

'야스나야폴랴나에서 톨스토이는 너무 행복하게 지내서 죽어 가는 사람들을 본 적이 없었을 것이다.' 나는 이렇게 생각했다.

소방관과 나는 처지가 딱하게 되었다. 잠시 후에 나는 또다시 끔찍한 공포의 순간을 경험했다. 하지만 그것을 가슴속에 누르고 꾹 참았다.

"이렇게 무기력할 수가……." 나는 이를 악물고 중얼거렸다.

주체할 수 없는 힘이 내부에서 솟구쳤다.

"이보세요, 아저씨." 나는 이를 덜덜 떨면서 말했다. "의기소침하면 안 돼요. 그러면 우리는 정말 나락으로 떨어질 겁니다. 말들이 잠시 멈춰 서서 쉬고 있는 거예요. 계속 가야 합니다. 가서 앞 말의 재갈을 물려 잡으세요. 내가 말을 부릴게요. 빠져나와야만 해요. 그렇지 않으면 눈이 우리를 덮어 버릴 거예요."

털모자의 귀마개 부분이 절망적으로 보였지만 마부는 개의치 않고 앞으로 갔다. 그는 눈 속에 빠져 절뚝거리면서 첫 번째 말이 있는 곳까지 힘겹게 도달했다. 출발이 한없이 지연될 것만 같았다. 마부의 눈은 땀에 젖어 감겼고, 내 눈에도 혹독한 눈보라가 몰아쳤다.

"아이—고." 마부가 신음 소리를 냈다.

"아니, 아니." 나는 고삐를 잡아당기면서 소리쳤다.

말들이 천천히 움직이더니 눈 속을 걸어갔다. 썰매가 마치 파도 위에 있는 것처럼 흔들렸다. 마부는 올라왔다 빠졌다 하면서 눈 속에서 앞으로 나왔다.

우리는 15분 정도 그렇게 작업했다. 그동안 나는 썰매가 마치 균형을 잡은 것처럼 삐거덕 소리를 내는 것을 알아차리지 못했다. 말의 뒷발굽이 어슴푸레 보였을 때 나는 기뻐서 어쩔 줄 몰랐다.

"조금만, 길 쪽으로!" 나는 소리쳤다.

"자, 자……." 마부가 대답했다. 그는 내가 있는 쪽으로 절룩거리며 걸어 나왔고, 곧 완전히 빠져나왔다.

"출발할 수 있겠네요." 소방관은 기쁜 나머지 심지어 지저귀는 듯한 목소리로 대답했다. "다시 길만 잃지 않으면 됩니다 십중팔구는……."

우리는 위치를 바꿨다. 말들은 힘차게 출발했다. 눈보라가 몸을 움츠리며 잠잠해지는 것 같았다. 하지만 하늘과 사방이 흐릿한 것을 제외하고는 아무것도 없었다. 나는 병원에 도착하는 것도 바라지 않았다. 그게 어디든 상관없었다. 정말 이 길이 사람 사는 곳으로 가는 것일까.

말들이 갑자기 달리기 시작하더니 더 힘차게 다리를 내뻗었다. 나는 왠지 모르게 기뻤다.

"인가가 보이나요?" 내가 물었다.

마부는 대답하지 않았다. 나는 썰매에서 몸을 일으켜 주위를 둘러보았다. 구슬프고 기분 나쁜 이상한 소리가 어디선가 어둠 속에서 들려오더니 금방 사라졌다. 무슨 이유 때문인지 언짢아졌다. 손으로 머리를 움켜쥔 채 슬프게 울고 있던 서기가 생각났다. 갑자기 오른쪽으로 시커먼 점이 나타났다. 그것은 검은 고양이처럼 커졌다가 잠시 후 조금 더 커지더니 가까이 다가왔다. 소방관이 갑자기 내게 몸을 돌렸다. 게다가 나는 그의 턱이 움직이는 것을 보았다. 그가 물었다.

"보셨어요, 의사 양반?"

말 한 마리는 오른쪽으로, 다른 한 마리는 왼쪽으로 엇갈려 달렸다. 소방관이 내 무릎에 살짝 기대더니 한숨을 쉬고는 자세를 고쳐 잡았다. 그는 고삐를 잡아당겼다. 말들이 흥분해 콧소리를 내며 쏜살같이 내달렸다. 말들은 눈덩이를 일으켜 사방으로 뿌리

고는 몸을 부르르 떨며 서로 엇갈려 닥쳤다

내 몸에도 몇 차례 전율이 지나갔다. 자세를 바로잡고 나는 품 속에서 권총을 꺼냈다. 집에 두 번째 장탄을 두고 온 것이 저주스러웠다. 아니, 만일 내가 거기 머물렀다면 횃불을 들고 있었을 것이다! 나와 운이 억세게 없는 소방관에 관한 기사가 실린 짧은 신문 보도를 상상해 보았다.

고양이는 점점 커져 개가 되더니 썰매에서 멀지 않은 곳까지 빠른 속도로 달려왔다. 나는 몸을 돌렸고, 썰매 가까이서 두 번째 나타난 네발 달린 짐승을 보았다. 맹세컨대 그 짐승은 뾰족한 귀를 가지고 있었고, 마치 토끼집 울타리를 넘듯 썰매를 가볍게 뛰어넘었다. 짐승들의 욕망 속에는 무엇인가 위협적이고 불손한 기운이 서려 있었다. '떼로 몰려온 거야, 아니면 단 두 마리야?' 이런 생각이 들었다. '떼' 라는 단어를 떠올리자 외투 속에 펄펄 끓는 물을 쏟아 부어 언 발가락이 녹는 것 같았다.

"꽉 잡아요, 말들을 붙잡고 있어요. 지금 쏠 테니." 나는 낯선 목소리로 말했다.

마부는 한숨 소리로 대답을 대신하며 머리를 움츠렸다. 눈에 불꽃이 튀었고 귀를 찢는 듯한 우렛소리가 났다. 잠시 후 두 번째, 세 번째 총성이 울렸다. 썰매 바닥에서 얼마나 떨고 있었는지 기억이 나지 않는다. 말들의 거칠고 째지는 듯한 콧소리가 들렸다. 나는 권총을 꽉 쥔 채 머리를 어딘가에 부딪히고 나서 건초 더미에서 일어나려고 애썼다. 죽음의 공포 속에서 나는 가슴에 갑자기 엄청난 힘줄이 불거졌을 거라는 생각을 했다. 상상 속에선 이미 창지가 튀어나온 것을 보았다.

그때 마부가 울부짖기 시작했다.

"아이고, 사라졌어요…… 도망갔어요. 맙소사, 가요, 갑시다."

마침내 나는 무거운 양가죽 외투를 입은 채 몸을 가누며 손을 내딛고 일어섰다. 사방에 시커먼 짐승들이 사라지고 없었다. 한층 약해진 눈보라가 이따금씩 불어왔다. 너덜너덜한 장막 속에서 매력적인 눈빛이 희미하게 반짝였다. 그 빛은 내가 수천 번 본 적이 있는 것이었다. 지금 생각해 보니 그것은 내가 근무하는 병원의 가로등 불빛이었다. 어둠이 그 뒤로 첩첩이 쌓여 있었다. '어디에 이보다 아름다운 궁전이 있을까.' 나는 갑자기 이런 생각을 하고 정신이 혼미해져 늑대들이 사라진 쪽을 향해 권총 두 발을 발사했다.

마부 노릇을 한 소방관은 근사한 의사 아파트의 아래층에서 이어진 계단 중간에 서 있었고, 나는 위층에, 털외투를 입은 아크시냐는 아래층에 있었다.

"수고비를 왕창 주셔야 합니다." 마부가 말하기 시작했다. "내 다시는……." 그는 가져온 보드카를 단숨에 마셔 버리고는 말을 잇지 못하고 꽥꽥거렸다. 그리고 아크시냐에게 다가가 그의 몸이 허용하는 만큼 손을 벌리고는 이렇게 덧붙였다. "아주 많이……."

"약혼녀는 죽었나요? 구하지 못했어요?" 아크시냐가 내게 물었다.

"죽었어요." 나는 무심하게 대답했다

15분이 지나자 잠잠해졌다. 아래층 불빛이 꺼졌다. 나는 위층에 혼자 남았다. 무슨 이유 때문인지 발작적으로 웃음이 나왔다. 상의 단추를 끄르다가 다시 끼우고는 서재로 갔다. 외과의 전공 서적을 집어 들고 두개골 골절에 관한 부분을 살펴보려다 책을 집어 던졌다.

옷을 벗고 이불 속으로 들어갔을 때 30초가량 몸에 경련이 일었다. 잠시 후 경련은 사라지고 온몸이 따뜻해졌다.

"수고비를 왕창 주셔야 합니다." 졸면서 나는 중얼거렸다. "하지만 더 이상……."

"갈 수…… 아니, 갈 수가……." 눈보라가 조소하듯 윙윙 소리를 냈다. 눈보라는 지붕 위에서 굉음을 내더니 잠시 후 나팔 소리를 울리고는 창문 너머에서 사각사각 소리를 내며 이내 사라졌다.

"갑시다…… 출—발—해—요." 시계 소리가 났다. 그리고 소리가 점점 작아진다.

이무것도 들리지 않는다. 정적. 꿈.

칠흑 같은 어둠

내가 태어난 날, 세상은 어디에 있었지? 모스크바의 전기 가로등은? 사람들은? 하늘은? 작은 창 너머에는 지금 아무것도 없다! 어둠만 있을 뿐…….

우리는 사람들로부터 격리되어 있다. 가장 가까운 등유 가로등은 우리가 있는 곳에서 9베르스타 떨어진 기차 정거장에 있다. 거기서 깜박이는 작은 가로등은 눈보라 때문에 자주 꺼지곤 할 것이다. 한밤중에 급행열차는 잠시 멈춰 서지도 않은 채 기적 소리를 울리며 모스크바로 내달린다. 큰 눈보라에 파묻혀 기억에서 사라진 정거장은 안중에도 없다. 그것이 길을 인도하지 않는 한.

가장 가까운 전기 가로등은 40베르스타 떨어진 지방 소도시에 있다. 그 도시의 삶은 달콤하다. 극장도 있고, 상점도 있다. 스크린에서는 들판에 눈보라가 거친 숨을 토하며 휘몰아치는 것도, 갈대가 움직이거나 종려나무가 흔들리는 것도, 열대 섬이 반짝이는 것도 가능하다.

우리는 외톨이다.

"칠흑 같은 어둠이야." 의사보 데미얀 루키치가 커튼을 올리면서 말했다.

그는 엄숙하지만 매우 정확하게 표현했다. 이른바 '칠흑 같은'이라는 단어를.

"술이나 한잔합시다." 내가 제안했다.(아, 용서하소서! 의사, 의사보, 두 명의 조산부, 우리 또한 사람일지니! 우리는 한 달 내내 백 명의 환자들을 제외하고는 아무도 보지 못했다. 우리는 눈 속에 묻혀 일만 했다. 의사의 생일날 처방전에 따라 준비된 보드카 두 잔을 마시고, 소박한 훈제 연어를 안주 삼아 먹는 것이 뭐가 문제란 말인가?)

"의사 선생님, 당신의 건강을 위해!" 데미얀 루키치가 간절하게 말했다.

"당신이 여기서 잘 적응하길 바라면서." 안나 니콜라예브나가 건배하면서 이렇게 말하고는 당초무늬가 새겨진 제복의 옷매무새를 매만졌다.

부(副)조산부인 펠라게야 이바노브나는 술잔을 부딪치고 마시더니 지금은 쪼그려 앉아 부젓가락으로 페치카를 뒤적이고 있다. 뜨거운 불꽃이 우리 얼굴에 덤벼들었고, 가슴은 보드카 덕분에 따뜻해졌다.

"이 여자가 벨라도나*를 복용했다는데, 도무지 이해할 수 없어요." 나는 부젓가락 밑에서 갑자기 날아오른 불꽃 더미를 보며 흥분한 어조로 말하기 시작했다. "끔찍한 일이지요!"

의사보와 조산부들의 얼굴에 웃음꽃이 피었다.

저간의 사정은 이랬다. 오늘 아침 접수계 사무실에서 서른 살 된 붉은 얼굴의 젊은 여자가 사람을 헤치고 내게 다가왔다. 그녀는 내 등 뒤에 있는 산모용 안락의자에 다가와 잠시 머뭇거리더니 품속에서 주둥이가 큰 병을 꺼낸 뒤 아첨하듯 마지못해 말하기 시작했다.

"물약을 주셔서 고마워요, 의사 선생님. 효과를 봤어요, 좋았어요…… 부탁드려요, 또 한 병만."

나는 그녀에게서 병을 빼앗아 레테르를 보았다. 눈앞이 캄캄했다. 레테르에는 데미얀 루키치의 조잡한 필체로 다음과 같이 적혀 있었다. 'Tinct.* Belladonnae…… 1917년 12월 16일.'

다시 말하자면 어제 나는 이 여자에게 꽤 많은 양의 1회분 벨라도나를 처방하고, 내 생일인 오늘, 12월 17일, 여자는 빈 병을 들고 와서 같은 요구를 반복하고 있는 것이었다.

"당신, 당신…… 어제 이걸 다 마셨다고요?" 나는 거친 목소리로 물었다.

"모두요, 의사 선생님, 다." 여자는 유들유들한 목소리로 대답했다. "이 물약 덕에 복 받으실 거예요. 물약 반병 때문에 다시 왔어요. 물약 반병이면 잠자리에 누울 수 있어요. 아픔이 씻은 듯 가셨어요."

나는 산모용 안락의자에 기댔다.

"내가 당신한테 몇 방울을 먹으라고 했지요?" 나는 숨이 멎을 것 같은 목소리로 말하기 시작했다. "내가 다섯 방울을……. 당신 대체 무슨 짓을 한 거예요? 당신이…… 내가…….”

“신에세 맹세코, 마셨어요!” 마치 내가 준 벨라도나를 먹고 상태가 호전된 것으로 여긴 여자는 내가 그녀의 말을 믿지 않는다고 생각하면서 이렇게 말했다.

나는 손으로 붉은 뺨을 잡고 동공을 들여다보았다. 하지만 동공은 별 이상이 없었다. 눈은 매우 아름답고 정상이었다. 맥박 또한 기가 막혔다. 여자는 벨라도나 중독의 어떤 증상도 보이지 않았다.

“이럴 수는 없어!” 나는 이렇게 말하고 큰 소리로 의사보를 불렀다. “데미얀 루키치!”

데미얀 루키치가 흰 가운을 입고 약국에서 나타났다.

“이 아리따운 여인께서 무슨 짓을 했는지 좀 보세요. 데미얀 루키치! 도대체 이해할 수 없군요.”

여자는 자신이 뭔가 잘못했다는 것을 깨닫고는 놀라 고개를 저었다.

데미얀 루키치가 병을 들고 냄새를 맡아 보더니 손을 흔들면서 엄중하게 말했다.

“당신 거짓말을 했군. 이 여자 약을 먹지 않았어요!”

“맹세코…….” 여자가 말하기 시작했다.

“아줌마, 우리 눈을 속일 수는 없어.” 험상궂게 소리치며 데미얀 루키치가 말했다. “우리는 모든 것을 알고 있어요. 이 물약을 누구한테 먹였는지 털어놓아요.”

여자는 자신의 정상적인 눈동자로 새하얀 천장을 쳐다보면서 성호를 그었다.

"실은 제가……."

"그만, 그만둬." 데미얀 루키치가 투덜대며 내게로 다가왔다. "의사 선생님, 이 사람들이 무슨 짓을 한 줄 아세요? 사기꾼 하나가 병원에 와서 우리에게 약을 타 가지고 시골에 가서 모든 여자들에게 향응을 베푼 겁니다."

"아니, 무슨 말을 하는 거예요, 의사보 양반……."

"아니요!" 의사보가 말을 끊었다. "나는 당신과 8년을 일했습니다. 알아요. 물론 그녀는 마당을 돌아다니면서 모든 약병을 수집하고 다녔을 거예요." 그는 내게 계속 말했다.

"물약을 좀 더 주세요." 여자가 알랑거리며 부탁했다.

"안 됩니다, 아주머니." 내가 대답했다. 이마에 땀방울이 맺혔다. "이 물약은 더 이상 당신을 치료할 수 없어요. 속이 좀 괜찮아졌나요?"

"아무렴요, 통증이 사라졌어요!"

"그래요, 훌륭하군요. 당신한테 다른 처방을 할 겁니다. 이것도 괜찮을 거예요."

그리고 나는 그녀에게 쥐오줌풀로 만든 신경 진정제 물약을 처방했고, 이에 실망한 그녀는 병원을 떠났다.

눈보라가 치는 칠흑 같은 어둠이 창밖에 두꺼운 장막을 치고 있던 내 생일날, 내가 기거하는 의사 전용 아파트에서 우리는 이 사건에 관해 이야기를 나누고 있었다.

"이건," 데미얀 루키치가 기름에 절인 생선을 조심스럽게 씹으며 말했다. "이건 다름이 아니라 우리가 이곳에 익숙해졌다는 것을 의미해요. 친애하는 의사 선생님, 당신은 의과 대학을 졸업하고 수도를 떠나, 아주 정말 이곳에 잘 적응하게 될 거예요. 이 촌구석에!"

"아, 이런 촌구석이 또 어디 있을까!" 메아리가 울리듯 안나 니콜라예브나가 대답했다.

눈보라가 굴뚝 언저리에서 윙윙 소리를 내더니 담벼락 뒤에서 사각사각 소리를 냈다. 페치카 옆 검은 무쇠 판 위로 검붉은 빛이 반사되었다. 벽지에서 일하는 의료진을 따뜻하게 해 주는 불꽃을 축복하라!

"당신의 전임자인 레오폴드 레오폴도비치가 궁금하지 않으세요?" 의사보가 담배를 물고, 안나 니콜라예브나에게 궐련을 조심스레 권하면서 말하기 시작했다.

"훌륭한 의사였지요!" 반짝이는 눈으로 자비심 많은 불꽃을 뚫어지게 바라보며 펠라게야 이바노브나가 흥분해서 말했다. 그녀의 검은 머리에 꽂은, 장식용 조각이 박혀 있는 화려한 빗에 붉은 빛이 나타났다 사라졌다.

"맞아요. 탁월한 개성을 지닌 분이었지요." 의사보가 확신하듯 말했다. "농부들은 그분을 매우 존경했지요. 그들에게 접근하는 방법을 알고 있었죠. 수술은 리폰티에게, 아무렴요! 그들은 레오폴드 레오폴도비치를 리폰티 리폰티예비치라고 불렀어요. 그를 신임했던 거지요. 그는 농부들과 소통할 수 있는 능력을 가지고 있었어요. 예를 들어 둘체보에서 온 표도르 코소이라는 그의 친구가 접수를 했다고 쳐요. 환자가 이렇게 말합니다. 리폰티 리폰티예비치, 가슴이 답답해요. 숨이 막힐 것 같아요. 게다가 후두에 상처가 난 거 같아요."

"후두염이군." 정신없이 바쁜 달에도 시골에서 흔히 있는 번개 같은 진단에 이미 익숙해진 나는 기계적으로 말했다.

"틀림없이 그렇지요. 그런데 리폰티는 이렇게 말하더군요. '음, 당신한테 약을 줄 거예요. 이틀이면 나을 겁니다. 자, 여기 프랑스제 겨자가 있습니다. 하나는 등에 바르고, 다른 하나는 가슴에 발라요. 10분 동안 누르고 있다가 떼면 돼요. 좋아요! 해 보세요!' 그는 겨자를 가지고 돌아갔습니다. 이틀 뒤에 접수계에 그가 다시 나타났지요."

'무슨 일이지요?' 리폰티가 묻습니다.

코소이가 그에게 말합니다.

'글쎄요, 리폰티 리폰티예비치, 당신이 주신 겨자는 전혀 소용이 없더군요.'

'거짓말 말아요!' 리폰티가 대답합니다. '프랑스제 겨자가 소용없다니! 당신 혹시 겨자를 안 쓴 거 아니에요?'

'어떻게 안 썼다고 말할 수 있습니까? 지금도 여기 붙이고 있는데…….'

그가 등을 돌렸는데, 그의 가죽옷에 겨자가 붙어 있었죠!"

나는 배꼽을 잡고 웃었고, 펠라게야 이바노브나는 히득거리며 부젓가락으로 장작개비를 거칠게 두들겼다.

"맙소사, 이건 우스꽝스러운 이야기야, 꾸며 낸 거라고!" 내가 말했다.

"우스꽝스러운 이야기야! 꾸며 낸 거라고!" 조산부들이 앞다투어 소리쳤다.

"아닙니다요." 의사보는 거칠게 소리쳤다. "아시다시피 우리 인생에는 이와 유사한 우스꽝스러운 이야기들이 많습니다. 우리도 그런 거지요……."

"설탕은?" 안나 니콜라예브나가 소리쳤다. "설탕에 대해 말해 보세요, 펠라게야 이바노브나!"

펠라게야 이바노브나가 난로의 아궁이 뚜껑을 덮고 눈을 내리깔더니 말하기 시작했다.

"같은 둘체보에 사는 산모한테 가곤 했지요……."

"둘체보는 유명한 곳이지요." 의사보가 참견을 했다. 그러고는 덧붙였다. "아, 미안합니다. 계속하세요, 친구!"

"괜찮아요. 진찰을 했지요." 펠라게야 이바노브나가 계속 말을 이어 갔다. "자궁 경관에서 뭔가가 손에 닿았어요, 쉽게 부서지고 덩어리로 된 것이……. 각설탕이었어요!"

"이게 바로 우스꽝스러운 이야기지!" 데미얀 루키치가 흥분해서 말했다.

"미안합니다…… 무슨 말인지 모르겠네요."

"산파가!" 펠라게야 이바노브나가 대답했다. "주술사가 훈수를 둔 거지요. 말하자면 그녀는 난산이었어요. 태아가 밖으로 나오길 원치 않았던 거예요. 그래서 아이를 유인할 필요가 생긴 거죠. 다시 말하자면 그들은 달콤한 것으로 아이를 꾀어낸 거예요!"

"맙소사!" 내가 말했다.

"산모들에게 머리카락을 씹으라고 주기도 하는데요." 안나 니콜라예브나가 한마디 거들었다.

"왜요?"

"누가 알겠어요. 세 번이나 산모들을 데리고 왔었지요. 불쌍한 여자가 누워 침을 뱉었는데 입에 머리털이 가득 있었어요. 그래야 출산이 쉬워진다나……."

무언가를 회상하고 있던 조산부들의 눈이 빛났다. 우리는 불 근처에서 차를 마시며 오랫동안 앉아 있었다. 나는 마법에 걸린 것처럼 그들의 이야기를 들었다. 시골에서 산모를 우리 병원에 데리고 오면 사람들이 도중에 딴생각을 하고 산모를 산파의 손에 맡기지 못하도록 하기 위해서 펠라게야 이바노브나가 항상 자신의 썰매를 병원 뒤로 옮겨 놓는다는 이야기, 언젠가 산모가 난산이었을 때 태아를 돌리기 위해 발을 위쪽으로 매달았다는 이야기, 의사들이 태아에게 생긴 물집을 후벼 판다는 소문을 들은 코로보프에 사는 할머니가 식칼로 미숙아의 머리에 칼자국을 내는 바람에 리폰티처럼 유능하고 민첩한 의사도 산모는 살렸지만 그 아이를 구할 수 없었다는 이야기, 기타 등등…….

페치카는 오래전에 꺼졌다. 손님들은 자신의 숙소로 돌아갔다. 나는 안나 니콜라예브나의 쪽창에 잠시 어슴푸레 불이 들어왔다 꺼지는 것을 지켜보았다. 모든 것이 자취를 감추었다. 12월의 칠흑 같은 저녁이 눈보라에 휩싸였다. 그리고 시커먼 장막이 하늘과 땅으로부터 나를 가로막았다.

나는 방에서 빈둥거렸다. 마룻바닥이 발밑에서 삐걱거렸고, 방안은 네덜란드식 페치카 덕에 따뜻했다. 어디선가 부지런한 생쥐가 벽을 갉아 대는 소리가 들렸다.

'음, 아니야.' 나는 생각을 고쳐먹었다. '운명이 날 이 촌구석에 붙들어 놓으려는 것과 마찬가지로 나는 이 칠흑 같은 어둠과 싸울 것이다. 각설탕…… 이야기해 봐요!'

녹색 원통형 갓을 씌운 램프 아래서 몽상을 즐기며 나는 거대한 대학 도시를 떠올렸다. 거기엔 병원이 있고, 병원에는 대형 홀과 타일을 깐 바닥, 반짝이는 수도꼭지, 소독을 마친 흰 수건들, 끝이 뾰족하고 매우 지혜로워 보이는 백발의 구레나룻을 한 조수가 있었다.

이런 순간에 들려오는 노크 소리는 마음을 조마조마하게 만들고 공포를 불러일으킨다. 나는 몸을 떨었다.

"누구세요, 아크시냐?" 나는 안쪽 계단 난간에 기대어 물었다. (의사 아파트는 2층으로 되어 있다. 위층에는 서재와 침실이, 아래층에는 식당과 용도가 불분명한 방 하나 그리고 하녀인 아크시냐와 병원 상근 경비를 맡고 있는 그녀의 남편이 기거하는 부엌이 있다.)

무거운 빗장을 푸는 소리가 났다. 작은 램프 빛이 들어와 아래층에서 흔들거렸다. 한기가 느껴졌다. 잠시 후 아크시냐가 전후 사정을 알렸다.

"네, 남자 환자가 왔습니다."

진실을 말하자면 나는 기뻤다. 잠자기에는 아직 일렀던 것이다.

그리고 나는 생쥐가 벽을 긁어 대는 소리와 과거에 대한 회상 때문에 살짝 기분이 우울했고 고독했다. 게다가 환자는 여자가 아니다. 가장 끔찍한 일이라고 할 수 있는 분만은 아니라는 말이다.

"환자가 찾아왔다고요?"

"네." 아크시냐가 하품을 하면서 대답했다.

"음, 서재로 오라고 하세요."

계단은 길게 삐거덕 소리를 냈다. 건장하고 뚱뚱한 남자가 계단을 올라왔다. 이때 나는 스물네 살 먹은 나의 예민함이 아스클레피오스*의 직업적인 외모로 가능한 한 드러나지 않게 하려고 애쓰면서 책상에 이미 앉아 있었다. 내 오른손은 마치 권총을 잡고 있기라도 하듯 청진기 위에 놓여 있었다.

양가죽 외투와 펠트로 만든 겨울용 장화를 신은 사람이 문을 비집고 들어왔다. 그는 털모자를 손에 들고 있었다.

"대체 무슨 일이지요, 아저씨, 이렇게 늦은 시간에요?" 나는 나중에 후회하지 않으려고 위엄 있게 물었다.

"미안합니다, 의사 선생님." 듣기 좋고 부드러운 저음으로 그가 대답했다. "눈보라가 쳐서, 재수가 없었지요! 그래서 지체하게 되었습죠. 죄송합니다!"

'정중한 사람이다.' 나는 흡족하게 생각했다. 나는 그가 매우 마음에 들었다. 심지어 붉은색의 무성한 구레나룻이 좋은 인상을 주었다. 그는 구레나룻을 특별히 관리하고 있었다. 구레나룻은 잘 다듬어졌을 뿐만 아니라 수염에 무언가 바르기까지 했다. 그것은 시골에서 짧은 기간 지내 본 의사라면 쉽게 알 수 있는 해바라기

기름이었다.

"무슨 일이세요? 외투를 벗으세요. 어디서 오셨지요?"

외투가 산처럼 의자 위에 놓였다.

"열병 때문에 아파요." 환자가 이렇게 대답하고는 애처롭게 쳐다보았다.

"열병이오? 아! 둘체보에서 오셨군요?"

"맞습니다. 제분소에서 일하고 있습니다."

"어떻게 아픕니까? 말해 보세요!"

"매일 12시가 되면 머리가 아파요. 잠시 후 열이 나고…… 2시에 오한이 왔다가 사라집니다."

'진단은 끝났다.' 내 머릿속에서 승리를 자축하는 방울 소리가 났다.

"다른 시간에는 괜찮고요?"

"다리에 힘이 빠지고……."

"아…… 단추를 끄르세요. 음, 그렇군."

혀를 누를 때 쓰는 금속 주걱을 보고 공포에 질려 놀라는 아이들이나 어리석은 노파들, 제분소에서 일어난 벨라도나 해프닝 등을 접하면서 내가 지니고 있던 전문적인 눈은 잠자고 있었다.

제분소 주인의 말은 논리 정연했다. 게다가 그는 읽고 쓸 줄도 알았으며, 심지어 그의 모든 동작은 과학, 즉 내가 사랑하는 과학인 의학에 대한 존경심을 담고 있었다.

"이보세요, 아저씨." 나는 넓고 따뜻한 가슴을 두드리며 말했다. "당신은 말라리아에 걸렸어요. 간헐열*이오. 지금 내 병실에

자리가 있습니다. 간곡히 충고하는데, 병실에 입원하세요. 우리가 당신을 관찰할 거예요. 처음엔 약으로 치료하고, 그것이 안 들으면 주사를 놓을 겁니다. 치료에 성공할 거예요. 네? 입원하실 거지요?"

"진심으로 고맙습니다!" 제분소 주인은 매우 정중하게 대답했다. "당신에 대한 이야기는 많이 들었습니다. 모두들 만족스럽게 생각하고 있더군요. 당신이 치료해 준다고 사람들이 말하더군요. 그리고 낫기만 한다면 주사 맞는 것도 좋습니다."

'아니요, 이건 문자 그대로 어둠 속의 한 줄기 빛입니다!' 나는 이렇게 생각하고 처방전을 쓰려고 책상에 앉았다. 이때 내 감정은 나와 아무 관계 없는 제분소 주인이 아니라 마치 친형제가 내 병원에 온 것처럼 좋은 기분이었다.

나는 용지에 다음과 같이 적었다.

염화 키니네 0.5
No. 10을 투여하시오.
제분소 주인 후도프에게
한밤중에 1회 복용량

그리고 멋지게 사인을 했다.

다른 용지에는 다음과 같은 편지를 썼다.

펠라게야 이바노브나! 제분소 주인을 제2병실에 입원시키세요. 그는 말라리아 환자입니다. 열이 나기 네 시간 전, 즉 자성에 지정해신 대로 키니네 1회 복용량을 처방해 주세요.

당신한테 특별한 환자를 보냅니다! 지적인 제분소 주인이지요!

나는 이미 침대에 누워 하품을 하고 있는 아크시냐의 칙칙한 손으로부터 답장을 건네받았다.

의사 선생님! 모두 조치했습니다. 펠라게야 이바노브나.

그리고 잠이 들었다.

……잠에서 깨어났다.

"뭐야? 뭐요? 아크시냐, 무슨 일이지요?" 내가 중얼거렸다.

아크시냐는 어두운 바탕에 흰 방울 무늬가 있는 스커트를 부끄러운 듯 가리면서 서 있었다. 스테아린 양초가 흔들리며 그녀의 불안하고 잠이 덜 깬 얼굴을 비추었다.

"마리야가 지금 막 도착했고, 펠라게야 이바노브나가 당신을 부르라고 지시했답니다."

"무슨 일이지요?"

"제2병실에서 제분소 주인이 죽어 가고 있대요."

"뭐야! 죽어 가고 있다고요? 어떻게 죽는다는 거지요?"

나는 슬리퍼도 신지 않고 순간적으로 차가운 바닥을 맨발로 디뎠다. 성냥을 여러 번 부러뜨리면서 오랫동안 램프에 불을 붙이려 했지만 파란 불꽃이 일지 않았다. 시계는 정확히 6시를 가리키고 있었다.

"무슨 일이야? 무슨 일이 일어난 거냐고? 그럼 말라리아가 아니었단 말이야? 그에게 무슨 일이 있었던 거야? 맥박도 지극히 정상이었는데……."

5분이 채 지나지 않아 나는 양말도 거꾸로 신고, 헝클어진 머리에 양복저고리 단추도 채우지 않고 겨울용 장화를 신은 채 아직 어두운 마당을 지나 제2병실로 뛰어 들어갔다.

한 겹으로 된 병동용 흰 천으로 싼 구겨진 시트를 옆으로 걷은 채 침대 위에 제분소 주인이 앉아 있었다. 작은 등유 램프가 그를 비추었다. 그의 붉은 구레나룻은 헝클어져 있었고, 두 눈은 어둡고 유난히 커 보였다. 그는 술 취한 사람처럼 휘청거렸다. 공포에 질린 사람처럼 주위를 둘러보며, 힘겹게 숨을 내쉬었다.

간호조무사 마리야가 입을 벌리고 그의 검붉은 얼굴을 쳐다보았다.

가운을 대충 걸친 맨머리의 펠라게야 이바노브나가 나에게 눈길을 주었다.

"의사 선생님!" 그녀가 쉰 목소리로 외쳤다. "당신한테 맹세코 난 잘못이 없어요! 누가 이런 일이 있을 줄 알았나요? 당신이 강조했잖아요, 이 환자는 지적인 사람이라고……."

"무슨 일이 일어난 거죠?"

펠라게야 이바노브나는 두 손을 꽉 쥐고 말했다.

"상상해 보세요, 의사 선생님! 그가 키니네 열 봉지를 한꺼번에 먹어 버렸어요! 한밤중에."

날씨가 잔뜩 흐린 겨울 새벽이었다. 데미얀 루키치는 위장용 탐침을 정리하고 있었다. 캠퍼 주사 용액 냄새가 났다. 마루 위에 있는 냄비는 갈색 액체로 가득 차 있었다. 제분소 주인은 녹초가 된 상태로 창백한 얼굴을 하고, 턱 밑까지 흰 수건으로 덮고 있었다. 붉은 구레나룻은 머리카락이 곤두선 듯 일어나 있었다. 나는 몸을 구부려 맥박을 재 보고는 제분소 주인이 생명엔 지장이 없다는 것을 확신했다.

"대체, 어떻게 된 거예요?" 내가 물었다.

"눈앞에 칠흑 같은 어둠이…… 오, 아!" 제분소 주인은 가녀린 목소리로 대답했다.

"나도 마찬가지예요!" 나는 흥분해서 대답했다.

"예?" 제분소 주인이 대답했다(그는 귀도 잘 들리지 않았다).

"아저씨, 한 가지만 설명해 봐요, 왜 이런 일을 한 거지요?" 나는 귀에다 대고 큰 소리로 외쳤다.

그가 음울하고 적의에 찬 낮은 목소리로 대답했다.

"그래요, 가루약을 한 번 먹으면 되는데, 당신과 오래 꾸물거릴 이유가 없다고 생각했죠. 한 번에 다 먹고 일을 끝내 버리려고요."

"소름 끼치는 일이에요!" 내가 소리쳤다.

"아니, 우스꽝스러운 이야기지요!" 의사보가 극도의 흥분 상태에서 내 말에 대답했다.

'음, 아니야. 나는 싸울 거야. 난 할 거야…… 나는…….' 고단한 밤을 보내고 달콤한 꿈을 꾸었다. 칠흑 같은 어둠이 장막처럼 실제 누워 있었고, 그 속에서 나는…… 메스도, 청진기도 없이 어디론가 간다, 싸운다…… 촌구석에서. 하지만 혼자가 아니다. 나의 군대가 진군한다. 데미얀 루키치, 안나 니콜라예브나, 펠라게야 이바노브나. 모두 흰 가운을 입고 앞으로 나간다, 전진…….

꿈은 행복한 농담이다!

사라진 눈[眼]

결국, 1년이 지났다. 내가 의사 사저에 온 지 꼭 1년이 되었다. 지금과 마찬가지로 그때도 창문 너머로 빗줄기가 내렸고, 자작나무의 누렇게 물든 마지막 잎사귀들이 슬프게 고개를 숙이고 있었다. 주변에는 변한 것이 아무것도 없는 듯 보였다. 하지만 나 자신은 많이 변해 있었다. 나는 홀로 과거를 회상하는 밤을 축복할 것이다.

삐걱대는 마루를 따라 나는 침대로 가서 거울을 쳐다보았다. 그래, 많이 변했어. 1년 전 트렁크에서 꺼낸 거울 속에는 깨끗이 면도한 얼굴이 있었다. 그때는 비스듬하게 가르마를 탄 스물세 살의 머리가 있었지만 지금 그 가르마는 사라지고 없다. 머리카락은 아무 불만 없이 뒤로 넘겼다. 철길에서 30베르스타 떨어진 이곳에 가르마로 유혹할 사람은 없었다. 면도 역시 마찬가지다. 입술 위엔 노랗고 빳빳한 칫솔 같은 콧수염이 확실히 자리를 잡았고, 양 볼은 강판 같았다. 그래서 작업 중에 아래팔이 가려우면 뺨으로 그곳을 긁을 수 있어 좋았다. 만일 면도를 일주일에 세 번이 아니라 오직 한 번만 한다면 항상 이렇게 할 수 있나.

나는 우연히 어디선가 — 장소는 잊어버렸다 — 무인도에 표류한 영국인에 관한 책을 읽은 적이 있다. 흥미로운 영국인이었다. 그는 무인도에 너무 오래 있었기 때문에 환각까지 보게 되었다. 범선이 섬에 다가와 보트로 구조대를 보냈을 때, 현실과 격리되어 있던 그는 사막의 오아시스 신기루를 본 듯 그들에게 권총을 발사했다. 하지만 그도 면도는 했다. 무인도에서 매일 수염을 잘랐다. 나는 이 콧대 높은 대영 제국의 아들에게 경의를 표했던 것으로 기억한다. 내가 이곳에 왔을 때 트렁크에는 안전한 '질레트'* 면도기 세트가 있었다. 그 안에는 한 다스의 예리한 면도날과 면도용 솔이 있었다. 나는 매일 면도하기로 굳게 결심했었다. 왜냐하면 나에게 이곳은 무인도보다 결코 못하지 않았기 때문이다.

하지만 그러던 어느 화창한 4월이었다. 나는 매혹적인 영국식 물건들을 비스듬히 들어온 황금빛 햇살 아래 가득 늘어놓고 막 오른뺨을 윤기 나게 마무리하고 있었다. 해진 장화를 신은 예고리치가 말처럼 저벅거리며 갑자기 들어와서는 산림 보호 구역 안 시냇물 근처 관목 숲에서 산모가 아기를 낳고 있다고 알렸다. 나는 수건으로 왼뺨을 닦고 예고리치와 함께 뛰어나갔던 것을 기억한다. 우리는 잎이 진 버드나무 숲 가운데 높이 올라와 있는 탁한 시냇물 가로 달려갔다. 조산부는 핀셋과 가제 묶음, 요오드 병을 가져갔다. 나는 험하게 두 눈을 부릅뜨고 있었고 내 뒤에 예고리치가 있었다. 그는 다섯 걸음마다 땅에 주저앉아 욕지거리를 하며 구두 밑창이 떨어져 나간 왼쪽 장화를 벗었다. 상쾌하고 거친 러시아 봄바람이 불어왔다. 조산부 펠라게야 이바노브나의 머리에서 빗이 빠져 머리 묶음이 헝클어지더니 어깨 위로 털썩 떨어졌다.

"술 먹는 데 돈을 다 써 버렸다면서요?" 나는 잠깐 예고리치에게 중얼거렸다. "추잡한 짓이에요. 병원을 지켜야 할 경비원이 부랑인처럼 돌아다니다니."

"이 돈으로……" 예고리치가 적의를 드러내며 퉁명스럽게 대답했다. "한 달에 20루블 받고 손이 발이 되도록 일하란 말이죠. 에이, 빌어먹을 것!" 그는 경주마처럼 발로 땅을 걷어찼다. "이 돈으로는…… 장화는 고사하고, 먹고 마시지도 못해요."

"당신한텐 퍼마시는 게 제일 중요한 일이지." 나는 심호흡을 하면서 호통을 쳤다. "그러니 건달처럼 하는 일 없이 돌아다니기나 하지."

작고 낡은 다리 근처에서 애처롭고 약한 비명 소리가 들려왔다. 그 소리는 봄철 해빙기에 범람한 하천 위를 날아가더니 그새 사라졌다. 우리는 그곳으로 달려가 헝클어진 머리에 몸을 오그라뜨린 채 누워 있는 여자를 발견했다. 그녀의 스카프는 벗겨져 있었고, 머리카락은 땀에 젖은 이마에 달라붙어 있었다. 그녀는 고통을 못 이겨 두 눈을 위아래로 굴리고 손톱으로 모피 외투를 잡아당겼다. 선명한 핏자국이 물을 한껏 먹어 비옥한 땅에서 삐져나온 듬성듬성한 연초록 풀 위를 온통 적셨다.

"병원까지 갈 수가 없어요, 움직일 수가 없어요." 펠라게야 이바노브나가 조급하게 말했다. 그리고 마녀처럼 맨머리를 한 그녀는 가게 묶음을 풀었다.

이렇게 다리의 짙은 통나무 교각을 지나 재잘대면서 흐르는 물소리를 들으며 나는 펠라게야 이바노브나와 함께 남자아이를 받았다. 태아도 살고 산모도 무사했다. 잠시 후 두 간호조무사와 마침내 밉살스러운 썩은 구두 밑창을 내던져 왼발이 맨발이 된 예고리치가 산모를 들것에 실어 병원으로 옮겼다.

산모는 어느덧 안정을 되찾았으나 그녀의 얼굴은 아직 창백했다. 그녀는 시트를 덮고 누워 있었다. 그 옆에 있는 요람으로 우리가 태아를 옮겨 놓았을 때까지만 해도 모든 것이 정상이었다. 나는 그녀에게 물었다.

"어떻게 된 겁니까? 다리 이외에 애를 낳을 더 좋은 장소를 발견하지 못한 거요? 왜 말을 타고 오지 않았지요?"

그녀가 대답했다.

"시아버지가 말을 내주지 않으셨어요. 5베르스타가 전부라고요, 갈 수 있을 거라고 말씀하셨어요. 제가 건강하니까 쓸데없이 말을 탈 이유가 없다고 하시면서……."

"당신 시아버지는 어리석고 비열한 사람이로군." 내가 대답했다.

"아, 무지몽매한 사람들." 펠라게야 이바노브나가 애처롭게 덧붙이고는 잠시 후 무슨 이유 때문인지 킥킥거렸다.

나는 그녀의 시선을 느꼈다. 그녀의 눈길은 내 왼뺨을 응시하고 있었다.

나는 분만실로 들어가 거울을 힐끗 보았다. 거울은 일반적으로 보이는 것을 비춘다. 만약 상처가 난 오른쪽 눈으로 본다면 분명

일그러진 형태의 인상을 비출 것이다. 여기서 거울은 아무 잘못이 없다. 일그러진 얼굴의 오른뺨은 춤출 수 있는 마루처럼 반질하고 왼뺨에는 붉은 수염만 무성할 뿐이었다. 턱은 양쪽으로 구분되어 있었다. '사할린'*이라는 제목이 붙은 노란 표지의 책이 기억났다. 그 책에는 다양한 남자들의 사진이 실려 있었다.

'살인, 침입, 피투성이가 된 도끼.' 나는 이런 생각을 했다. '10년…… 그럼에도 무인도에서의 내 생활은 색다른 것이었다. 면도를 마저 하러 가야만 한다.'

나는 시커먼 들판에서 불어오는 4월의 대기를 들이마시며 자작나무 가지 끝에서 들려오는 까마귀들의 울음소리를 들었다. 그리고 처음 고개를 내민 햇살에 눈이 부셔 두 눈을 가늘게 뜨고, 면도를 끝내기 위해 마당을 가로질렀다. 이때가 오후 3시경이었다. 하지만 면도를 마친 것은 저녁 8시가 되어서였다. 내가 알고 있는 한, 무리예보에서는 관목 숲에서 아기를 받는 일과 유사한 뜻밖의 일들은 결코 단독으로 일어나지 않는다. 내가 현관문의 쇠 손잡이를 붙잡자마자 출입구에 말 머리가 나타나더니 진흙이 잔뜩 묻어 있는 시골 마차가 덜커덩거리며 들어왔다. 여자가 자세를 바로 하고 분명한 목소리로 외쳤다.

"저—기 좀, 부탁해요!"

나는 입구 근처에서 소년이 거적 더미 안에서 흐느껴 우는 듯한 소리를 들었다.

소년은 다리가 골절된 것으로 확인되었다. 나는 의사보와 함께 쉬지 않고 내내 울기만 한 소년에게 깁스 붕대를 감아 주면서 두 시간 동안이나 매달렸다. 그 후에 점심을 먹어야만 했고, 그런 이유로 면도하기가 귀찮아졌다. 그리고 무엇인가 읽을거리가 있었으면 했다. 저만치서 땅거미가 다가와 멀리 떨어진 곳까지 덮었다. 나는 애처롭게 얼굴을 찌푸리며 면도를 마저 끝냈다. 하지만 이 빠진 '질레트'는 오랫동안 비눗물 속에 잠겨 있었기 때문에 녹슨 줄무늬가 남아 있었다. 다리 근처에서 일어난 봄의 출산에 관한 기억처럼 말이다.

그렇다, 일주일에 두 번 면도를 하는 것은 쓸데없는 일이었다. 때때로 우리는 눈에 완전히 매몰되었다. 상상할 수 없는 눈보라가 울부짖었다. 우리는 이틀 동안 무리예보 병원에 앉아 있었다. 9베르스타 떨어진 보즈네센스크에 신문을 구하러 사람을 보내지도 못했다. 나는 오랫동안 사무실을 이리저리 왔다 갔다 하며 유년 시절에 읽은 제임스 쿠퍼의 『사냥꾼』*을 다시 읽기라도 하듯 간절히 신문을 기다렸다. 하지만 영국식의 나쁜 습성은 무리예보 무인도에서 결코 사라지지 않았다. 이따금 나는 검은 상자에서 반짝이는 장난감을 꺼내 꾸물거리며 면도를 했고, 콧대 높은 섬사람처럼 번지르르하고 깨끗한 용모로 밖을 돌아다녔다. 그런데 안타깝게 누구도 나를 관심 있게 보지 않았다.

아니, 그래…… 한 가지 사건이 더 있었다. 내가 면도칼을 꺼내 들고, 그다음에 아크시냐가 끓는 물이 담긴 이 빠진 컵을 사무실로 막 가지고 들어왔을 때 문 두드리는 소리가 크게 나더니 사람들이 나를 부르러 왔다. 나는 펠라게야 이바노브나와 함께 양가죽 외투로 몸을 감싸고 고단한 먼 길을 떠났다. 우리를 태운 마차는 검은 망령처럼 광란의 백해(白海)를 통과했다. 눈보라가 세게 불어와 마녀처럼 울부짖더니 침을 튀기며 큰 소리로 웃었다. 모든 것이 사라졌다. 우리가 흉악하기 그지없는 짙은 안개 속에서 길을 잃고, 펠라게야 이바노브나, 마부, 말 그리고 내가 밤사이에 죽고 말 거라는 생각을 했을 때, 나는 태양신경절* 어딘가에 서늘한 기운이 올라오는 것을 느꼈다. 한 가지 더 기억나는 것은 우리가 얼어 죽는다면, 그리고 눈에 반쯤 묻힌다면 나, 조산부, 마부에게 모르핀 주사가 필요할 거라는 어리석은 생각이 들었다. 왜 그랬을까? 고통스럽지 않기 위해서……. "당신은 얼어 죽고 있어, 의사 양반, 모르핀 이외에 다른 어떤 것도 당신한테 도움이 안 돼." 냉정하게 울리는 큰 목소리를 들었던 것으로 기억한다. 그래……허! 마녀 같은 눈보라가 세게 불어와 썰매 안의 우리를 감아 돌았다. 모스크바에서 발행되는 신문 마지막 페이지에는 어떤 의사와 펠라게야 이바노브나, 마부, 한 쌍의 말이 임무를 수행하다 순직했다는 기사가 나올 것이다. 그대들이여, 눈 바다 속에서 고이 잠들라. 체…… 당신이 그런 임무를 짊어졌다면 무슨 생각이 떠오를지…….

우리는 죽지도 않았고, 길을 잃지도 않았다. 우리는 내 인생의 두 번째 전환점이 일어난 그리시체보라는 마을에 도착했다. 임신부는 시골 학교 선생의 아내였다. 내가 펠라게야 이바노브나와 함께 팔꿈치에 피를 묻히며 램프 불빛 아래서 두 눈이 땀범벅이 되어 난산(難産)과 싸우고 있을 때 널판으로 된 문 뒤에서 남편의 지친 신음 소리가 들려왔다. 그는 굴뚝이 없는 오두막 주위를 안달

하며 놀아다니고 있었다. 산모의 신음 소리가 들리고 남편이 끊임 없이 흐느껴 울고 있을 때, 솔직히 비밀을 털어놓자면 나는 그만 태아의 작은 손을 부러뜨리고 말았다. 우리는 죽은 태아를 받았다. 아, 등 뒤로 땀이 흥건하게 배어 나왔다! 순간 시커멓고 덩치가 큰 사람이 오두막집에 갑자기 들어와서는 무자비한 목소리로 "그것 봐, 그의 졸업장을 빼앗아라!"라고 말할 것만 같았다.

나는 탈진한 상태에서 누르스름한 태아의 시신과 클로로포름 때문에 의식을 잃고 미동도 없이 누워 있는 밀랍 같은 산모를 보았다. 눈보라가 통풍구를 거세게 후려쳤다. 우리는 질식할 것 같은 클로로포름 냄새를 환기하기 위해 창문을 열었다. 눈보라는 실내에서 자욱한 증기로 변했다. 잠시 후 나는 통풍구를 쾅 닫고는 조산부의 손안에서 힘없이 흔들리는 태아의 작은 손을 다시 응시했다. 아, 혼자 집으로 돌아올 때 느꼈던 절망감을 말로 표현할 수가 없다. 왜냐하면 펠라게야 이바노브나는 산모를 간호하기 위해 남아 있었기 때문이다. 잠잠해진 눈보라 속에서 썰매 안에 몸을 실었다. 어두운 숲이 비난하듯 절망적으로 날 쳐다보았다. 나는 자신이 잔혹한 운명에 의해 정복당하고 깨지고 질식당한 것처럼 느껴졌다. 운명은 날 이 촌구석에 버려 놓고 어떤 지원이나 명령도 없이 홀로 그것과 싸우게 했다. 나는 엄청난 고통을 겪어야 했다. 나는 까다롭고 복잡한 상황, 무엇보다 외과적인 상황에 자주 직면하여 면도도 하지 못한 얼굴로 그에 맞서 이겨야 한다. 만약 이기지 못한다면 덜컹거리는 썰매를 타고 있는 지금처럼 마음이 괴로울 것이다. 뒤에는 태아의 시체와 산모가 남아 있다. 내일 눈보라가 잠잠해지면 펠라게야 이바노브나가 병원으로 산모를 데려올 것이다. 그리고 내게 매우 본질적인 질문, 즉 산모를 끝까지 지킬 수 있느냐고 물을 것이다. 그래, 어떻게 내가 그녀를 **끝까지 지킨단** 말인가? 이 장엄한 단어를 어떻게 이해해야 하는가? 본질적으로 나는 되는대로 행동하고 그 외엔 아무것도 모른다. 그래, 이제까지는 운이 좋았다. 순조롭게 경이로운 것들이 내 손을 거쳐 갔다. 하지만 오늘은 아니다. 아, 고립감, 추위 그리고 내 주위에 아무도 없다는 생각 때문에 가슴이 저며 왔다. 게다가 나는 또 다른 죄를 저질렀는지도 모른다. 작은 손을 부러뜨린 것. 어딘가를 가서, 누군가의 발밑에 엎드리고, 이런저런 것에 대해 설명하는 의사인 나는 젖먹이의 작은 손을 꺾어 놓았다. 내 졸업장을 빼앗아 가시오. 나는 그걸 가지고 있을 자격이 없소이다. 친애하는 동료들이여, 날 사할린으로 보내 주시오. 제기랄, 신경 쇠약이로군!

나는 썰매 바닥에 누워 끔찍한 추위를 쫓기 위해 몸을 움츠렸다. 자신이 가련한 떠돌이 개, 의지할 곳 없고 특별한 재주도 없는 수캐 같았다.

우리는 오랫동안 썰매를 몰고 갔지만 병원 입구에 서 있는 사랑스러운 가로등 같은 조그마한 불빛을 발견하지 못했다. 그 불빛은 깜박거렸다가 보이지 않더니 다시 나타났다가 사라지고는 유혹하듯 손짓했다. 불빛을 보자 고립감을 느끼던 마음이 한결 가벼워졌다. 그리고 가로등이 내 눈앞에 분명하게 점점 커지고 가까워졌을 때, 그리고 병원의 시커먼 벽들이 하얗게 변했을 때 나는 병원 입구로 들어서며 스스로 말했다.

"잘우 손은 쓸데없는 생각이다. 아무 의미가 없어. 너는 이미 죽은 태아의 작은 손을 꺾은 거야. 그 손에 대해 생각할 필요 없어. 무엇보다 살아 있는 산모를 생각해야 돼."

가로등을 보자 기운이 났다. 낯익은 현관 계단도 마찬가지였다. 하지만 집 안으로 들어와 서재로 올라가면서, 페치카의 따뜻한 기운을 느끼고 모든 고통으로부터 날 구원해 줄 달콤한 꿈을 미리 즐기면서 이렇게 중얼거렸다.

"하지만 그럼에도 끔찍하고 쓸쓸하다. 매우 쓸쓸하다."

면도칼은 탁자 위에 놓여 있었고 그 옆에 식어 버린 물잔이 있었다. 나는 경멸하듯 면도칼을 상자에 던졌다. 하지만 꼭 면도를 해야만 한다.

이것이 지난 1년이었다. 시간의 한가운데서는 지난 1년이 다면적이고 다채로우며 복잡하고 끔찍하게 여겨졌다. 하지만 지금 나는 그것이 폭풍처럼 지나갔다는 것을 알고 있다. 이렇게 나는 거울을 보며 얼굴에 남은 시간의 흔적을 본다. 두 눈은 더 엄격하고 불안해졌으며, 입은 확고하고 늠름하게 변했다. 양미간의 주름은 내 기억이 머무는 것과 같이 모든 삶을 기억할 것이다. 나는 거울을 통해 그것들을 본다. 이 모든 것은 순간적으로 바뀔 것이다. 그래, 나는 졸업장에 대해 생각하거나, 가상의 어떤 재판관이 나를 심판하고 그중 무시무시한 심판관들이 다음과 같은 질문을 하지 않을까 하는 생각이 들 때마다 마음 졸인다.

"병사의 턱뼈는 어디에 있지? 의과 대학을 졸업한 죄인은 대답하라!"

막일 기어히지 않을 수만 있다면! 문제는 얇고 오래된 판자에서 못을 뽑는 목수처럼 확실하게 치아를 빼는 의사보 데미안 루키치가 여기 있음에도 불구하고 내가 이 병원에 첫발을 내디뎠을 때 내 자존감과 절도 있는 행위가 발치(拔齒)는 스스로 배워야만 한다고 은밀히 속삭였다는 점이다. 데미안 루키치가 잠시 자리를 비우거나 병이 날 수도 있지만 그를 대신해서 우리 조산부들은 모든 것을 할 수 있다. 단 한 가지만을 제외하고. 미안하지만 그들은 치아를 뽑지 못한다. 그건 그들의 일이 아니다.

그런 까닭에…… 나는 등받이 없는 의자에 앉아 있던, 붉은 안색의 지친 얼굴을 한 사내를 분명히 기억한다. 그는 혁명 후 무너진 전선에서 돌아온 병사들 중 하나였다. 충치로 구멍이 나긴 했어도 그의 턱뼈 안에 건강하게 단단히 박혀 있는 치아를 확실히 기억한다. 인자한 표정으로 눈을 가늘게 뜨고 걱정스러운 소리를 내며 나는 치아를 집게로 집었다. 그때 불목하니의 이빨을 어떻게 뽑았는지를 다룬 체호프의 유명한 단편 소설이 선명하게 떠올랐다. 그때 나는 처음으로 이 작품을 진지하게 받아들였다. 입안에서 부서지는 소리가 크게 나더니 병사가 외마디 비명을 질렀다.

"아야!"

잠시 후 손 밑에서 저항이 멈추더니 피투성이의 하얀 물체와 함께 입에서 집게가 빠졌다. 나는 가슴이 철렁 내려앉았다. 왜냐하면 그 물체는 병사의 어금니임에도 불구하고 크기가 다른 치아보다 컸기 때문이다. 처음에 나는 상황을 이해하지 못하고 거의 울

뻔했다. 잇몸에서 긴 뿌리를 드러낸 이빨이 솟아 나왔다. 이빨에 울퉁불퉁하고 하얀 큰 뼛조각이 달려 있었다.

'내가 그의 턱뼈를 부숴뜨렸어.' 이렇게 생각하자 제대로 서 있을 수가 없었다. 주위에 의사보, 조산부들이 없었다는 사실에 감사하면서 나는 남몰래 간악한 작업의 결과물을 가제로 싸고 주머니 속에 감추었다. 병사가 한 손으로는 조산부용 팔걸이의자의 다리를, 다른 손으로는 등받이 없는 의자의 다리를 붙잡고 비틀거렸다. 그는 눈을 부릅뜬 채 망연자실한 표정으로 나를 쳐다보았다. 나는 당황해서 그에게 과망간산칼륨* 용액이 들어 있는 컵을 들이밀고는 이렇게 지시했다.

"양치하세요."

이건 어리석은 행동이었다. 그는 입에 용액을 가득 물었다. 입에 있던 용액을 뱉자 병사의 선홍색 피가 섞여 나왔다. 그것은 기괴한 색깔의 진한 액체로 변해 있었다. 잠시 후에 실신해 넘어질 정도로 병사의 입에서 피가 쏟아졌다. 만일 내가 이 가련한 사람의 목을 면도칼로 깊이 찔렀다 해도 이보다 더 피가 세게 흘러나오지는 않을 것이다. 나는 과망간산칼륨 용액이 담긴 컵을 빼앗은 후 가제 뭉치를 가지고 병사에게 달려들어 턱뼈의 갈라진 틈을 틀어막았다. 가제는 순간 선홍색으로 변했다. 나는 가제를 꺼내면서 자두가 충분히 들어갈 만한 크기의 갈라진 틈을 발견했다.

'병사에 대한 치료가 성공적으로 마무리됐어.' 나는 이렇게 결사적으로 생각하며 통에서 가제를 길게 뽑았다. 마침내 지혈이 되었다. 나는 턱뼈에 난 구멍에 요오드를 발랐다.

“세 시간 동안 아무것도 먹지 말아요.” 나는 떨리는 목소리로 환자에게 말했다.

“진심으로 감사드립니다.” 병사는 피가 가득한 찻잔을 놀란 눈으로 쳐다보며 대답했다.

“친구.” 나는 동정 어린 목소리로 말했다. “당신 사실은…… 내일이나 모레쯤 나한테 잠깐 들러요. 내가…… 알겠지만…… 더 볼 필요가 있어요. 아직 의심쩍은 치아가 있으니까. 알았죠?”

“대단히 감사합니다.” 병사는 얼굴을 찌푸리며 대답했다. 그는 빰을 붙잡은 채 떠났다. 나는 서둘러 접수계로 가서 두 손으로 머리를 감싸 안은 채 치통이 있는 것처럼 비틀거리며 한동안 앉아 있었다. 나는 다섯 번에 걸쳐 주머니에서 피가 묻어 딱딱해진 뭉치를 꺼냈다가 다시 감추었다.

나는 일주일을 마치 안개 속에 있는 것처럼 지냈다. 몸이 야위고 쇠약해졌다.

‘병사는 괴저병*이나 패혈증*이 생길 수도 있다. 아, 너는, 제기랄! 왜 주제넘게 그에게 집게를 들이댔단 말인가?’

괴상망측한 환영들이 떠올랐다. 병사가 떨기 시작한다. 처음에 그가 이리저리 오가더니 케렌스키*와 전선에 관해 이야기한다. 잠시 후, 모든 것이 조용해진다. 케렌스키는 이미 문제가 되지 않는다. 병사는 사라사 베개에 누워 헛소리를 한다. 체온이 40도에 이른다. 모든 마을 사람이 병사를 방문한다. 그다음에 병사는 뾰족한 코를 드러낸 채 탁자 위에 눕는다.

마을 사람들 사이에서 험담이 시작된다.

"이게 무슨 일인가?"

"의사가 그의 이를 뽑았대요."

"바로 이게……."

계속 이어진다. 심리 도중에 준엄한 심판관이 도착한다.

"당신이 병사의 이를 뽑았나요?"

"그렇습니다…… 내가."

사람들이 병사의 시체를 파헤친다. 재판을 한다. 웃음거리가 된다. 내가 그를 죽인 것이다. 나는 이미 의사가 아니라 불행하게 버려진 과거의 인간이다.

병사는 나타나지 않았고, 나는 괴로웠다. 책상 위에 있던 가제 뭉치는 적갈색으로 변해 말라 버렸다. 직원들의 봉급 때문에 일주일 후 지방 소도시에 가야만 했다. 나는 5일 후에 떠났고, 제일 먼저 지방 소도시 병원의 의사를 찾아갔다. 담배에 그을린 콧수염을 가진 의사는 병원에서 25년 동안 근무했다. 그는 세상일을 많이 경험한 사람이었다. 나는 저녁때 그의 사무실에 앉아 의기소침해져 레몬이 곁들인 차를 마셨고, 식탁보를 만지작거리다가 결국 참지 못하고, 애매모호하고 부자연스럽게 에둘러 말했다. "그러니까, 그런 경우가 있는지…… 누군가 이를 뽑으면 턱뼈가 부서지는지…… 정말 괴저병이 생길 수도 있잖아요, 그렇지 않은가요? 혹시 그 부분을 아시는지…… 내가 읽었던……."

내 말을 주의 깊게 듣던 그가 텁수룩한 눈썹 밑의 퇴색한 작은 눈을 내게 고정하더니 갑자기 이렇게 말했다.

"그의 치조골을 부숴뜨렸군요. 치아를 잘 뽑으셔야지요. 차는 그만두고 저녁 전에 보드카나 마시러 갑시다.”

그리고 곧 나를 괴롭히던 병사는 기억에서 영원히 사라졌다.

아, 거울은 기억을 비추는 법이다. 한 해가 지나갔다. 그런데 치조골을 기억하는 것은 얼마나 우스운 일인가! 나는 절대 데미얀 루키치처럼 이를 뽑지는 않을 것이다. 그렇고말고! 그는 매일 다섯 개의 이를 뽑지만 나는 2주일에 한 번 이를 뽑을 뿐이다. 하지만 많은 사람들이 원한다면 나는 발치를 할 것이다. 이제 치조골을 건드리지도 않지만, 만일 그걸 망가뜨려도 더는 놀라지 않을 것이다.

그래, 그 이빨. 나는 잊을 수 없는 이 한 해 동안 발치만 한 것이 아니고 정말 많은 일을 경험했다.

방 안에 저녁이 깃들었다. 이미 램프 불은 켜졌고, 나는 지독한 담배 연기 속에 지난 1년을 정리해 봤다. 내 가슴은 긍지로 가득 찼다. 나는 손가락이 아니라 대퇴부 절단 수술을 2회 실행했다. 제거. 나는 이 단어를 18번이나 썼다. 탈장. 기관 절개. 나는 여러 번 이 수술을 성공적으로 해냈다. 나는 수차례 큰 종기를 절개했다. 깁스 붕대와 풀을 먹인 붕대로 골절 부분에 붕대 감기. 탈골 맞추기. 삽관(揷管).* 출산. 어떤 환자든 데리고 오세요. 나는 제왕 절개술은 절대 하지 않는다. 필요하다면 그런 환자를 큰 도시로 보낼 수도 있다. 하지만 겸자(鉗子) 분만이나 태아 회전술은 얼마든지.

마지막 법의학 국가시험을 기억한다. 그때 교수가 물었다.

“관통상에 관해 설명해 보세요.”

나는 거리낌 없이 설명하기 시작했고, 오랫동안 이야기했다. 두꺼운 교과서의 한 페이지가 눈앞에 지나갔다. 마침내 나는 기진맥진해졌다. 교수가 까다로운 눈초리로 날 쳐다보더니 새는 목소리로 물었다.

"관통상에 대한 설명은 없고, 전혀 엉뚱한 이야기를 하고 있군요. 5점 만점을 몇 개나 받았나요?"

"열다섯 번입니다." 나는 대답했다.

그는 내 성(姓) 반대편에 3점을 기입했다. 나는 혼란스럽고 수치스러웠다.

나는 그곳을 떠나 곧장 무리예보로 갔다. 그래서 여기 혼자 있게 된 것이다. 관통상을 입었을 때 무슨 일이 일어나는지 누가 알겠는가. 하지만 여기 내 앞에 있는 수술대에 사내가 누워 있고, 그의 입술에 갑자기 물집과 혈흔이 나타났다. 이래도 내가 침착성을 잃었단 말인가? 아니다. 비록 흉악한 산탄 파편이 가까이서 그의 가슴을 관통한 경우에도 나는 가슴살이 덩어리째 걸려 있는 것을 쉽게 관찰할 수 있었다. 이래도 내가 어쩔 줄 몰라 했단 말인가? 그리고 한 달 반 뒤에 그는 병원에서 살아서 나갔다. 대학 병원에서 나는 단 한 번도 조산부용 겸자를 손에 쥔 적이 없었다. 하지만 여기서는 몸을 떨며 그것을 1분 만에 걸었다. 내가 기형아를 받았다는 사실을 숨기지 않을 것이다. 태아의 머리 절반은 부풀어 올라 있었고 피부는 푸른빛과 붉은빛을 띠었으며 두 눈이 없었다. 나는 몸이 굳었다. 펠라게야 이바노브나가 위로하는 말이 우울하게 들려왔다.

"아무것도 아니에요, 의사 선생님, 당신이 그 아이의 눈에 겸자 한쪽을 걸었을 뿐이에요."

나는 이틀 동안 전전긍긍했지만 그다음엔 제정신으로 돌아왔다.

내가 어떤 상처들을 봉합했는지. 어떤 늑막염들을 진찰하고, 늑골을 열었는지. 그 밖에 폐렴, 티푸스, 암, 매독, 탈장(탈장 되돌리기), 치질, 육종(肉腫)* 등등.

나는 감격스럽게 외래 환자 등록대장을 펼치고 한 시간 동안 이리저리 살펴보았다. 그리고 마침내 계산을 마쳤다. 저녁 이 시각까지 1년 동안 나는 1만 5613명의 환자를 받았다. 내가 치료한 입원 환자는 약 2백 명이고, 그중 오직 여섯 명만 목숨을 잃었다.

나는 등록대장을 덮고 잠자리에 들었다. 올해로 꼭 스물네 살이 된 나는 침대에 누워 잠들면서 지금까지 대단한 경험을 쌓았다고 생각했다. 그런 내가 무엇이 두렵단 말인가? 아무것도. 나는 아이의 귀에서 완두콩을 뽑아냈다. 나는 수없이 째고, 자르고, 절개했다. 내 손은 시간이 흐를수록 강인해졌고 떨리지 않았다. 나는 온갖 간계들을 지켜보았고, 아무도 이해할 수 없는 여자들의 말을 이해하게 되었다. 마치 셜록 홈스가 비밀스러운 문서들 속에서 단서를 찾아내는 것처럼 그들의 말을 분석했다. 꿈은 점점 더 현실이 된다.

나는 잠을 자면서 중얼거렸다. "나를 난처하게 만드는 상황이 올 거라곤 전혀 상상하지 않는다. 아마 수도에서는 이걸 보고 의사보가 다 됐구나 할 것이다. 그래…… 좋다. 진료소, 대학 병원, 엑스레이 실험실에서도……. 나는 여기서…… 모든 것을…….

농민들은 나 없이 살 수 없다. 이전에 나는 공포 때문에 문 두드리는 소리에 몸을 오그라뜨리며 놀라곤 했다. 하지만 지금은…….'

"언제부터 이렇지요?"

"일주일, 선생님, 일주일 됐어요, 눈에 띄게……."

그러고는 여자가 흐느끼기 시작했다.

두 번째 해의 첫날인 10월의 아침은 흐렸다. 나는 어제저녁에 잠들면서 우쭐대는 기분이었지만 오늘은 가운을 입은 채 어찌할 바를 몰라 두리번거렸다.

그녀는 한 살배기 아이를 장작개비처럼 손에 안고 있었다. 아이는 왼쪽 눈이 없었다. 눈 대신에 얇고 늘어진 눈꺼풀에는 작은 사과 크기의 노란 구슬이 들어 있었다. 아이가 고통스럽게 비명을 지르며 벌벌 떨었고 여자는 흐느껴 울었다. 그때 나는 어찌할 바를 몰랐다.

나는 사방을 돌아다녔다. 데미얀 루키치와 조산부들이 내 뒤에서서 입을 다물고 있었다. 그들은 이런 경우를 전혀 본 적이 없었다.

'이게 뭐야, 뇌수가 흘러나온 것인가. 음, 애는 살아 있고…… 육종인가…… 음, 감촉이 보드라운데……. 전혀 본 적이 없는 악성 종양인가. 이게 어디서 생긴 걸까? 전에 있던 눈에서. 아마 눈은 애초에 없었을 것이다. 아무튼 지금은 없다.'

"그러니까……." 나는 의욕에 차서 말했다. "한쪽 눈을 절개해야 할 겁니다."

나는 눈꺼풀 위를 절개하고 양쪽으로 벌리는 상상을 했다.

'그리고 뭐…… 그다음은 뭐지? 이건 실제로 뇌수일 수도 있어. 후, 젠장! 말랑말랑한 게…… 뇌수를 닮았어.'

"뭘 자른다고요?" 여자가 얼굴이 창백해져서 물었다. "눈을 자른다고요? 동의할 수 없어요."

그녀는 공포에 떨며 낡은 보자기로 아이를 싸기 시작했다.

"아이는 눈이 없습니다." 나는 기계적으로 대답했다. "보세요, 어디에 눈이 있는지. 당신 아이는 특이한 종양입니다."

"안약이나 주세요." 여자는 무서워 떨면서 말했다.

"아니, 지금 농담하는 겁니까? 무슨 안약을? 어떤 안약도 도움이 되지 않아요!"

"눈 없이, 그러면 아이에겐 무엇이 남나요?"

"말했잖아요, 아이는 눈이 없다고……."

"그저께부터였어요!" 여자가 절망적으로 소리쳤다.

'제기랄!'

"모르겠습니다. 아마도…… 제기랄! 다만 지금은 없어요. 아시겠어요? 아주머니, 아이를 도회지 병원으로 데려가세요. 서두르세요. 거기서 수술을 해 줄 겁니다. 데미얀 루키치, 거기 있어요?"

"네에." 의사보가 생각에 잠겨 무슨 말을 하는지도 모른 채 대답했다. "기괴한 장난이로군요."

"도회지 병원에서 수술을 하라고요?" 여자가 공포심에 사로잡혀 묻고는 이내 말을 이었다. "안 돼요."

눈을 만지지도 못하게 하고, 여자가 아이를 데리고 떠난 것으로 사태는 종료되었다.

이틀 동안 나는 머리가 아프고 어깨가 쑤셨다. 도서관에 가서 책을 뒤적이며 눈 대신에 삐져나온 수종(水腫)*을 앓고 있는 아이의 그림을 유심히 보았다. 제기랄.

나는 이틀 후에 아이에 대한 기억을 지웠다.

일주일이 지났다.

"안나 주호바!" 내가 소리쳤다.

손에 아이를 안고 즐거운 표정의 여자가 들어왔다.

"무슨 일이지요?" 나는 습관적으로 물었다.

"옆구리가 답답하고 숨이 막혀서요." 여자가 말했다. 그녀는 무슨 일인지 조소하듯 미소를 지었다.

그녀의 목소리는 내 가슴을 뛰게 했다.

"알아보시겠어요?" 여자가 조롱하면서 물었다.

"잠깐, 잠깐…… 그래요, 이게 누구요. 잠시만…… 이 아이가 바로 그 아기란 말이에요?"

"그 애죠. 기억하실 거예요, 의사 선생님. 당신은 눈이 없으니 절개를 하라고 하셨지요."

나는 망연자실했다. 여자가 깔보듯 쳐다보았다. 그녀의 눈에 웃음이 가득했다.

아이는 여자의 손에 말없이 안겨 갈색 눈으로 주위를 보고 있었다. 황색 수종은 전혀 없었다.

'이건 있을 수 없는 일이야.' 나는 기진맥진해져 이렇게 생각했다.

잠시 후 나는 정신을 차리고 아이의 눈꺼풀을 조심스럽게 잡아당겼다. 아이는 울음을 터뜨리고 머리를 이리저리 젖혔지만 나는 모든 것을 보았다. 각막에는 아주 작은 상처가 있을 뿐이었다. 아…….

"당신과 헤어지고 나서…… 상처가 사라졌어요."

"아주머니, 됐어요, 그만 하세요." 나는 난처해져서 이렇게 말했다. "무슨 말인지 알겠어요."

"당신은 눈이 없다고 말했지만…… 이봐요, 생겼어요." 여자가 조롱하듯 비웃었다.

'알겠어요, 제기랄!' 아이의 눈 아래쪽에 커다란 종기가 생겨 자라서는 눈을 밀어내고 완전히 덮어 버렸던 것이다. 그리고 그 후에 마치 사라지듯 고름이 흘러나왔고, 모든 것이 제자리를 찾았다.

아니다, 심지어 꿈속에서조차 어떤 것도 나를 놀라게 하지 못할 거라고 결코 오만하게 잠꼬대하지 않을 것이다. 절대로. 그리고 한 해가 지났다. 또 다음 해가 지날 것이다. 그러면 처음과 마찬가지로 뜻밖의 일들이 날 기다릴 것이다. 즉, 더 깊이 공부해야 한다.

별 모양의 발진

이건 그거야. 나는 직감적으로 알았다. 내가 가지고 있는 지식을 동원할 필요도 없었다. 물론 의과 대학을 졸업한 지 반년밖에 안 된 나는 일천한 지식밖에 없었다.

나는 상의를 벗어 드러난 부드러운 어깨를 만지는 것이 약간 망설여졌다(실제로는 전혀 그렇지 않았지만). 그리고 환자에게 이렇게 말했다.

"아저씨, 자, 빛이 있는 쪽으로 누우세요."

남자는 내가 하라는 대로 돌아누웠다. 석유램프 불빛이 그의 누르스름한 피부를 비추었다. 이 노란 반점을 따라 튀어나온 가슴과 옆구리에 희고 반들거리는 발진이 나타났다. '마치 하늘에 떠 있는 별 같네.' 나는 이런 생각을 잠시 하고 침착하게 가슴 쪽으로 몸을 기울였다. 그리고 가슴에서 눈을 떼고 얼굴을 관찰했다. 내 앞에는 짙은 아마 빛 구레나룻을 무성하게 기르고, 부풀어 올라 생기 있는 눈을 살짝 가린 눈꺼풀을 한 40대의 얼굴이 마주하고 있었다. 그 눈에서 나는 놀랍게도 독특한 자존심과 거만함을 읽을 수 있었다.

남자는 눈을 깜빡거리고 무심히 주위를 둘러보고는 무료해하며 바지춤을 고쳤다.

'이건 매독이야.' 나는 다시 한 번 생각하며 단호히 말했다. 매독을 본 것은 내 의사 생활에서 처음이었다. 나는 혁명이 일어나자 의과 대학 강의실에서 벗어나 곧장 시골 벽지로 온 것이다.

나는 매독을 우연히 발견했다. 그 남자는 내게 와서 후두가 막혀 고통스럽다고 호소했다. 나는 매독 같은 것은 생각도 않고 별생각 없이 웃옷을 벗으라 했고, 그때 별 모양의 발진을 본 것이다.

나는 쉰 목소리, 후두에 있는 불길한 반점과 이상한 흰색 반점, 희고 번들거리는 가슴을 보고 알아차렸다. 소심하게도 나는 우선 염화수은 가루로 손을 씻었다. 게다가 '이 사람이 내 손에 기침을 한 것 같아'라는 불안한 생각이 잠시 나를 사로잡았다. 나는 환자의 목구멍을 볼 때 사용하는 유리 주걱을 손에 쥐고 신경질적으로 이리저리 돌렸다. '이걸 어디에 놓지?'

창가에 있는 솜뭉치에 놓기로 했다.

"저기, 있잖아요…… 음, 틀림없이…… 그런데 아마도 환자께서는 좋지 않은 병을…… 매독입니다."

나는 당황한 목소리로 말했다. 남자는 매우 놀라고 흥분한 것처럼 보였다.

그러나 남자는 흥분하거나 놀라지 않았다. 어찌 된 일인지 그는 마치 자기를 부르는 소리를 들은 닭이 동그란 눈으로 쳐다보는 것처럼 옆에서 나를 곁눈질했다. 그의 동그란 눈에서 놀랍게도 믿지 못하겠다는 표정을 읽었다.

"당신은 매독이에요." 나는 부드럽게 다시 말했다.

"그게 대체 뭐지요?" 희고 번들거리는 발진을 앓고 있는 남자가 물었다.

그때 내 눈앞에는 수많은 학생들과 흰 구레나룻을 한 성병 전문 교수가 강의를 하는 흰색 대학 건물 옆의 원형 강의실 모습이 아른거렸다. 그러나 나는 이내 정신을 차리고 지금 내가 강의실로부터 5백 베르스타나 떨어져 있고, 기차역에서는 40베르스타 떨어진 석유램프 불빛 아래 있다는 사실을 기억했다. 흰색의 방문 뒤로는 차례를 기다리는 환자들이 웅성거리고 있었다. 창문 너머엔 어김없이 어둠이 깔리고 올겨울 첫눈이 내리고 있었다.

나는 다시 환자의 웃옷을 벗긴 다음에 이미 아물기 시작한 최초의 상처들을 들여다보았다. 나는 마지막 의문들과 씨름했고, 내가 확실하게 진단했을 때 어김없이 찾아오는 자신감을 느꼈다.

"옷을 입으세요" 하고 나는 말했다. "매독입니다. 병세가 매우 심각하네요. 온몸에 퍼져 있어요. 오랫동안 치료를 받으셔야 돼요."

여기서 나는 말을 더듬었다. 왜냐하면 맹세컨대, 닭의 동그란 눈을 닮은 그의 시선에서 당혹스러움이 배어 있는 놀란 표정을 발견했기 때문이다.

"목소리가 쉬었어요." 환자는 말했다.

"그래요, 매독 때문에 그런 거예요. 가슴에 난 발진도 그렇고요. 가슴을 보세요."

남자는 곁눈질을 하며 쳐다보았다. 그의 눈에는 아직도 의심의 빛이 사라지지 않고 있었다.

"목을 치료했으면 싶은데" 하고 그가 말했다.

'그는 이해 못하고 있잖아? 나는 매독을 얘기하고 있는데, 그는 쉰 목만 걱정하고 있으니!' 나는 초조해하며 이렇게 생각했다.

"이보세요." 나는 계속 말을 이어 갔다. "지금 목이 중요한 게 아니에요. 목도 치료할 수 있는데, 중요한 건 더 근본적인 병을 치료해야 한다는 거예요. 아마 2년 정도는 치료받아야 될 거예요."

환자는 눈이 휘둥그레져서 나를 쳐다보았다. 그 눈에서 나는 '당신 정신 나갔어!' 하는 표정을 읽을 수 있었다.

"그렇게 오래 걸려요?" 환자가 물었다. "2년이라니! 목을 소독하는 양치질 액만 있으면 되는데……."

나는 화가 나서 더 이상 말하지 않았다. 그리고 그가 놀라건 말건 상관하지 않았다. 오, 아니야! 그러면 안 되지. 나는 병이 심해지면 코가 내려앉을 거라고 그에게 돌려 말했다. 그리고 만약 치료를 받지 않을 거면 다른 환자들을 봐야 한다고 이야기했다. 나는 매독의 전염성을 상기시키고, 별개의 식기와 수저, 찻잔, 수건을 사용해야 한다고 주의를 주었다.

"결혼하셨나요?" 내가 물었다.

"했지요." 환자는 놀라면서 대답했다.

"아내도 조만간 데려오세요." 나는 흥분한 상태에서 말했다. "당신 아내는 아프지 않아요?"

"아내를!" 환자는 놀란 표정으로 나를 보면서 물었다.

그렇게 우리는 대화를 이어 갔다. 그는 눈을 깜빡거리며 내 눈을 쳐다보았고 나도 그를 보았다. 아니, 그것은 대화가 아니라 나의 독백이었다. 모든 교수가 졸업반 학생에게 만점을 줄 만큼 훌륭한 독백이었다. 나는 나 자신이 매독에 관한 많은 지식과 비범한 예지를 가지고 있다는 것을 발견했다. 그 예지가 독일어와 러시아어로 된 교과서에 있는 시커먼 간극을 메웠다. 나는 치료받지 않은 매독 환자의 유골이 어떤지를 이야기하고, 그와 동시에 매독으로 인한 마비 증세를 설명했다. 그다음은! 그의 아내는 어떻게 하지? 만일 그녀도 전염됐다면 — 아마도 전염되었을 텐데 — 그녀를 어떻게 치료하지?

마침내 나는 생각을 멈추고 소심하게 주머니에서 금색으로 인쇄되고 빨간 표지로 제본된 편람을 꺼냈다. 그것은 내가 처음으로 의사 생활을 하면서 계속 가지고 있던 나의 동반자였다. 처치 곤란한 처방 때문에 곤경에 빠져 있을 때 몇 번이고 그 편람은 나를 구해 주었다. 나는 환자가 옷을 입는 동안 슬그머니 편람을 뒤적여 나에게 필요한 것을 발견했다.

수은 연고 — 중요한 치료 수단.

"당신은 연고를 발라야 합니다. 여섯 통의 연고를 드릴게요. 하루에 한 통씩 바르세요, 이렇게……."

나는 실제로 어떻게 연고를 발라야 하는지 가운을 입은 채 빈손을 문지르며 열심히 보여 주었다.

"오늘은 손에 내일은 발에. 다시 손에 그리고 다른 곳에. 여섯 통을 다 쓰면 다시 오세요. 반드시요. 알겠어요? 네? 그 밖에 치아와 입 주위를 세심하게 양치하세요. 그러면 좀 나아질 거예요. 양치 액을 드릴 테니 식후에 반드시 하세요."

"목은요?" 환자가 쉰 목소리로 물었다. 그래서 나는 '양치질'을 해야 회복할 수 있다고 주의를 주었다.

"네, 알겠어요. 그런데 목은……."

잠시 후 노란 가죽옷을 입은 남자는 방에서 나와 머리에 수건을 두른 아낙네들 틈을 헤쳐 나갔다.

그리고 조금 지난 후 외래 환자 진료소의 어두운 복도를 따라 담배를 사기 위해 약국으로 향하던 남자의 목쉰 소리를 어렴풋하게 들을 수 있었다.

"엉터리야. 애송이 의사인 주제에. 나는 목이 막혔는데 의사는 가슴하고 배만 진찰하더라고. 한나절이나 병원에서 기다렸는데 이게 뭐야. 지금 가면 밤에나 집에 도착할 텐데. 오, 세상에! 나는 목이 아픈데 의사는 발에 연고나 바르라니."

"듣지 말아요, 듣지 마." 웅웅대는 여자 목소리가 들렸다가 갑자기 조용해졌다. 나는 흰 가운을 입은 채 유령처럼 살짝 복도로 나갔다. 그리고 참지 못해 주위를 살피고는 어둠 속에서 아마 빛 구레나룻을 하고 부은 눈꺼풀에 동그란 눈을 한 남자를 알아보았다. 바로 그 거칠고 쉰 목소리였다. 나는 목을 움츠리고 남이 눈치채지 못하게 웅크리고는 죄책감에 빠져 난도질당한 영혼의 고통을 느끼면서 몸을 피했다. 끔찍한 기분이었다.

정말 모든 게 헛된 것이란 말인가?

……아마 그렇지는 않을 것이다! 매독에 관한 나의 독백을 주

의 깊게 들은 남자의 성(姓)을 가진 여자를 기다리며 나는 한 달 동안 아침마다 외래 환자 진료소 접수계를 눈이 빠지게 훑어보았다. 나는 그 남자를 한 달 동안 기다렸다. 그러나 아무도 오지 않았다. 다시 한 달이 지났을 때 그는 나의 기억 속에서 사라졌다. 불안한 마음도 없어지고 모든 것이 잊혀졌다.

왜냐하면 모든 것이 새로웠기 때문이다. 촌구석에서 일어나는 일들은 놀랍고 신경을 자극하는 까다로운 것들뿐이었다. 수백 번 어찌할 바를 모르다가 다시 정신을 차리고 싸울 준비를 하곤 했다.

많은 세월이 지난 지금, 흰색 페인트칠이 벗겨진 병원으로부터 멀리 떨어진 곳에 있는 나는 남자의 가슴에 있는 별 모양의 발진을 기억하고 있다. 그는 어디에 있을까? 무엇을 하고 있을까? 아, 나는 알 것 같다. 만약 살아 있다면 그는 아내와 함께 이따금 낡은 병원을 다니고 있을 것이다. 발에 난 상처를 호소할 것이다. 나는 그가 어떻게 양말을 벗으며 동정을 구하는지 생생하게 상상할 수 있다. 남자건 여자건 젊은 의사는 여기저기 기운 흰 가운을 입고 발을 살펴보고, 손으로 상처 위의 뼈를 눌러 보며 원인을 찾을 것이다. 그리고 책 속에서 치료 방법을 발견할 것이다. '매독 3기.' 그리고 환자에게 묻겠지? 의사가 검은 연고를 주지 않더냐고.

이렇게 내가 그를 기억하듯이 그도 나를 기억할 것이다. 1917년. 창밖에는 눈이 내리고, 쓰지 않은 점액질 덩어리가 들어 있는 여섯 개의 연고통이 있다.

"물론 받았지요" 하고 그는 곁눈질을 하면서 비꼬지도 않고 불안한 눈초리로 말할 것이다. 의사는 아마도 그에게 다른 치료를 결정하면서 요오드 용액을 처방할 것이다. 아마 그도 나처럼 편람을 뒤적일 것이다.

안녕, 친구!

그리고 친애하는 부인, 사프론 이바노비치 아저씨께 안부 전해 주오. 그 밖에 또, 사랑하는 부인, 의사에게 가서 진찰을 받아 봐요. 나도 이미 몹쓸 병인 매독으로 반년 동안 고생을 했다오. 휴가를 얻어 당신한테 들렀을 때 미처 고백하지 못했다오. 치료를 받아 봐요. 당신의 남편 아나톨리 부코프로부터.

젊은 여자는 융단으로 만든 머릿수건 끝자락으로 입을 틀어막고, 어깨를 들썩이며 벤치에 앉아 있었다. 그녀의 연한 갈색을 띤 곱슬곱슬한 머리채는 눈에 젖어 이마 위로 삐져나왔다.

"아, 몹쓸 인간!" 그녀는 절규했다.

"몹쓸 인간이지요." 나는 강하게 맞받아쳤다.

잠시 후에 가장 고통스럽고 어려운 일이 다가왔다. 그녀를 진정시키는 일이 필요했다. 그런데 어떻게 진정시킨단 말인가? 우리는 접수계에서 기다리고 있는 사람들의 웅성거리는 소리를 들으며 오랫동안 소곤대며 대화를 나누었다.

인간의 고통에 대해 아직 무뎌지지 않은 내 영혼의 깊은 곳 어딘가에서 나는 따뜻한 말을 찾아냈다. 무엇보다도 그녀가 느끼고 있을 공포를 없애려고 노력했다. 나는 아직 확실한 것이 아무것도 없으므로 조사가 끝나기 전까지 절망해선 절대 안 된다고 말했다. 그렇다. 검사가 끝나면 절망이 설 자리도 없었다. 나는 우리가 매독처럼 지독한 병을 얼마나 성공적으로 치료했는지 설명했다.

"몹쓸 인간 같으니." 젊은 여자는 오열하며 눈물을 훔쳤다.

"몹쓸 인간이지요." 나는 반복했다.

우리는 욕을 하면서 잠시 집에 들렀다가 모스크바로 떠난 '친애하는 남편'을 그렇게 불렀다.

여자의 얼굴은 바싹 마르고 반점들이 나타났다. 검게 변한 절망스러운 눈꺼풀은 울어서 부풀어 올랐다.

"이제 뭘 해야 하지요? 애가 둘이나 되는데." 그녀는 무뚝뚝하고 고통스러운 목소리로 물었다.

"잠깐만요. 뭘 해야 할지 봅시다." 나는 중얼거렸다.

나는 조산부인 펠라게야 이바노브나를 호출하여, 셋이서 산부인과 건물로 들어갔다.

"에구, 머저리 같은 인사." 펠라게야 이바노브나가 잇소리를 내며 소리쳤다. 여자는 침묵했는데, 그녀의 두 눈은 마치 시커먼 구멍처럼 보였다. 그녀는 창문 너머 어둠을 응시하고 있었다.

이것은 내 인생에 가장 신중한 검사 중 하나였다. 나는 펠라게야 이바노브나와 함께 그녀의 몸 구석구석을 자세히 관찰했다. 의심스러운 곳은 한 곳도 없었다.

"저기요." 나는 아직 희망이 있으며 치명적인 상처가 아직 발견되지 않았다는 사실을 말하고 싶었다. "저기요…… 두려워하지 마세요! 희망이 있습니다, 희망이. 사실 앞으로 모든 것이 어떻게 될지 모르지만 지금 현재로선 전혀 아무렇지도 않아요."

"아무렇지도?" 여자가 씩씩거리면서 물었다. "정말 그래요?" 그녀의 눈에는 불꽃이 일었고 뺨에는 홍조가 돌았다. "어떻게 그런 거지요? 네?"

"이해할 수가 없어. 그녀가 말한 바에 따르면 감염이 있어야 하는데 전혀 없으니." 나는 작은 소리로 펠라게야 이바노브나에게 말했다.

"아무렇지도 않아요." 펠라게야 이바노브나의 목소리가 메아리처럼 울렸다.

우리는 잠깐 더 여자와 함께 그동안 있었던 부부 관계에 대해 이야기를 나누었다. 그리고 나는 그녀에게 병원에 정기적으로 내원하라고 지시했다.

하지만 나는 여자를 진찰하면서 이 환자가 매독 중기에 접어든 사실을 알게 되었다. 그녀로서는 희망이 깃들었다가 이내 사라진 셈이었다. 그녀는 다시 울음을 터뜨리고 어둠 속으로 사라졌다. 그때부터 그녀는 머리 위에 칼날을 이고 살았다. 매주 토요일, 여자는 조용히 외래 환자 진료소를 찾아왔다. 그녀는 매우 수척해졌고 광대뼈는 더 튀어나왔으며 두 눈은 움푹 파여 눈 주위가 검게 변했다. 신경이 날카로워지고 양 입가가 축 늘어졌다. 그녀는 자연스럽게 머릿수건을 풀고 우리는 셋이서 진찰실로 들어가 조사를 했다.

처음 3주가 지나가고 우리는 그녀에게서 아무런 변화도 발견하지 못했다. 그때 그녀의 몸 상태가 잠시 호전되었다. 눈과 얼굴은 생기를 되찾았고, 주름진 얼굴도 펴졌다. 우리에게 기회가 왔다.

위기를 넘긴 것이다. 4주째 들면서 나는 이미 확신을 갖고 있었다. 성공할 확률은 90퍼센트에 가까웠다. 그 후 의미 있는 3주가 지나갔다. 이제 상처가 더디게 진행되는 일만 남아 있었다. 마침내 이 기간도 지나갔다. 나는 반사경으로 골반을 비춰 보고 마지막으로 분비선을 만져 본 다음 여자에게 말했다.

"위기를 넘겼어요. 더 이상 내원하지 않아도 되겠네요. 이건 기적입니다."

"이제 아무렇지도 않아요?" 그녀가 감격스러운 목소리로 물었다.

"모두 정상이에요."

내 능력으로는 그때 그녀의 얼굴 표정을 실감 나게 서술할 수 없다. 나는 오직 그녀가 허리춤에 머리를 박다시피 하고 눈물을 흘리던 장면만 기억하고 있을 뿐이다.

그녀는 딱 한 번 병원을 다시 찾아왔다. 그녀의 손에는 2푼트*의 버터와 달걀 두 줄짜리의 꾸러미가 쥐어져 있었다. 오랜 실랑이 끝에 나는 버터와 달걀을 받지 않았다. 나는 철없이 이것을 자랑스레 생각했다. 그러나 그 후 혁명이 일어나 먹을거리가 없었을 때 나는 몇 번이고 석유램프와 검은 눈동자, 이슬이 맺히고 손자국이 난 황금색 버터를 기억하곤 했다.

많은 세월이 지난 지금, 나는 넉 달째 위험한 지경에 빠져 있었던 그녀를 기억한다. 그럴 만한 이유가 있었다. 그 여자는 결과적으로 인생의 황금기를 바친 이 지역에서 내가 진찰한 두 번째 매독 환자였다. 첫 번째 환자는 가슴에 별 모양의 발진을 한 남자였다. 때문에 그녀가 두 번째였고, 매우 특이했다. 그녀는 몹시 두려워했다. 펠라게야 이바노브나, 안나 니콜라에브나, 데미얀 루키치 그리고 나. 이렇게 석유램프 아래서 우리 넷이 같이한 작업을 기억하고 있는 내게 그녀는 특별한 환자였다.

매주 토요일마다 그녀가 갑작스러운 형벌 같은 고통을 겪고 있을 때 나는 '그것'을 찾기 시작했다. 가을 저녁은 길다. 의사가 거처하는 방 안은 네덜란드식 페치카 덕에 후끈하다. 정적이 깃든다. 이 세상엔 나와 램프뿐이라는 생각이 들었다. 어딘가에선 삶이 부산스럽게 흘러가겠지만 나는 빗줄기가 후드득 소리를 내며 창문을 두들기고, 잠시 후 소리 없이 내리는 눈으로 변하는 이곳에 있다. 나는 지난 5년 동안의 낡은 외래 환자 진료 기록을 오랜 시간 앉아서 읽었다. 수천, 수만 명의 환자와 마을 이름이 눈앞을 스쳐 갔다. 그 사람들 속에서 나는 그것을 찾았고 또 자주 발견했다. 진부하고 무료한 메모들이 아물거렸다. '기관지염', '후두염' 그리고 또…… 바로 이거야! '매독 3기.' 아…… 그리고 옆에 조잡하고 익숙한 필체로 다음과 같이 적혀 있었다.

수은 연고 3밀리그램 처방…….

바로 이거야. '검은' 연고.

다시. 다시 기관지염과 카타르성 염증들이 눈에 들어왔다 갑자기 뜸하더니…… 또다시 '매독'이…….

무엇보다도 이른바 매독 2기라고 표기되어 있었다. 드물게는 매독 3기도 있었다. 그리고 이 경우에 요오드 용액이 '치료' 란에 조잡하게 적혀 있었다.

다락방에 버려진 곰팡내 풍기는 낡고 두꺼운 외래 환자 진료 기록을 읽어 나갈수록 내 미숙한 머리는 점점 더 밝아졌다. 나는 굉장한 물건들을 이해하기 시작했다.

아니, 초기 피부 발진에 관한 표시는 어디 있지? 보이지 않는군. 수천 개의 이름 위에 드물게 하나씩만 있을 뿐이야. 매독 2기는 끝이 없네. 이게 무엇을 뜻하는 것일까? 이것이 무슨 의미일까?

"이것은……." 나는 어둠 속에서 나 자신과 책장의 낡은 밑부분을 갉아 먹고 있는 생쥐들에게 말했다. "이것은 이곳 사람들이 매독에 대한 관념이 없고 피부 발진 정도는 우습게 여기고 있다는 것을 의미한다. 그래, 그 후에 피부 발진은 치료되고 아물 것이다. 상처는 남겠지만……. 그건 그렇고, 더 이상은 없나? 아니, 전혀 없지 않다! 2기로 진전되면 사태가 악화되는 것이 바로 매독이다. 인후통이 있고 몸에 습진이 생기면 병원에 가야 한다. 세묜 호토프, 32세, 그에게 회색 연고를 처방할 것…… 아!"

둥근 램프 불빛이 탁자 위에 비쳤고, 재떨이 속에선 여인의 형상을 한 초콜릿이 담배꽁초 더미 밑에서 녹고 있었다.

"세묜 호토프를 찾고 말 거야. 음……."

누런 진이 묻어나는 외래 환자 진료 기록 리스트들이 바스락 소리를 냈다. 1916년 6월 17일, 세묜 호토프는 치료용 수은 연고 여섯 개를 받았다. 그것은 세묜 호토프를 구하기 위해 만든 것이다. 나는 전임 의사가 세묜에게 연고를 주며 다음과 같이 말했을 것이란 걸 잘 알고 있다.

"세묜, 여섯 개의 연고를 다 쓰면, 깨끗이 씻고 다시 병원에 오세요. 알아들었어요, 세묜?"

물론 세묜은 정중히 절을 하고 쉰 목소리로 감사하다고 했을 것이다. 기록을 더 살펴보면 10일에서 12일이 지난 뒤 세묜은 반드시 진료 기록에 다시 적혀 있어야만 한다. 어디 좀 더 살펴봅시다. 연기 자욱한 실내에서 진료 기록을 넘기는 소리가 바스락거린다. 오, 없네, 세묜이 없어! 열흘이 지나고 스무 날이 지나도 없어. 그의 이름은 전혀 없다. 오, 불쌍한 세묜 호토프. 새벽 별들이 희미해지듯 대리석처럼 희고 반들거리는 발진들이 사라지고, 콘딜로마*는 아물었을 것이다. 죽을 거야, 정말, 세묜은 사망할 거야. 나는 아마도 접수계에서 고무종(腫)*이 나타난 세묜을 보게 될 것이다. 그의 코뼈는 온전한가? 그의 동공은 똑바른가? …… 불쌍한 세묜!

하지만 여기 세묜은 없고, 대신 이반 카르포프가 있다. 불가사의는 없다. 왜 이반 카르포프가 병에 걸렸을까? 그래, 아니, 왜 그에게 유당이 함유된 칼로멜* 1회분을 처방한 걸까? 여기 그 이유가 있군. 이반 카르포프는 두 살이고 '매독 2기'야! 운명적인 한 쌍이로군! 별 모양의 발진이 생겨 병원에 온 이반 카르포프는 어머니 품속에서 고집스러운 의사의 손길을 뿌리친 거야. 모든 게 이해되는군.

두 살배기 어린아이의 초기 피부 발진 위치가 어딘지 나는 잘 알고 있다. 첫 번째 피부 발진을 치료했다면 매독 2기는 나타나지 않을 것이다. 피부 발진은 입안에 있다! 그것은 작은 찻숟가락 때문에 생긴 것이다.

나는 지금 촌구석에서 배우고 있다! 시골집의 정적이 나를 가르친다! 그래, 낡은 외래 환자 진료 기록이 젊은 의사에게 흥미로운 이야깃거리를 제공하고 있다.

이반 카르포프 위에 다음과 같은 이름이 있다.

'아브도티야 카르포바, 30세.'

이 여자는 누구지? 아, 알겠어. 이반의 모친이군. 그녀의 품속에서 이반이 울곤 했겠지.

이반 카르포프 아래는 다음과 같은 이름이 있다.

'마리야 카르포바, 8세.'

이 아이는 누구지? 누이로군! 칼로멜…….

가족이 한자리에 있다. 가족이. 그 가족에 오직 한 사람, 카르포프, 35~40세가량이 빠져 있다……. 사람들이 그를 어떻게 부르는지는 확실치 않다. 시도르, 표트르. 오, 이것은 중요하지 않아!

'가장 소중한 아내…… 구역질 나는 매독…….'

여기에 기록이 있다. 머리가 맑아진다. 그래, 아마도 그는 저주받을 전선에서 돌아와 '고백하질 않았다'. 아마 그는 무엇을 고백해야 할지 몰랐을 것이다. 그래서 그는 집을 떠났다. 그곳으로 가고 말았다. 아브도티야와 마리아를 위해서, 마리아와 이반을 위해서. 시치*를 담아 먹는 공동 접시, 수건…….

여기 다른 가족이 있다, 또 다른. 여기 일흔 살의 노인이 있다. '매독 2기.' 노인이다. 그는 무슨 죄가 있을까? 아무 죄도 없다.

죄가 있다면 그건 공동으로 사용하는 접시! 성행위와는 상관없는 외부적 요인들. 날이 밝았다. 12월 초의 여명은 맑고 흰빛을 띠고 있다. 나는 외래 환자 진료 기록과 선명한 삽화가 딸린 훌륭한 독일어 의학 교과서를 보며 날밤을 새운 것이다.

나는 침실로 가면서 하품을 하고는 다음과 같이 중얼거렸다.

"나는 '그들과' 싸울 것이다."

싸우기 위해서는 그것과 대면해야 한다. 매독은 꾸물거리지 않았다. 썰매 길이 열려 하루에 백 명의 환자가 찾아왔다. 하루의 일과는 희뿌옇게 동이 트면서 시작되어 마지막 썰매가 사각 소리를 내며 떠나고 창밖이 어두운 암흑에 휩싸일 때 끝이 났다.

매독은 변화무쌍하고 교활하게 내 앞에 나타났다. 목에 하얀 반점이 나타난 소녀 환자, 사벌(sabel)처럼 다리가 굽은 환자, 생기 없는 다리에 심한 상처를 입은 노파, 몸에 물집이 난 아름다운 여자. 이따금 매독은 비너스의 반달 같은 왕관을 쓴 이마 위에 거만하게 자리를 차지하고 있었다. 아버지들의 그림자는 카자크인 안장을 닮은 코 모양을 한 어린아이들에게 각인되었다. 하지만 이것을 제외하면 매독은 내가 알아채지 못하게 불쑥 나타나곤 했다. 아, 정말 나는 책상머리에만 있었단 말인가!

그리고 나는 혼자 힘으로 모든 것을 알게 되었다. 매독은 뼛속 깊이, 신경 안쪽 어딘가에 깊숙이 숨어 있었다.

나는 많은 것을 깨달았다.

"그때 사람들이 나에게 연고를 발라 주었죠."

"검은 연고를요?"

"검은 연고를요, 의사 선생님. 검은……."

"십자 방향으로요? 오늘은 손을, 내일은 발을?"

"물론이죠. 선생님, 어떻게 아셨어요?(간사스럽게)"

'어떻게 모르겠어요? 아, 어떻게 모르겠어요. 여기 고무종(腫)이 생겼군!'

"몹쓸 병을 앓아 본 적이 있나요?"

"뭐라고요! 우리는 태어나서 이런 것을 들어 본 적도 없어요."

"그래요…… 인후통을 앓으셨나요?"

"인후통. 앓았어요. 작년에."

"그래요…… 리폰티 리폰티예비치가 연고를 주었나요?"

"물론이죠! 장화처럼 검은 연고요."

"좋지 않아요, 아저씨, 연고를 바르셨죠. 아, 좋지 않아요!"

나는 많은 양의 회색 연고를 썼다. 요오드 용액을 수없이 처방했고, 위협적인 충고도 아끼지 않았다. 처음에 연고 여섯 개를 내준 이후에 그중 몇 개는 다시 회수되었다. 첫 주사 치료 과정의 많은 부분 중에서 전부는 아니지만 일정량이 회수되었다. 하지만 마치 모래시계에서 모래가 떨어지는 것처럼 대부분이 내 손에서 빠져나갔다. 나는 눈안개 속에서 그것들을 찾을 수 없었다. 아, 나는 이곳 사람들이 매독을 대수롭지 않게 여기는 것이 가장 큰 문제라고 확신했다. 바로 이런 이유 때문에 내 회상의 앞부분에서 검은 눈동자의 여인을 언급한 것이다. 그녀가 매독에 대한 두려움을 가지고 있었다는 이유 때문에 나는 마음에서 우러나오는 존경심으로 그녀를 기억하고 있다. 하지만 그녀가 유일한 사람이었다!

어느덧 나는 성숙해져서 일에 몰두할 수 있게 되었지만 가끔은 우울했다. 나는 이곳에서의 근무 기간이 끝나면 대학 도시로 돌아갈 것을 희망했다. 거기서는 좀 더 수월하게 작업할 수 있을 것으로 생각했다.

그렇듯 무료하게 지내던 어느 날, 외래 환자 진료소에 젊고 아름다운 여자 하나가 내원했다. 팔에는 담요에 싼 어린아이가 있었다. 여자 뒤로 지나치게 큰 겨울 장화를 신고 뒤뚱거리는 아이와 파란 스커트에 짧은 털외투를 입은 아이가 우르르 들어왔다.

"아이에게 발진이 생겼어요." 뺨에 홍조를 띤 시골 아낙네가 심각하게 말했다.

나는 치마를 잡고 있는 어린 여자아이의 이마를 자세히 살펴보았다. 여자아이는 자신의 몸을 숨기려고 했다. 그리고 다른 쪽에 있는 얼굴이 비정상적으로 큰 반카(이반의 애칭)를 들어 올렸다. 남자아이도 진찰을 했다. 두 아이 모두 열이 없고 정상이었다.

"옷을 벗어 봐라, 아이야."

젊은 여자가 여자아이의 옷을 벗겼다. 벌거벗은 작은 몸에는 얼어붙은 겨울밤 하늘처럼 별 모양의 발진이 가득했다. 온몸이 짓무른 급성 발진 자국투성이였다. 반카가 갑자기 몸을 피하고는 울음을 터뜨렸다. 나는 데미얀 루키치를 불렀다.

"감긴가요?" 애들 엄마가 태평스레 물었다.

"오, 오, 감기라니요. 한겨울에 바깥에서 놀다가 감기에 걸리셨군요." 루키치가 연민의 눈빛으로 떨떠름하게 입을 삐죽거리며 말했다.

"이게 대체 뭐죠?" 내가 여자아이의 옆구리와 가슴을 살펴보고 있을 때 아이 어머니가 물었다.

"옷 입어라." 내가 말했다.

그리고 책상에 앉아 머리를 팔로 감싸고 하품을 했다(그녀는 오늘 나에게 온 마지막 환자들 중 하나로, 98번째 환자였다). 그 후에 그녀에게 다음과 같이 말했다.

"아주머니, 두 아이 모두 '몹쓸 병'에 걸렸어요. 매우 위험하고 끔찍한 병입니다. 지금 당장 치료를 시작해야 합니다. 시간이 오래 걸릴 거예요."

아쉽게도 아낙네의 푸른 눈 속에 나타난 불신의 표정을 말로 설명하는 것은 불가능했다. 그녀는 갓난아이를 장작개비처럼 손에 안고 멍청하게 다리를 살펴보고는 물었다.

"이게 대체 어디서 생긴 거죠?"

그리고 그녀는 씁쓸하게 웃었다.

"그건 중요하지 않아요. 만일 이 아이들이 치료를 받지 않으면 어떻게 될지, 당신이 좀 신경 써야 할 것 같군요." 나는 오늘 피우는 쉰 번째의 담배를 물면서 대답했다.

"뭐요? 무슨 일이 있겠어요?" 그녀는 이렇게 대답하고 기저귀를 찬 갓난아이를 돌보기 시작했다.

나는 책상에 있는 시계를 쳐다보았다. 지금도 생생하게 기억하는데, 그때 나는 3분 이상 말하지 않았다. 그녀가 흐느껴 울기 시작했다. 나는 그녀가 우는 것이 기뻤다. 왜냐하면 내가 일부러 과장된 행동과 말을 해야만 다음과 같은 대화가 가능할 것이었기 때문이다.

“데미얀 루키치, 이 아이들은 남을 거예요. 별관 병동에 입원시키세요. 티푸스 환자들이 있는 2호실에요. 내일 내가 도시로 나가 매독 환자들만을 위한 병실을 만들 수 있는지 상의해 보겠습니다.”

의사보는 특별히 관심 있는 표정을 보였다.

“저기, 의사 선생님, 우리가 알아서 처리해야 하나요? 약은요? 간호조무사도 없고……. 괜찮을까요? 그리고 용기들이며 주사기들은?” 의심 많은 의사보가 물었다.

그러나 나는 아무 표정 없이 완고하게 고개를 저으면서 대답했다.

“노력해 보겠습니다.”

한 달이 지났다.

눈에 덮인 별관 병동의 세 병실에는 양철 갓을 단 램프가 타고 있었다. 침대 시트는 군데군데 해졌다. 작은 1그램짜리와 5그램짜리 매독 치료제. 다시 말하면 이것은 연민의 정이 우러나는 눈 덮인 가난의 상징이었다. 그러나…… 두려워 정신이 아찔해진 내가 매독의 새로운 치료제인 신통한 살바르산 주사액을 수차례 투약했던 주사기들이 여기저기 거만하게 흩어져 있었다.

그리고 내 정신 상태는 더 안정되었다. 별관 병동에는 일곱 명의 남자와 다섯 명의 여자가 입원해 있었다. 나는 매일같이 별 모양의 발진을 관찰했다.

밤이 되었나. 데미얀 두키치가 작은 램프를 들고 부끄럼을 많이 타는 반카를 비추었다. 그의 입은 탄 밀죽으로 범벅이 되었다. 그러나 이제 별 모양의 발진은 없었다. 이렇게 내 마음을 어루만지던 램프 아래서 넉 달이 지나갔다.

"내일 퇴원시킬게요." 얇은 부인용 재킷을 고쳐 입으며 아이 어머니가 말했다.

"아니요, 안 돼요. 한 번 더 치료를 받아야 됩니다." 나는 대답했다.

"아니, 그렇게 할 수 없어요. 집에 일이 많아서요. 그동안 보살펴 주셔서 감사합니다. 내일 퇴원 확인서에 서명해 주세요. 우리는 이미 건강해졌어요." 그녀가 대답했다.

대화는 장작불처럼 달아올랐다. 그러나 이렇게 끝나고 말았다.

"아시겠어요…… 그건 바보 같은 짓이에요." 나는 얼굴이 벌게져서 말했다.

"당신이 왜 욕을 하시는지 모르겠군요? 욕을 하다니요, 이런 법이 어디 있어요?"

"제가 정말 당신을 바보라고 욕한다고 생각하세요? 아, 바보가 아니라! 반카를 보세요! 그가 죽기를 바라세요? 이것만은 허락할 수가 없군요!"

그녀는 열흘을 더 병원에 있었다.

열흘! 그러나 누구도 더 이상 그녀를 잡아 둘 수 없었다. 내가 보증한다. 고백하건대 나는 꺼림칙한 데가 없었다, 심지어……

'그 바보 같은 여자' 도 나를 더 이상 혼란에 빠뜨리지 못했다. 나는 후회하지 않는다. 별 모양의 발진보다는 욕을 먹는 게 훨씬 낫기 때문이다!

결국, 한 해가 지났다. 운명 같은 격동의 세월이 지나고 나는 눈 덮인 별관 병동을 떠났다. 거기에 지금 무엇이 있고, 누가 있는지? 옛날보다 훨씬 나아졌을 것이라 믿는다. 건물도 페인트칠을 새로 하고, 침대 시트도 새것으로 바꿨겠지. 물론 아직 전기는 들어오지 않겠지만. 아마도 내가 이 글을 쓰는 지금, 어떤 젊은 의사가 환자를 진찰하고 있겠지. 석유램프가 누렇게 뜬 피부에 황색 빛을 비추고 있을 거야.

안녕, 내 친구!

붉은 관
— 질병의 역사

무엇보다도 나는 햇빛, 우렁찬 인간의 목소리, 노크 소리를 증오한다. 특히 잦은 노크 소리를. 만약 저녁에 복도에서 낯선 발소리와 말소리가 들리면 비명을 지를 만큼 나는 사람들을 무서워한다. 그래서 내 방은 특별하고 조용하며 가장 좋은 복도 끝 27번 방이다. 아무도 내게 올 수 없다. 하지만 확실한 안전을 위해 나는 이반 바실리예비치(나는 그 앞에서 읍소하기도 했다)에게 타이프로 작성한 증명서를 발급해 달라고 오랫동안 간청했다. 그는 내 요청에 동의하여, 내가 그의 보호 아래 있으며 누구도 날 간섭할 권리가 없다는 증명서를 써 주었다. 그러나 솔직히 말하면 나는 그의 서명 날인이 어떤 효력이 있을지 확신이 서지 않았다. 그는 그때 마지못해 서명을 했고, 그런 다음 증명서에 둥근 모양의 푸른색 도장을 찍었다. 도장이 찍힌 증명서는 그렇지 않은 것과 다르다. 나는 도장이 찍힌 증명서를 소지하고 있다는 이유만으로 살아남은 사람들을 수없이 보았다. 실제로 베르잔스크에서는 사람들이 한 노동자의 장화 속에서 도장이 찍힌 구겨진 증명서를 발견하자마자 빰이 그을음투성이인 그 사람을 가로등에 걸어 교수형에 처한 적이 있다. 하지만 이것은 완전히 다른 경우다. 그는 범죄자인 볼셰비키였고, 푸른색 도장도 범죄의 상징이었다. 그는 그 도장 때문에 교수형을 당했고, 가로등은 내 병의 원인이 되었다(안심하세요, 나는 내가 아프다는 사실을 너무 잘 알고 있어요).

중요한 것은 예전에 콜랴와 내가 경험한 일이다. 나는 사람들이 교수형 집행하는 것을 보고 싶지 않아 그 자리를 피했지만 후들거리는 발걸음 속에서 공포를 떨쳐 내지 못했다. 그때 나는 물론 아무것도 할 수 없었다. 하지만 이제 감히 이렇게 말할 수 있다.

"장군, 당신은 짐승이야. 당신은 사람들을 교수형에 처할 권리가 없어."

이런 사실로 미루어 당신은 이미 내가 겁쟁이가 아닐뿐더러, 죽음의 공포 때문에 그 도장 이야기를 오래 한 게 아니라는 걸 알 것이다. 오, 아니다. 나는 죽음이 두렵지 않다. 나는 총으로 자살할 것이고, 이 일은 조만간 일어날 것이다. 왜냐하면 콜랴가 나를 절망에 빠뜨렸기 때문이다. 하지만 나는 콜랴도 보기 싫고, 그에게 어떤 말도 듣고 싶지 않기 때문에 자살을 할 것이다. 다른 사람들이 올 거라는 생각은…… 이건 역겨운 일이다.

* * *

요 며칠 나는 종일 소파에 누워 창문을 바라본다. 풀이 우거진

정원 위로 허공의 낭떠러지가 있고, 그 뒤로 7층 높이의 황색 건물이 입구 없는 벽이 되어 내게 다가왔다. 지붕 바로 밑에는 커다랗고 녹슨 정사각형 물체가 있다. 간판이다. '치과 진료실.' 간판은 흰 글씨로 적혀 있다. 처음에 나는 이 진료실을 죽도록 미워했다. 하지만 그 후에 나는 진료실에 익숙해졌다. 만일 진료실이 없었다면 아마도 무료했을 것이다. 진료실은 멀리서 하루 종일 아물거린다. 그 안에서 나는 정신을 집중하고 중요한 것들에 관해 곰곰이 생각한다. 이제 저녁이 된다. 성당의 둥근 지붕이 어두워지고, 흰 글씨들이 사라진다. 내 형체는 희미해지고, 내 생각들이 서로 뒤섞이며 울창한 밀림 속에 묻힌다. 황혼은 하루 중 가장 이상하고 의미 있는 시간이다. 모든 불빛이 사라지고 모든 것이 뒤섞인다. 붉은 털 고양이가 소리 없이 종종걸음으로 복도를 돌아다니기 시작하고, 나는 이따금 비명을 지른다. 하지만 나는 불을 켜지 않는다. 왜냐하면 램프에 불이 들어오면 저녁 내내 나는 손을 모아 흐느껴 울기 때문이다. 차라리 어둠이 피어오를 때 가장 중요한 마지막 광경이 불타오르는 순간을 조용히 기다리는 것이 좋을 것이다.

* * *

늙은 어머니가 내게 말했다.

"난 오래 살지 못할 게다. 광기를 목격하고 있어. 넌 형이다. 동생을 사랑하고 있지 않니. 콜라를 찾아야 돼. 네가 형 아니니."

나는 대답하지 않았다.

그때 어머니는 갈구하듯 고통스럽게 말했다.

"동생을 찾아라. 너는 시늉만 내고 있어. 하지만 어미는 널 이해한다. 너는 현명해서, 오래전부터 이 모든 일이 광기라는 것을 이미 알고 있지 않니. 오늘 안으로 동생을 데려오너라. 혼자만. 내가 다시 그 애를 놓아줄 것이다."

어머니는 거짓말을 했다. 정말 어머니는 동생을 다시 놓아줄까?

나는 아무 말도 하지 않았다.

"난 그저 그 아이 눈에 입맞춤을 하고 싶을 뿐이다. 틀림없이 사람들이 동생을 죽일 거야. 가엾지 않니? 걔는 내 아이다. 내가 누구에게 부탁하겠니? 너는 형 아니니. 동생을 데려오너라."

나는 참지 못하고 눈을 내리깔면서 말했다.

"알았어요."

하지만 어머니는 내 소매를 붙잡고 얼굴을 보기 위해 돌아섰다.

"아니다. 동생을 산 채로 데려오겠다고 맹세해라."

어떻게 그런 맹세를 할 수 있는가?

하지만 광인인 나는 맹세했다.

"맹세할게요."

* * *

어머니는 마음이 몹시 상해 있다. 나는 이런 생각을 갖고 집을 나섰다. 하지만 베르쟌스크에서 기울어진 가로등을 보았다. 장군,

당신 못지않게 나도 죄가 많다는 데 동의합니다. 나는 이상하게 그을음으로 더러워진 사내에 대해 죄책감을 느낀다. 하지만 동생은 무슨 죄가 있는가. 그 애는 열아홉 살일 뿐이다.

베르잔스크를 지나면서 나는 굳게 맹세했고, 20베르스타 떨어진 개천 근처에서 동생을 발견했다. 보기 드물게 화창한 날이었다. 하얗게 피어오른 자욱한 먼지 속에서 석탄재를 뿌려 놓은 마을로 향한 길을 따라 기마대가 행진하고 있었다. 첫 번째 대열 끝에서 모자를 깊숙이 눌러쓴 동생이 말을 타고 가고 있었다. 모든 것이 기억난다. 오른쪽 박차가 구두 뒤축으로 내려왔다. 군모에 달린 가죽끈이 뺨을 타고 턱 밑까지 내려왔다.

"콜랴, 콜랴!" 나는 크게 소리치며 길옆 도랑으로 달려갔다. 동생은 몸을 떨고 있었다. 대열 속에서 얼굴을 찌푸리고 땀에 흠뻑 젖은 병사들이 고개를 돌렸다.

"아, 형!" 동생이 대답했다. 동생은 무슨 이유인지 내 이름을 부르지 않고 늘 형이라고만 했다. 나는 동생보다 열 살이 많다. 동생은 내가 '징지' 하고 말하면 항상 그 말을 주의 깊게 들었다. '여기 숲 가장자리에 정지' 하고 동생은 반복하곤 했다. 우리는 지금 가까이 있다. 나는 기병 중대를 멈출 수 없다.

서둘러 지나가는 기병 중대로부터 떨어진 숲 가장자리에서 우리는 열심히 담배를 피웠다. 나는 차분하고 확신에 차 있었다. 모든 것이 광기다. 어머니가 전적으로 옳았다.

나는 동생에게 속삭였다.

"마을로 돌아오자마자 함께 도시로 가자. 여기서 지체 없이, 영원히.”

“형은요?”

“조용히 해, 조용히. 알고 있어.” 나는 말했다.

기병 중대가 멈춰 섰다. 말들이 부르르 떨었다. 그리고 시커먼 연기를 일으키며 속보로 지나갔다. 멀리서 쿵쿵거리는 소리가 들렸다. 짖은 노크 소리처럼.

한 시간 동안 무슨 일이 일어나겠는가? 그들은 되돌아올 것이다. 나는 붉은 십자가가 있는 오두막에서 기다렸다.

* * *

한 시간 후에 나는 동생을 보았다. 동생은 말을 타고 속보로 되돌아왔다. 기병 중대는 없었다. 단지 양쪽에 창을 든 두 명의 기마병이 달려왔다. 그중 오른쪽에 있던 기마병이 무언가를 말하려는 듯 동생 쪽으로 몸을 기울였다. 나는 햇빛이 부셔 눈을 가늘게 뜨고는 이상한 가장무도회를 지켜보았다. 회색 군모의 기마병은 떠나고 붉은 군모를 쓴 기마병이 돌아왔다. 날이 저물었다. 시커먼 장막이 쳐졌고, 그 속에서 색깔 있는 모자가 눈에 띄었다. 머리카락도, 이마도 보이지 않았다. 그 대신 톱니 모양의 노란 무늬가 곁들여진 붉은 화관(花冠)이 있었다.

털로 된 붉은 관을 쓴 동생이 땀에 흠뻑 젖은 말 위에서 미동도 않고 앉아 있었다. 만일 오른쪽 기마병이 조심스럽게 동생을 잡고 있지 않았다면 그가 행진하고 있다고 생각할 정도였다.

안장 위의 기마병은 위엄이 있었지만 장님에다 벙어리였다. 한 시간 전에 투명한 눈이 빛나던 자리에 썰눅신 두 개의 붉은 빈짐이 있었다.

왼쪽 기마병이 서둘렀다. 왼손으로 고삐를 잡고, 오른손으로는 콜랴의 손을 천천히 흔들었다.

그리고 이렇게 말했다.

"에이, 낙오자가 된 우리 지원병을…… 위생병, 의사를 불러."

다른 기마병이 한숨을 쉬고 대답했다.

"네에…… 글쎄요, 형제, 의사를. 차라리 신부님을 부릅시다."

그때 검은 베일은 더 짙게 드리워져 모든 것을 심지어 모자까지도 삼켜 버렸다.

* * *

난 모든 것에 익숙해졌다. 흰 건물도, 황혼도, 문에 몸을 비비는 붉은 털 고양이도. 하지만 그가 나타난 것은 참을 수가 없다. 그는 처음에 아래층 63번 방 벽에서 나왔다. 그는 붉은 관을 쓰고 있었다. 이것은 전혀 이상하지 않았다. 나는 그의 그런 모습을 꿈에서 보았다. 하지만 그가 관을 쓰고 있는 것은 곧 죽었다는 걸 의미한다는 사실을 나는 잘 알고 있다. 그는 피 묻은 입술을 살짝 움직이면서 말했다. 그는 입술을 떼고 뛰어가서 손을 관에 얹으며 말했다.

"형, 기마 중대를 떠날 수 없어요."

그 이후로도 항상 똑같았다. 어깨끈이 달린 군복에 활처럼 휜 검을 차고 소리 나지 않는 박차를 하고 다가와서는 같은 말을 반복했다. 명예를 위하여! 하고 경례를 한 다음에 이렇게 말했다.

"형, 기마 중대를 떠날 수 없어요."

그가 나와 함께 처음으로 한 일이 무엇이던가! 그는 모든 병원을 무서워했다. 내 일은 한계가 있었다. 일단 화관을 쓰면 죽는다는 것을 나는 잘 알고 있다. 만일 죽은 사람이 다가와서 말을 한다면 그건 내가 미쳤다는 걸 의미한다.

* * *

그래, 황혼이다. 복수할 중요한 순간이다. 하지만 난 잠깐 잠이 들어 낡은 가구가 있는 붉은 벨벳의 거실을 보았다. 다리에 금이 간 편안한 안락의자. 벽에는 먼지 쌓인 검은 테의 초상화가 걸려 있다. 받침대 위의 꽃들. 피아노 덮개가 열려 있고, 「파우스트」 악보가 놓여 있다. 그는 문에 서 있었고, 내 마음은 기쁨에 불타올랐다. 그는 기마병이 아니었다. 그는 저주스러운 날 이전 모습 그대로였다. 검은 군인용 재킷 팔꿈치에 분필이 묻어 있었다. 생기 있는 눈은 교활하게 웃고 있었고, 묶은 머리는 이마까지 내려와 있었다. 그는 고개를 끄덕였다.

"형, 내 방으로 가요. 보여 줄 게 있어요!"

거실은 빛이 들어와 눈이 부실 정도로 화사했고, 나는 양심의 가책을 느꼈다. 내가 "가거라"라는 말을 하면서 그를 떠나보냈던 불길한 날은 결코 존재하지 않았다. 그리고 노크 소리와 연관(煙管) 모일러도 없었다. 그는 집을 떠난 적이 없었고, 기마병이 된 적도 없었다. 그는 피아노를 연주했고, 흰 건반들이 근사한 소리를 냈다. 모든 것이 휘황찬란했다. 그는 웃고 있었고, 목소리는 생기가 넘쳤다.

* * *

그 후에 난 잠에서 깨어났다. 아무것도 없었다. 빛도, 감시의 눈길도. 그런 꿈은 결코 꾼 적이 없었다. 그 대신 같은 날 밤, 끔찍한 고통을 부추기기 위해 전투복 차림의 기마병이 소리 없이 내게 다가왔다. 그리고 끊임없이 내게 이야기하겠다고 말했다.

나는 끝을 보기로 결심했다. 그리고 그에게 힘주어 말했다.

"영원한 나의 사형 집행인, 무슨 일이지? 어딜 갔다 오는 거야? 난 모든 것을 의식하고 있어. 내가 네 죄를 뒤집어쓰고 있는 것은 다 너를 파멸시키기 위해서야. 교수형을 당하는 괴로움 또한 감수할 거야. 내가 이렇게 말하니까 날 용서하고 놓아줘."

하지만 장군은 아무 말도 하지 않고 떠나고 말았다.

그때 나는 고통 때문에 악에 받쳐 있었고, 그가 한 번 당신에게 가서 관에 손을 얹기를 진심으로 바랐다. 난 당신이 나와 마찬가지로 종착역에 서 있다고 확신한다. 결론은 두 가지다. 게다가 당신 또한 밤에 외롭지 않나요? 베르쟌스크 가로등에서 교수형 당한 그을음투성이 사내가 당신을 찾아갈지 누가 알겠어요? 만일 그렇다면 우리는 정당하게 고통을 맛볼 것입니다. 교수형 집행을 거들리고 난 당신에게 클라를 보냈습니다. 당신은 교수형을 집행했지요. 문서 번호 없이 구두 명령에 따라.

결국 그는 떠나지 않았다. 그때 난 소리를 질러 그를 쫓아냈다. 모두 깨어났다. 간호조무사가 뛰어왔고, 사람들이 이반 바실리예비치를 깨웠다. 난 내일이 시작되는 걸 원치 않았지만 자실할 기회를 주지 않았다. 천으로 묶고 손에서 유리를 빼앗고는 붕대로 내 몸을 감았다. 그때부터 난 27번 방에 갇히게 되었다. 약을 먹고 잠에 빠져드는 가운데 복도에서 간호조무사가 말하는 것을 들었다.

"가망이 없어."

* * *

이건 사실이다. 난 가망이 없다. 황혼 녘에 격렬한 슬픔 속에서 꿈을 기다리는 것은 헛된 일이다. 꿈속에서 낡고 익숙한 방과 맑은 눈의 평화로운 빛을 기대하는 것은. 이것은 존재하지 않으며 앞으로도 없을 것이다.

중압감은 사라지지 않는다. 밤에 난 눈이 보이지 않는 낯익은 기마병이 와서 쉰 목소리로 다음과 같이 말하는 것을 조용히 기다린다.

"난 기마 중대를 떠날 수 없어요."

그래, 난 가망이 없다. 그가 날 고통스럽게 한다.

모르핀

1

옛 성현들이 이르기를, 행복은 건강과 같다고 했다. 행복할 때는 그것을 알지 못하는 법이다. 하지만 많은 세월이 지나가면 어떻게 행복을 회상할 것인가, 어떻게 그것을 기억할 것인가!

지금 이 말이 자명하게 들어맞은 나에 대해 말하자면 1917년 겨울은 행복했다. 눈보라가 사납게 치던, 결코 잊을 수 없는 한 해였다.

눈보라가 나를 잡아 들어 올려서는 찢어진 신문 조각처럼 황량한 군청 소재지로 옮겨 놓았다. 너무하는군, 지방의 군청 소재지라니? 하지만 만약 누군가 나와 마찬가지로 1년 반 동안 단 하루도 그곳을 벗어나지 않고 겨울에는 눈 속에서, 여름에는 가혹하고 척박한 숲에서 보낸 적이 있다면, 누군가 마치 행복한 연인이 파란색 연애편지를 개봉하듯 떨리는 마음으로 지난주 신문으로 포장한 소포를 뜯어 본 적이 있다면, 만약 누군가 출산을 위해 일렬로 묶은 썰매를 다고 18베르스타를 달려 본 적이 있다면 나를 이해할 것이라고 생각한다.

석유램프는 편리한 물건이지만 나는 개인적으로 전등을 더 좋아한다!

나는 마침내 매혹적인 전등을 다시 발견했다! 농부들의 썰매가 노상 지나다니던 소도시 중심가는 잘 닦여 있었다. 거리에는 가죽장화 간판이 걸려 있고, 노릇노릇한 꽈배기 빵, 붉은색 깃발이 눈길을 끌었다. 그리고 젊은 사람이 그려진 간판도 있었다. 그는 돼지같이 거만한 눈에 매우 부자연스러운 머리를 하고 있었다. 이것은 유리문 너머에 있는 시골 이발사 바질이 러시아에서는 자주 있는 축제일을 제외하고 30코페이카*면 언제든 면도해 줄 수 있다는 것을 의미했다.

나는 지금까지도 어떤 사람의 아래턱에 경성(硬性) 하감(下疳)*이 선명하게 묘사되어 있는 독일 교과서의 피부 질환 페이지를 집요하게 연상시키는 바질의 냅킨들을 치를 떨며 기억하고 있다.

하지만 내 기억은 이 냅킨들로 인해 우울하지는 않다!

교차로에는 경찰관이 서 있었고, 먼지가 자욱한 쇼윈도 안으로 빨간 크림을 얹은 케이크들이 가지런히 놓여 있는 철판들이 어렴풋하게 보였다. 광장은 건초로 덮여 있었다. 행인들과 마차가 쉴 새 없이 지나다녔고, 사람들의 이야기 소리가 들렸다. 천막 안에서는 놀라운 소식을 담은 어제 날짜 모스크바 신문이 팔리고 있었다. 그리고 멀지 않은 곳에서는 모스크바행 열차가 경적을 울리고 있었다. 간단히 말해서 그것은 문명, 바빌론, 네프스키 대로 같은 것이었다.

병원에 관해서는 언급할 필요가 없을 것이다. 거기에는 외과, 내과, 산부인과, 전염병실이 있었다. 병원에는 수술실이 있는데, 거기엔 소독용 멸균 처리기와 크레인이 은빛으로 빛나고 있었다. 그리고 교묘하게 생긴 갈고리와 톱니바퀴, 나사들이 있는 테이블이 놓여 있었다. 병원에는 수석 의사와 세 명의 분과 주임 의사(나를 제외하고), 의사보, 조산부, 간호조무사들이 근무하고 있으며 약국, 실험실이 있었다. 차이스* 현미경과 양질의 페인트만 쌓여 있는 실험실을 생각해 보라.

나는 갑자기 몸이 떨려 오면서 감기가 걸렸고, 어떤 강한 인상에 사로잡혀 있었다. 여러 날이 지나도 12월의 황혼 녘에 1층으로 된 병원 건물 전등이 마치 명령을 받은 듯 일제히 켜지는 것에 적응하지 못했다.

나는 그 빛에 눈이 부셨다. 욕조에는 물이 찰랑이고 넘실거렸다. 욕조 안의 낡은 나무 온도계는 물속에서 헤엄치고 있었다. 아이들을 위한 전염병실에서는 하루 종일 신음 소리가 넘쳤고, 날카롭게 으앙 하는 소리, 목이 잠긴 울음소리가 들렸다.

간호조무사들은 이리저리 뛰어다녔다.

내 영혼은 무거운 짐을 벗어 던졌다. 나는 더 이상 세상에서 일어나는 모든 일을 위해 나 자신에게 치명적인 책임을 전가하지 않았다. 난 탈장에 대해 아무 죄가 없다. 태아의 위치가 잘못된 임신부가 썰매를 타고 내원했을 때, 수술이 필요한 화농성 늑막염 환자를 처치하지 않았던 것 때문에 가슴 떨리지도 않았다. 나는 어떤 한계에 의해 제약된 인간임을 처음으로 느꼈다. 출산? 제발, 꺼져 버려. 저쪽으로 사라져. 하얀 가제로 가린 구석 창문 쪽으로. 거기엔 호감을 주는 인상에 뚱뚱하고 대머리에다 붉은 콧수염을 가진 산부인과 의사가 있다. 이건 그의 일이야. 썰매를 가제로 가린 창문 쪽으로 돌리세요! 복합 골절은 외과 주임 의사에게. 폐렴? 그건 내과의 파벨 블라디미로비치에게.

오, 새로 보수한, 정확히 말하면 반질반질하게 기름칠한 통로 위에 놓인 큰 병원의 웅장한 기계를 상상해 보라! 미리 치수를 맞춘 새 나사처럼 나는 소아과에 배치되어 환자들을 받았다. 나는 근무 시간 내내 디프테리아와 성홍열에 매달렸다. 하지만 오직 낮에만 일을 했다. 불길한 밤의 노크 소리가 들리지 않으면 밤에는 잠을 잤다. 노크 소리는 날 잠에서 깨워 위험하고 피할 수 없는 어둠에 매혹되게 만들었다. 저녁마다 나는 책을 읽었다(물론 무엇보다 먼저 디프테리아와 성홍열에 관해, 그리고 그다음에 어떤 이유에선지 제임스 쿠퍼의 소설을 비상한 관심을 가지고 탐독했다). 그리고 탁자 위의 램프, 쟁반에 담긴 사모바르의 회색 불씨, 식어 버린 홍차 그리고 1년 반 동안 꾸지 못하다 꾼 꿈에 완전히 몰두했다.

이렇게 황량한 눈보라와 함께 군청 소재지로 간 나에게 1917년 겨울은 행복했었다.

2

두세 달이 금방 지나갔다. 1917년이 지나고 1918년 2월이 되었다. 나는 새로운 상태에 익숙해졌고, 멀리 떨어져 있다는 사실을 조금씩 잊기 시작했다. 쉭쉭 소리를 내는 녹색 등유 램프, 외로움, 눈구덩이에 대한 기억이 희미해졌다. 이런 허망한 일이 있을까! 나는 불가사의한 상황에서 벗어나려는 제임스 쿠퍼 소설의 주인공처럼 지원병 없이 혼자 힘으로 질병과 싸워야 하는 자신의 위치를 망각하고 있었다.

정말 아주 드물게 지금 자러 간다는 즐거운 몽상에 빠졌을 때도 어떤 생각의 단편이 이미 몽롱해진 의식 속에서 삽시간에 퍼져 나갔다. 녹색 불빛, 깜박이는 가로등, 썰매의 삐걱거리는 소리, 짧은 신음 소리, 그리고 어둠, 벌판에서 들려오는 눈보라의 울부짖는 소리……. 그럼 모든 것이 옆으로 뒤집히고 자취를 감추었다.

"내 자리에 지금 누가 있는지 궁금하지 않아? 그래 누군가 있겠지…… 나 대신 젊은 의사가. 그래, 그것이 어쨌단 말인가, 난 내 자리가 있는데. 2월, 3월, 4월 그리고 5월, 마침내 내 근무 기간이 끝나겠지. 다시 말하자면 나는 5월 말이면 이 빛나는 도시에서 벗어나 모스크바로 돌아갈 것이다. 만일 혁명이 날 낚아채 또 어디론가 내던져도 난 더 이상 그곳에 가지 않을 것이다, 결코. 모스크바, 병원, 아스팔트, 불빛……."

난 이렇게 생각했다.

'그래, 거기에 있어도 상관없어. 난 용감한 사람이 된 거니까.

난 두렵지 않아…… 치료하지 못할 이유가 없지! 정말로? 그래? 정신 실환은 고칠 수가 없어…… 성발. 아니야, 잠깐만 기다려 줘. 농업 기사가 그때 술독에 빠졌었지. 내가 그를 치료했지만 완전히 실패작이었어. 알코올 진전 섬망*…… 어떤 정신 질환인가? 정신 병리학을 더 공부할 필요가 있어. 그래, 그것을……. 어떻게든 나중에 모스크바에서……. 지금은 우선 소아과 질병…… 소아과 질병이 먼저야. 특히 이 지겨운 소아과 질병 처방전. 이런, 제기랄! 만일 아이가 열 살이라면 어느 정도 양의 피라미돈*을 처방해야 하지? 0.1, 0.15……? 생각나지 않아. 만일 세 살이면? 오직 소아과 질병에 대해서만……. 다른 건 필요 없어. 완전히 터무니없는 우연의 일치라고! 안녕히, 내 살던 곳이여! ……무슨 이유로 오늘 밤 이곳 생각이 떠오르는 것일까? 녹색 불빛……. 정말 난 평생 시골 병원과의 관계를 청산하고 말았다. 음, 정말…… 잠이 온다.'

"여기 인편으로 온 편지가 있어요."

"이리 가져와요."

간호조무사가 내 앞에 서 있었다. 그녀는 털 빠진 옷깃이 달린 외투를 흰 가운 위에 걸치고 소인이 찍힌 봉투를 들고 있었다. 값싼 파란색 봉투 위에 눈이 녹아 있었다.

"오늘 응급실 근무세요?" 나는 하품을 하면서 물었다.

"네."

"아무도 없어요?"

"네, 아무도."

"만약……(입이 찢어지게 하품해서 나는 이 소리를 불명확하게 발음했다) 누군가가 오면 내게 알려 줘요. 난 잠을 좀 잘 테니……."

"알겠습니다. 가도 될까요?"

"네, 그만 가 보세요."

그녀는 돌아갔다. 문이 삐거덕 소리를 냈다. 나는 손가락으로 봉투를 마구 뜯으며 슬리퍼를 끌고 침실을 돌아다녔다.

그 속엔 그 지역의 푸른 소인이 찍힌 낡고 구겨진 편지가 들어 있었다, 결코 잊을 수 없는 편지가…….

나는 가볍게 미소 지었다.

"흥미로운 일이야. 저녁 내내 그곳을 생각하고 있었는데, 이렇게 알아서 나타나다니. 예감이라는 게 있는지……."

소인 밑엔 카피 연필로 쓴 처방전이 있었다. 라틴어는 지워져 알아볼 수 없었다.

"전혀 이해할 수가 없군. 처방전이 뒤죽박죽이야." 나는 중얼거리면서 *morphini*라고 쓴 단어를 응시했다. "이 처방전에서 특이 사항이 뭐지? 아, 그래…… 4퍼센트 용액! 누가 4퍼센트 모르핀 용액을 써 넣은 것일까? 무슨 이유지?"

나는 종이를 뒤집었다. 하품은 사라졌다. 처방전의 이면에는 힘없이 간격이 넓게 벌어진 필적으로 작성된, 잉크로 쓴 다음과 같은 편지가 있었다.

1918년 2월 11일.

친애하는 동료에게.

이 작은 쪽지에 편지를 써서 미안합니다. 적당한 종이가 손에 잡히질 않아서요. 나는 매우 심하게 아픕니다. 아무도 나에게 도움을 줄 수 없습니다. 난 당신 말고는 어떤 이의 도움도 원치 않아요.

난 지금 당신이 지내던 그곳에 있고, 당신이 여기서 멀지 않은 도시에 있다는 것을 알고 있습니다.

대학 동창으로 우리의 우정을 생각해서 되도록 빨리 내게 와 주길 부탁드립니다. 단 하루, 아니 한 시간만이라도. 만약 내 상태가 절망적이라고 말한다면 난 당신의 말을 믿을 거예요. 그리고 어쩌면 목숨을 건질 수 있겠지요? ……네, 아마도, 아직 구원받을 수 있겠지요? ……내게 희망이 있을까요? 아무한테도 이 편지 내용을 알리지 말아 주세요. 부탁드립니다.

"마리야! 즉시 응급실로 가서 당직 간호조무사를 호출하세요. 그녀의 이름은? 글쎄, 난 잊고 있었는데…… 내게 편지를 가져온 당직 간호조무사를 불러요, 빨리!"

"알겠습니다."

몇 분 뒤 간호조무사가 왔다. 털 빠진 옷깃 위로 눈이 녹아 있었다.

"누가 편지를 가져왔지요?"

"저도 모르겠어요. 턱수염을 한 협동조합원인데, 도시로 간다고 했어요.”

“음…… 가, 가지. 아니, 잠깐만. 지금 내가 수석 의사에게 전할 메모를 써 줄 테니 답장을 받아 와요.”

“알겠습니다.”

내 메모는 다음과 같았다.

1918년 2월 13일.

존경하는 파벨 일라리오노비치에게.

지금 막 대학 친구인 의사 폴랴코프로부터 편지를 받았습니다. 그는 제가 전에 근무했던 고렐로보에 홀로 있습니다. 아마 심하게 아픈 모양입니다. 그에게 가는 게 제 의무라고 생각합니다. 만약 가능하다면 내일 하루만 소아과를 의사 로도비치에게 맡기고 폴랴코프에게 가 보려고 합니다. 그는 고립무원 상태입니다.

당신을 존경하는
의사 봄가르드로부터

수석 의사로부터 온 답신은 다음과 같았다.

존경하는 블라디미르 미하일로비치, 다녀오십시오.

페트로프로부터

나는 저녁 내내 기차 탈 준비를 하며 시간을 보냈다. 고렐로보까지 가기 위해서는 내일 오후 2시에 모스크바행 우편 열차를 타고 철길로 30베르스타를 달려 XX역에 내려야 한다. 그리고 거기서 다시 22베르스타를 썰매로 가야 고렐로보 병원에 도착할 수 있다.

'운이 좋으면 나는 내일 밤 고렐로보에 있을 것이다.' 나는 침대에 누워 생각했다. '그는 무슨 병에 걸린 걸까? 티푸스? 폐렴? 다른 질병일 수도 있어. 그가 단순히 '폐렴에 걸렸어요' 라고 썼다면, 난 그걸 터무니없고 약간은 신빙성이 떨어지는 편지로 간주했을 거야. '나는 매우 심하게 아픕니다.' 대체 뭘까? 매독인가? 그래, 틀림없이 매독일 거야. 매독은 끔찍하고, 드러나지 않으며…… 혐오스러운 병이지. 그런데 어떤 썰매를 타고 정거장에서 고렐로보까지 가게 될지 궁금하군. 최악의 기차표를 받게 되면 황혼 녘에나 정거장에 도착할 것이고, 거기엔 아무도 없을 것이다. 음, 아니야, 방법이 있을 거야. 정거장에서 누군가의 썰매를 타게 되겠지. 그에게 썰매를 부탁하려면 전보를 보내야 될 거야! 아니, 소용없어! 전보는 내가 도착한 후 하루가 더 지나야 받아 볼 테니까. 전보가 공기를 타고 고렐로보로 가진 않을 테니. 인편이 없는 동안은 정거장에서 잠자고 있겠지. 난 고렐로보를 잘 알아. 오, 곰이 나올 것 같은 오지나 다름없지!'

편지는 램프가 비추는 머리맡 탁자에 놓여 있었고, 그 옆에는 과민성 불면증의 동반자인 꽁초 수북한 재떨이가 있었다. 나는 구겨진 침대 시트 위에서 이리저리 뒤척였고, 화가 치밀었다. 편지가 날 짜증 나게 했다.

'실제로, 만약 매독이 심하지 않다면 왜 그는 여기로 오지 않을까? 왜 내가 눈보라를 뚫고 그에게 가야만 하지? 나 혼자 어떻게 하루 만에 매독을 치료하지? 식도암은? 그래, 암이 맞을 거야! 그는 나보다 두 살 아래인 스물다섯 살이지. '심각한……' 육종인가? 편지는 괴상망측하고 신경질적이야. 그런 편지를 받는 사람은 편두통이 생길 거야. 바로 그 증거가 여기 있잖아. 관자놀이 정맥이 지끈거려. 아침에 깨어나면, 편두통은 정맥에서 정수리 위로 기어 올라가 머리 반쪽을 죄어 올 거야. 저녁에는 카페인이 든 진통제를 삼키고 있겠지. 어떻게 진통제를 먹고 썰매를 탄단 말인가? 의사보한테 여행용 모피 외투를 빌려야 돼, 내일 내 코트를 입으면 얼어 죽고 말 거야. 그에게 무슨 일이 있는 것일까? …… '희망이 있을까요?' 이건 결코 심각한 의사의 편지가 아니라 소설에나 나올 법한 표현인데! ……자자, 자야지. 더 이상 생각하지 말자. 내일이면 모든 것이 분명해질 테니…… 내일이면.'

스위치를 끄자 바로 어둠이 내 방을 차지했다. 자야지……. 정맥이 쑤셨다. 하지만 그에게 무슨 일이 일어났는지 아직 모르면서 터무니없는 편지를 쓴 사람에게 화를 낼 자격이 없었다. 사람은 자기 방식대로 앓고, 보다시피 엉뚱하게 쓰게 마련이다. 음, 할 수 있는 만큼 이해하는 거지. 비록 상상이지만 편두통 때문에, 불안감 때문에 그를 비방하는 것은 부당해. 아마도 이 편지는 기만이나 허구가 아닐 거야. 나는 2년 동안 세르게이 폴랴코프를 보지 못했지만 그가 출중한 능력의 소유자라는 것은 기억하고 있어. 그는 사리 판단이 분명한 사람이었지. 맞아. 어떤 문제가 생긴 거야. 편두통이 가라앉고 있어. 꿈이 보이는군. 꿈의 정체는 무엇일까?

난 생리학 책을 읽었는데…… 난해한 내용만 있고…… 꿈이 무엇을 의미하는지…… 뇌세포는 어떻게 잠이 드는지 도통 이해할 수 없다! 모르겠다. 나는 조그맣게 중얼거린다. 어떤 이유에서인지 생리학의 창시자 자신도 완전히 확신하고 있지 않다는 사실을 확신하게 된다. 하나의 이론이 다른 것으로 바뀐다. 저기 세르게이 폴라코프가 금단추를 한 녹색 재킷을 입고 아연으로 도금한 테이블 위에 서 있다. 테이블 위에 시체가 있다.

음, 그래…… 이건 꿈이야.

3

똑똑, 쾅쾅쾅……. 그래, 누구? 누구지? 왜? 아, 똑똑, 아, 제기랄, 쾅쾅쾅. 어디지? 뭐야? ……무슨 일이지? 그래, 내 침대에서…… 왜 날 깨운 거야? 왜냐하면 제가 당직이라서요. 일어나세요, 봄가르드 의사님. 마리야가 노크를 하며 문을 열었다. 몇 시지요? 밤 12시 반. 그럼, 단 한 시간 잤어. 편두통은? 이제 시작이군!

조용히 노크 소리가 들렸다.

"무슨 일이지요?"

나는 식당 쪽으로 난 문을 조금 열었다. 간호조무사가 어둠 속에서 날 응시했고, 난 그 얼굴이 창백하고 동공이 확대되어 흥분해 있다는 것을 곧 알아차렸다.

"누가 왔나요?"

“고렐로보에서 의사 선생님이…….”

간호조무사는 목이 잠긴 목소리로 그게 대답했다.

“의사 선생님이 자살을 시도했어요.”

“폴랴코프가? 아닐 거야! 폴랴코프가 말이야?”

“이름은 잘 모르겠어요.”

“그래…… 지금 나가요. 그리고 수석 의사한테 달려가서 바로 깨워요. 응급실에서 내가 급히 찾는다고 전해 줘요.”

간호조무사는 급히 달려갔다. 하얀 점이 시야에서 사라졌다.

2분이 지나자 건조하고 가시 돋친 혹독한 눈보라가 현관 계단에 서 있는 내 뺨을 때리면서 외투 앞깃을 헤치고 들어와 겁에 질린 몸을 마비시켰다.

응급실 창문에 흰빛이 불안하게 반짝였다. 나는 현관에서 눈보라 속에 우왕좌왕하던 수석 의사와 마주쳤다.

“폴랴코프는 어때요?” 기침을 하며 외과 의사가 물었다.

“어떻게 된 영문인지 모르겠어요. 분명한 건, 그가…….” 우리는 급히 응급실로 들어갔다.

천으로 온몸을 감싼 여자가 벤치에서 우리를 맞으려고 일어났다. 눈물이 그렁그렁한, 익숙한 눈동자가 갈색 숄 너머에서 날 쳐다보고 있었다. 나는 그녀가 고렐로보 병원에서 신생아를 받을 때 날 도와주던 조산부 마리야 블라시예브나라는 것을 알아보았다.

“폴랴코프는?” 내가 물었다.

“네, 선생님, 끔찍해요. 오는 길에 무서워서 혼났어요. 겨우 모시고 왔는데…….” 마리야 블라시예브나가 대답했다.

"언제 이렇게 됐어요?"

"오늘 새벽에." 마리야 블라시예브나가 중얼거렸다. "경비인이 달려와서는 '의사 선생님이 방에서 자살을 시도했어요' 하고 말하더군요."

폴랴코프는 꺼림칙하고 불안한 빛이 새어 나오는 램프 아래 누워 있었다. 마치 펠트 장화의 밑창처럼 생기 없는 그의 모습을 처음 보고, 난 습관적으로 가슴이 철렁했다.

모자는 벗겨져 있었고 물기에 젖어 착 달라붙은 머리카락이 드러났다. 나와 간호조무사, 마리야 블라시예브나가 폴랴코프의 몸을 살펴보았다. 주황색 반점이 번진 하얀 가제가 외투에서 나왔다. 그의 가슴은 약간 부풀어 올라 있었다. 나는 그의 맥박을 짚어보고 몸을 떨었다. 손 밑의 맥박은 이미 사라지고 없었다. 촘촘하고 연약한 뼈마디는 쭉 뻗어 있었다. 외과 의사가 캠퍼 주사를 놓기 위해 손을 뻗어 하얗게 된 그의 어깨를 잡아당겼다. 입술에는 상처가 있었는데, 붉은 핏자국이 나 있었다. 그는 새파랗게 변한 입술을 약간 움직이며 윤기 없는 목소리로 겨우 말했다.

"캠퍼 주사는 그만둬요, 제기랄."

"조용히 하세요." 외과 의사는 이렇게 말하고 황색 주사액을 피하 조직 내로 밀어 넣었다.

"아마 심장을 다친 거 같아요." 마리야 블라시예브나가 테이블 가장자리에 붙어 서서 속삭였다. 그녀는 부상자의 긴 눈꺼풀을 들여다보았다(그의 눈은 감겨 있었다). 코언저리에 석양의 그림자 같은 연보라색 그늘이 선명하게 지기 시작했다. 그리고 거기서 수은 빛의 작은 이슬 같은 땀이 배어 나왔다.

"리볼버를 썼나?" 외과 의사가 뺨에 경련을 일으키며 물었다.

"브라우닝제 리볼버였어요." 마리야 블라시예브나가 중얼거렸다.

"아—." 외과 의사는 매우 화가 난 것처럼 말하고는 손을 저으며 물러섰다.

나는 정신이 나간 채 걱정스러운 얼굴로 그에게 걸어갔다. 심지어 다른 사람의 눈이 그의 어깨 너머로 떠올랐다. 다른 의사가 또 다가왔다.

폴랴코프는 잠자다 몸에 달라붙은 파리를 쫓는 사람처럼 갑자기 턱을 한쪽으로 살짝 흔들더니 마치 목에 걸린 작은 덩어리를 삼켜 버리려는 것처럼 아래턱을 움직이기 시작했다. 아, 이런 움직임은 리볼버나 소총으로 심한 부상을 입은 사람에게 흔히 볼 수 있는 것이다! 마리야 블라시예브나가 고통스럽다는 듯 얼굴을 찌푸리고는 한숨을 내쉬었다.

"봄가르드 의사를 불러 주세요." 폴랴코프가 기어들어 가는 목소리로 간신히 말했다.

"나, 여기 있어요." 나는 속삭이듯 말했다. 내 목소리는 그의 입가에서 부드럽게 울렸다.

"노트를 당신한테……." 폴랴코프는 목이 잠겨 한층 가늘어진 소리로 대답했다.

그리고 눈을 떠 어둡고 음울한 응급실 천장을 응시했다. 검은 눈동자 내부에서 빛이 새어 나오듯 흐릿한 눈빛이 투명해지며 푸른빛이 돌았다. 눈이 허공에서 멈추었다 흐릿해지더니 순간의 광채를 잃어버렸다.

폴라코프는 사망했다.

밤. 여명이 가까운 시각. 도시는 잠들고 전력 여유분이 있는지 전등 빛은 환했다. 모든 것이 숨을 죽였고 폴랴코프의 시신은 작은 예배당에 안치되었다. 밤.

독서로 충혈된 내 눈 앞의 탁자 위에 개봉된 봉투와 편지가 놓여 있다. 편지의 내용은 다음과 같았다.

친애하는 친구에게.

나는 당신을 기다리지 않을 것입니다. 나는 치료를 단념했소. 이건 희망이 없는 일이오. 그리고 고통도 더 이상 원치 않아요. 충분히 할 만큼 했습니다. 다른 사람들에게 경고하는데, 물에 용해된 흰색 결정체를 조심해야 합니다. 나는 그것에 너무 의존한 나머지 파멸하고 말았습니다. 당신에게 내 일기장을 드립니다. 당신은 탐구심 많고 인간이 남긴 기록에 관심이 많은 사람이라고 생각합니다. 만일 흥미가 생긴다면 내 병의 역사를 추적해 보세요.

안녕히, 당신의 폴랴코프가

추신은 큰 글자로 적혀 있었다.

내 죽음에 대해 누구에게도 책임을 묻지 말아 주세요.

의사 세르게이 폴랴코프

1918년 2월 13일

자살한 사람의 편지 옆에는 검은 방수포로 싼 일반적인 형태의 노트가 있었다. 노트 절반은 찢겨 있었다. 나머지 부분에는 짧은 메모가 적혀 있었는데, 처음에는 연필이나 잉크로 쓴 작고 분명한 필적으로, 끝 부분은 카피 연필과 진한 붉은색 연필로 쓴 알아볼 수 없는 필적으로, 많은 약어가 포함된 날림체로 적혀 있었다.

4

×××7년 1월 20일*

……나는 매우 기쁘다. 멀리 떨어진 곳에 있으면서 세간의 소문에 신경 쓰지 않아도 되니 천만다행이다. 여기서는 사람을 만날 수가 없다. 환자와 농민들을 제외하고는 어떤 사람도 볼 수 없다. 하지만 그들은 정말 내 아픔을 알기라도 하는 걸까? 나보다 나은 다른 사람들은 지방 관할 지역으로 갔다. 징집 면제를 받은 내 동기 졸업생 전부는(1916년 졸업생의 두 번째 민병대) 지방 자치회에 배치되었다. 그러나 아무도 이 문제엔 관심이 없다. 그중 아는 사람이라곤 오직 이바노프와 봄가르드뿐이었다. 이바노프는 자신의 뜻에 따라 아르한겔스크를 택했고, 조산부가 말한 대로 봄가르드는 고렐로보에 있는 나처럼 인적 드문 군청 소재지에 있다. 그

에게 편지를 쓰고 싶었지만 그만두었다. 그를 보고 싶지도 않고, 사람들 얘기도 듣고 싶지 않다.

1월 21일

눈보라가 친다. 아무 일도 없었다.

1월 25일

저녁노을이 빛난다. 편두통에는 안티피린, 카페인, 구연산의 화합물.

1그램의 분말……. 정말 1그램이면 될까? …… 괜찮을 거야.

2월 3일

오늘 지난주 신문을 받아 보았다. 읽지는 않았지만 극장란에 눈길이 갔다. 지난주에 오페라 「아이다」 공연이 있었다. 여주인공이 무대에 나와 다음과 같이 노래 부른다. "친애하는 동무여, 나에게 오라."

선명하고 우렁찬 목소리가 어두운 영혼에 울리듯 그녀의 목소리는 특별하다.

(여기서 중단된다. 노트의 2~3페이지가 찢어져 있다.)

……물론, 그럴 필요 없어, 폴랴코프 의사 양반. 그래, 철부지처럼 저잣거리의 상욕을 하며 그녀를 쫓아 버리기 위해 덤벼들었지! 그녀는 살기 싫어 떠났어. 그게 마지막이야. 모든 것은 본질적으로 단순해. 오페라 여가수는 젊은 의사와 결혼해서 1년을 살다

떠나 버렸지.

그녀를 죽이고 싶어? 죽여? 아, 모든 게 어리석고 공허하다. 가망이 없어!

생각하기도 싫어. 싫어…….

2월 11일

온 세상이 눈보라다. 눈이 날 가로막는다! 저녁 내내 난 혼자다. 램프에 불을 붙이고 앉는다. 낮 시간엔 아직 사람들을 만날 수 있다. 하지만 난 기계적으로 일한다. 일에 익숙해졌다. 일은 내가 전에 생각했던 것만큼 끔찍하지 않다. 게다가 전장에서 경험했던 병원 생활이 나에게 큰 도움을 주었다. 그래도 난 숙련된 의사가 되어 이곳에 왔다.

오늘 난 처음으로 태아 회전술을 시도했다.

결국, 세 사람이 여기서 눈 속에 파묻히고 말았다. 나하고 여의사보이자 조산부인 안나 키릴로브나 그리고 의사보. 의사보는 아내가 있다. 그들(의사보 부부)은 작은 독립가옥에 산다. 그리고 난 혼자다.

2월 15일

어젯밤엔 흥미로운 일이 있었다. 잠자리에 들려고 하는데 갑자기 복부에 통증이 몰려왔다. 대체 어떤! 이마에 식은땀이 맺혔다. 그래도 의학은 믿을 수 없는 과학이라는 사실을 지적해야만 한다. 어떤 위장병이나 내장염(예를 들어 맹장염)도 앓은 적이 없고, 건

강한 간과 콩팥을 가지고 있으며, 대장이 정상적으로 작동하고 있는 사람들이 왜 밤에 침대에서 이리저리 뒤척이는 고통을 겪어야만 하는가?

나는 신음 소리를 내며 하녀가 남편 블라스와 자고 있는 부엌까지 겨우 걸어갔다. 안나 키릴로브나를 부르라고 블라스를 보냈다. 그녀는 밤에 내게 와서 모르핀 주사를 놓았다. 그녀는 내 안색이 완전히 흙빛이었다고 말했다. 어째서?

의사보는 마음에 들지 않는다. 난 그가 싫다. 그에 비해 안나 키릴로브나는 매우 사랑스럽고 지적으로 성숙한 사람이다. 아직 늙지 않은 여자가 어떻게 눈에 둘러싸인 이런 벽지에서 홀로 살고 있는지 놀라울 따름이다. 그녀의 남편은 독일군에게 포로로 잡혀갔다.

양귀비에서 최초로 모르핀을 추출한 사람을 칭송하지 않을 수 없다. 그는 인류의 진정한 은인이다. 주사를 맞고 7분이 지나면 통증이 멈춘다. 흥미롭게도 고통이 파도처럼 쉴 새 없이 지나갔다. 그 결과, 나는 마치 달군 쇠 지렛대를 배 안에 꽂고 돌리는 것처럼 완전히 숨을 헐떡거렸다. 주사를 맞고 4분 뒤, 나는 고통의 파고(波高)를 구별하기 시작했다.

만약 의사가 많은 약물을 스스로에게 실험할 수 있었다면 아주 좋았을 것이다. 그랬다면 의사는 약물의 효능에 대해 많이 이해했을 것이다. 주사를 맞은 후, 최근 몇 개월 동안 처음으로 난 단잠을 잤다. 날 기만하는 나 자신에 대한 생각을 떨쳐 버리고.

2월 16일

오늘은 안나 키릴로브나가 응급실에서 내 상태에 대해 묻고 처음으로 내가 얼굴을 찡그리지 않았다고 말했다.

"정말 내가 얼굴을 찡그리고 있었나요?"

"그럼요." 그녀는 확신에 차서 대답하고 내가 항상 말없이 있는 게 이상했다고 덧붙였다.

"내가 그런 사람이었나."

하지만 이건 거짓이야. 내 가족에게 닥친 불행한 사건이 일어나기 전까지 난 매우 유쾌한 사람이었다.

황혼은 일찍 찾아온다. 난 방에 홀로 있다. 저녁에 통증이 시작되었지만 어제에 비하면 흉골 언저리의 통증은 그리 강한 편이 아니다. 어제 있었던 발작이 두려워 나는 스스로 대퇴부에 0.01그램을 주사했다.

통증은 거의 순간적으로 멈췄다. 안나 키릴로브나가 약병을 남겨 둔 것이 다행이다.

2월 18일

네 번의 주사를 맞았는데도 이상하지 않다.

2월 25일

안나 키릴로브나는 괴짜다! 난 의사도 아니니다. 1과 2분의 1 주사기 = 0.015그램 모르핀? 그래, 맞아.

3월 1일

폴랴코프 의사 양반, 조심하게!

모든 게 다 엉터리야.

황혼이다.

하지만 날 배신한 여인을 생각하지 않은 지 벌써 보름이 되었다. 오페라의 아리아를 부르며 암네리스는 날 버리고 떠났다. 나는 이것 때문에 매우 거만해진다. 나도 남자다.

안나 키릴로브나는 내 숨겨 놓은 아내가 되었다. 그럴 수밖에 없었다. 우리는 무인도에 고립되었다.

눈발이 바뀌어 잿빛이 되었다. 혹한은 이미 지나갔지만 눈보라는 이따금 불어온다.

목에 촉감이 느껴지는 첫 번째 순간. 이 촉감은 따뜻해지고 온몸으로 퍼진다. 갑자기 명치끝에 서늘한 파도가 지나가는 두 번째 순간이 찾아온다. 그다음에 생각이 아주 분명해지고 작업 능력이 폭발적으로 증가한다. 모든 불쾌한 감각이 완전히 중지된다. 이것은 인간의 영적 능력이 발현되는 가장 높은 지점이다. 그리고 만약 내가 의학을 체계적으로 배워 타락하지 않았다면 사람은 모르핀 주사를 맞고 난 후에야 정상적으로 일할 수 있다고 말했을 것이다. 실제로 만약 미세한 신경통이 그를 말안장에서 떨어뜨릴 수 있다면, 제기랄! 사람이 대체 무슨 쓸모가 있단 말인가!

안나 키릴로브나는 불안해하고 있다. 나는 어려서부터 대단한 의지력을 가지고 있었다고 말하면서 그녀를 안심시켰다.

3월 2일

엄청난 소문들이 떠돌고 있다. 황제 니콜라이 2세를 퇴위시켰다는 것 같다.

나는 일찍 잠자리에 든다. 시계는 저녁 9시를 가리키고 있다.

달콤한 잠에 빠진다.

3월 10일

혁명이 일어났다. 낮은 점점 길어지고 황혼은 마치 담청색을 닮아 가는 듯하다.

새벽에 나는 그런 꿈들을 꾼 적이 없다. 이중적인 꿈이다.

게다가 그 중심이 되는 것은 유리처럼 투명하다.

꿈은 다음과 같다. 나는 다채로운 불꽃으로 타오르는 환한 램프를 기분 나쁘게 바라보고 있다. 녹색 깃털을 흔들며 암네리스가 노래한다. 천상의 오케스트라가 환상적인 화음을 연주한다. 말로는 전달할 수 없을 정도다. 한마디로 정상적인 꿈에 나오는 음악은 모두 불협화음이다(정상적인 꿈속에서라고? 대체 어떤 꿈이 더 정상적이란 말인가! 농담이다). 하지만 내 꿈에서 그것은 완전히 천상에서 들려오는 소리다. 그리고 중요한 것은 내가 스스로의 의지대로 음악을 강하게 혹은 약하게 조절할 수 있다는 것이다. 『전쟁과 평화』에서 묘사된 것처럼 페탸 로스토프가 반수면(半睡眠) 상황에서 이런 상태를 경험한 적이 있다. 레프 톨스토이는 정말 대단한 작가다!

이제 투명성에 대해 언급해 보자. 「아이다」의 변화무쌍한 색채 너머로 사무실 문에서 보이는 내 책상 끄트머리와 램프, 반들거리는 마루가 생생하게 드러난다. 그리고 둔탁한 캐스터네츠처럼 유쾌하게 내딛는 절도 있는 발소리가 볼쇼이 극장 오케스트라의 연주를 뚫고 들려온다.

다시 말하자면 오전 8시다. 안나 키릴로브나가 응급실에 무슨 일이 있는지 알리기 위해 날 깨우려고 온다.

그녀는 날 깨울 필요가 없으며, 난 모든 것을 듣고 있고, 그녀와 대화를 나눌 수 있다는 사실을 알아차리지 못하고 있다.

난 어제 이런 일을 경험했다.

안나 세르게이 바실리예비치…….

나 듣고 있어요……(음악을 작게, "너무 커요").

음악 위대한 화음이 울린다.

장음계의 샵(#)…….

안나 스무 명이 등록했어요.

암네리스 (노래한다.)

그러나 이건 결코 종이로 전달할 수 없다.

이런 꿈들이 유해한가? 오, 아니다. 이런 꿈들을 꾼 후에 나는 강하고 건강해진다. 일도 더 잘한다. 심지어 난 전에 없던 호기심도 생겼다. 그래, 이제 이해할 수 없게도 내 모든 생각이 전처(前妻)에게 집중되었다.

난 이제 평온하다.

나는 평온하다.

3월 19일

밤에 안나 키릴로브나와 언쟁이 있었다.

"난 더 이상 용액을 준비하지 않을 거예요."

나는 그녀를 설득했다.

"쓸데없는 소리, 안뉴샤.* 내가 어린아이요?"

"난 하지 않을 거예요, 당신은 죽고 말 거예요."

"마음대로 해요. 난 가슴까지 통증이 퍼져 있어요, 알겠어요!"

"치료받으세요."

"어디서?"

"휴가를 받으세요. 모르핀으로는 치료할 수 없어요." 그녀는 잠시 생각에 잠기더니 말을 계속했다. "그때 당신한테 두 번째 유리병을 준 것이 후회돼요."

"내가 모르핀 중독자란 말이에요?"

"그래요, 당신은 모르핀 중독자가 됐어요."

"그래서 오지 않을 거요?"

"그래요."

그때 나는 처음으로 내가 옳지 않았을 때 사람들에게 화를 내고, 특히 고함을 치는 나쁜 기질을 가지고 있다는 것을 발견했다.

하지만 이건 느닷없는 것도 아니다. 나는 침실로 갔다. 주위를 둘러보았다. 유리병 바닥에 용액이 약간 남아 있었다. 그것을 주사기에 넣었지만 4분의 1 정도밖에 안 됐다. 나는 주사기를 내던졌고, 하마터면 그걸 깨뜨릴 뻔했다. 나는 스스로 몸을 떨었다. 조심스레 몸을 일으켜 어디 깨진 곳이 없는지 살펴보았다. 그리고 침실에서 약 20분간 앉아 있었다. 밖으로 나와 보니 그녀는 없었다.

그녀는 방으로 가고 없었다.

더 이상 참지 못하고 그녀를 찾아가는 상상을 해 보았다. 독립가옥에 있는, 불이 환한 그녀의 창문을 두드렸다. 숄을 걸치고 그녀가 입구로 나왔다. 밤이 고요하다. 눈은 부석부석했다. 저 멀리 하늘에서 봄이 꾸물거리고 있다.

"안나 키릴로브나, 제발 약국 열쇠를 내게 줘요."

"안 돼요." 그녀가 속삭였다.

"친구, 제발 약국 열쇠를 줘요. 의사로서 당신에게 말합니다."

나는 어스레한 어둠 속에서 그녀의 얼굴이 흔들리고 있는 것을 본다. 그녀의 얼굴은 창백하고 두 눈은 생각에 잠겨 아래를 내려다보며 어두워졌다. 그녀는 마음에 동정심을 불러일으키는 목소리로 대답했다.

하지만 다시 한 번 악의가 나에게 밀려왔다.

"왜 그런 말을 하세요? 오, 세르게이 바실리예비치, 난 당신이 가여워요."

그녀는 숄에서 손을 뺐다. 나는 그녀의 손에 열쇠가 있는 것을 본다. 다시 말하자면 그녀는 손에 열쇠를 쥐고 나를 보러 밖으로 나온 것이다.

나는 거칠게 말했다.

"열쇠를 줘요!"

그녀의 손에서 열쇠를 낚아챘다.

나는 낡고 구부정한 다리를 건너 흰색 병원 건물로 갔다.

마음속에서 분노가 치밀어 올랐다. 그것은 무엇보다도 피하 주사용 모르핀 용액을 어떻게 준비하는지 전혀 생각나지 않았기 때문이다. 나는 여의사보가 아니라 의사다!

나는 건물로 갔고 마음이 떨렸다.

내 뒤로 충직한 개처럼 날 뒤쫓아 오는 그녀의 발소리가 들렸다. 어떤 상냥함이 내 안에서 용솟음쳤지만 나는 그것을 묵살했다. 나는 돌아서서 이를 드러내며 말했다.

"준비해 줄 거요, 안 해 줄 거요?"

그녀는 "마찬가지라고들 하지요"라고 말하는 운명적인 여인처럼 손을 내젓더니 조용히 대답했다.

"준비하겠어요."

……한 시간 후 나는 정상이 되었다. 물론 나는 자신의 바보 같은 행동에 대해 그녀에게 용서를 구했다. 나 스스로도 어떻게 이런 일이 벌어졌는지 모른다. 예전에 나는 예의 바른 사람이었다.

그녀는 이상하게 내 용서를 받아들였다. 무릎을 꿇고 내 손을 꽉 잡더니 이렇게 말했다.

"나는 당신에게 화내지 않아요. 절대로. 난 이제 당신이 폐인이 되었다는 것을 알아요. 이제 알아요. 그때 당신에게 피하 주사를 놓은 나 자신을 저주해요."

나는 자신의 행동에 책임을 면하기 어렵지만 그녀는 여기서 아무 문제 없을 거라고 보증하며 될 수 있는 대로 그녀를 안심시켰다. 그리고 내일부터 주사약을 줄이면서 정말 끊을 거라고 약속했다.

"지금 얼마나 주사하고 있나요?"

"쓸데없는 소리. 1퍼센트 용액으로 세 번 맞고 있어요."

그녀는 머리를 잡고 잠시 말을 멈추었다.

"그래요, 진정하세요."

……사실 난 그녀가 흥분하는 것을 이해한다. 실제로 염산모르핀*은 치명적이다. 모르핀 중독은 급속도로 일어난다. 하지만 약한 정도라면 모르핀 중독이라고까지 할 수 있는가?

……정당하게 말해서 이 여자는 진짜 나에게 정직한 유일한 사람이다. 사실 그녀는 내 아내가 되어야만 한다. 나는 그걸 잊고 있었다. 몰랐다. 그럼에도 불구하고 모르핀에 감사한다.

1917년 4월 8일

이건 고통이다.

4월 9일

끔찍한 봄이다.

빌어먹을 유리병. 코카인이 들어 있는, 빌어먹을 유리병!

코카인의 작용은 다음과 같다.

만일 2퍼센트 용액을 1회 주사했을 경우 순간적으로 황홀경과 행복을 느낄 수 있는 편안한 상태가 찾아온다. 이러한 상태는 오직 1~2분 정도 지속될 뿐이다. 그 후엔 언제 그랬냐는 듯이 모든 것이 자취도 없이 사라진다. 그리고 고통, 공포, 어둠이 찾아온다. 봄이 으르렁거리고 검은 새들이 가지들 사이로 날아다닌다. 폐허가 된 까칠한 검은 숲이 멀리 하늘가로 이어져 있고, 그 너머로 하늘의 4분의 1을 차지한 봄 석양이 불타오르고 있다.

나는 의사들이 거처하는 숙소의 크고 텅 빈 방에서 대각선으로 있는 방 입구와 창문가 사이를 오갔다. 이러기를 얼마나 했을까? 열다섯에서 열여섯 번, 그 이상은 아니다. 그다음에는 방향을 바꾸어 침실로 가야만 한다. 가제 위에 유리병과 주사기가 놓여 있다. 나는 그것을 집고 상처투성이의 넓적다리를 요오드 용액으로 막 문지른 다음 주삿바늘을 살갗에 찔러 넣었다. 어떤 고통도 없었다. 오, 완전히 그 반대다. 나는 방금 시작된 다행증(多幸症)*을 미리 느낀다. 이제 그것이 시작된다. 그 느낌을 알 수 있다. 왜냐하면 경비 블라스가 봄을 반기며 현관 계단에서 연주하는 찢어질 듯 목이 잠긴 아코디언 소리가 창문 유리창을 통해 공허하게 내게 와서는 천사의 음성이 되기 때문이다. 그리고 팽팽해진 바람통 속에서 울리는 투박한 저음이 천상의 코러스처럼 낮고 둔탁한 소리를 내고 있다. 하지만 이것은 순간이다. 어떤 약리학에서도 언급된 바 없는 신비로운 법칙에 따라 혈액 속의 코카인이 어떤 새로운 것으로 바뀐다. 나는 이것이 악마와 내 피가 혼합된 것이라는 사실을 알고 있다. 현관 계단에서 계속되던 블라스의 연주는 시들해졌지만 그를 원망하지 않는다. 석양이 불안하게 우르릉거리며 나의 내면에 불을 지폈다. 내가 중독되었다는 것을 깨닫지 못하고 있을 동안 저녁 내내 몇 번에 걸쳐 이런 일이 일어났다. 손과 관자놀이에서 느껴질 만큼 심장이 두근거리기 시작한다. 그다음에 심장은 나락으로 떨어진다. 그리고 의사 폴랴코프는 더 이상 일상생활로 돌아갈 수 없을 거라고 생각한다.

4월 13일

올해 2월, 모르핀 중독자가 된 불행한 의사인 나, 폴랴코프는 같은 운명에 처한 모든 사람에게 모르핀을 코카인으로 대체하지 말 것을 경고한다. 코카인은 가장 추잡하고 간교한 독약이다. 어제는 안나가 캠퍼 주사를 놓아 간신히 나를 간호했지만 오늘은 반송장이다.

1917년 5월 6일

얼마 전까지 나는 일기를 쓰지 못했다. 애석한 일이다. 사실 이것은 일기가 아니라 질병의 역사이며, 특히 세상에서 유일한 내 동료에 대한 직업적인 의존 관계를 기록한 것이다(만일 우울하고 가끔 눈물짓는 친구 안나를 생각하지 않는다면).

그래서 질병의 역사를 기록한다면 다음과 같다. 나는 하루에 두 번, 즉 점심 식사 후 오후 5시와 잠자리에 들기 직전인 자정에 모르핀 주사를 맞는다.

3퍼센트짜리 용액을 두 번 주사한다. 따라서 한 번에 0.06그램의 모르핀을 맞는다.

규칙적으로!

예전에 쓴 내 수기는 일정 부분 히스테릭하다. 전혀 이상할 것이 없다. 그것은 내 노동력과는 전혀 상관이 없다. 반대로 나는 하루 종일 전날 밤에 맞은 주사 덕에 살고 있다. 나는 훌륭하게 수술을 마무리 짓고, 완벽하게 처방전을 작성한다. 그리고 의사의 이름으로 내 모르핀 중독은 환자들에게 해가 되지 않는다고 확신한다. 아니, 해가 되지 않기를 희망한다. 하지만 다른 것이 나를 괴롭힌다. 누군가 내 결점을 알고 있는 것 같다. 접수계에서 의사보의 불쾌하고 의심쩍은 눈초리가 내 등에 느껴지는 것이 괴롭다.

쓸데없는 소리! 그는 모르고 있다. 어떤 것도 드러나지 않을 것이다. 단지 저녁에 많은 눈초리들이 나를 배반할 수 있지만 나는 결코 그것들과 마주치지 않을 것이다.

나는 우리 약국에 부족한 모르핀을 군(郡)까지 가서 보충해 왔나. 하지만 거기서 불쾌한 순간을 경험했다. 창고 관리인이 카페인(우리가 얼마든지 가지고 있는)처럼 소량을 요청한 항목들을 조심스럽게 써 넣은 내 주문서를 들고 이렇게 말했다.

"모르핀 40그램이오?"

나는 초등학생처럼 그의 눈을 피하며 얼굴이 빨개지는 것을 느꼈다.

그가 말했다.

"안 돼요, 우리는 그만큼 보관하고 있지 않아요. 10그램을 드리지요."

실제로 그는 그렇게 많은 모르핀을 보관하고 있지 않았다. 하지만 나는 그가 내 비밀을 죄다 알고, 눈으로 날 관찰하고 응시하는 것처럼 느껴졌다. 가슴이 떨리고 고통스러웠다.

아니다. 눈초리들, 오직 눈초리들이 위험할 뿐이다. 그래서 저녁에는 사람들과 마주치지 않기로 결심했다. 그러나 내가 있는 이곳보다 더 안전한 곳은 없다. 나는 벌써 반년 이상 환자들 이외에 아무도 보지 못했다. 그들은 내게 아무런 문제가 되지 않는다.

5월 18일

숨 막힐 것 같은 밤이다. 천둥을 동반한 소나기가 내릴 것 같다. 멀리 숲 너머로 시커먼 어둠이 배불뚝이처럼 크게 부풀어 올랐다. 저 멀리서 번개가 번쩍이고 요란한 소리를 냈다. 천둥이 치며 소나기가 내린다.

눈앞에 책이 한 권 있고, 거기에는 모르핀의 작용에 관해 다음과 같이 적혀 있다.

> 극심한 불안, 불안하고 우울한 상태, 흥분, 기억력 감퇴, 이따금 환각, 경미한 의식 불명…….

나는 환각 상태를 경험하지 못했지만 다른 증세에 대해서는 언급할 수 있다. 오, 말로 표현한다는 것이 얼마나 몽롱하고 진부한가!

"우울한 상태!"

아니, 이 끔찍한 병에 걸린 나는 의사들이 자신의 환자들에게 깊은 연민을 갖는 것에 대해 경고한다. '우울한 상태'가 아니라 서서히 다가오는 죽음이 모르핀 중독자에게 찾아온다. 단지 한 시간 혹은 두 시간만 모르핀을 끊어 봐라. 공기가 희박하고 숨 쉬는 게 불가능하다. 몸 안에 굶주리지 않은 세포는 존재하지 않는다. 왜 그럴까? 이것을 규정하고 설명하는 일은 불가능하다. 한마디로 인간이 아니다. 그는 생명이 끊어진다. 시체가 움직이고 우울해하고 고통에 신음한다. 그는 모르핀 이외에 어떤 것도 원치 않고 상상하지도 않는다. 모르핀!

굶어 죽는 것은 모르핀 결핍과 비교하면 안락하고 행복한 죽음이다. 모르핀 고통은 아마도 생매장당한 사람이 무덤 속에서 마지막 남은 공기 한 줌을 들이마시며 손톱으로 가슴을 잡아 찢는 것과 같을 것이다. 그것은 예를 들면 이단자가 장작더미에서 신음하고, 불꽃이 시뻘건 혓바닥으로 처음 그의 발을 핥을 때 몸을 떠는 것과 같을 것이다.

초췌한 죽음, 서서히 다가오는 죽음…….

'우울한 상태' 라는 전문 용어에는 이런 뜻이 숨어 있다.

더 이상 할 수 없다. 내 몸을 잡고 이제 주사를 찌른다. 한숨이 나온다. 다시 한 번 한숨이 나온다.

좀 나아진다. 어, 어…… 명치끝에 박하를 바른 듯 서늘한 기운이 찾아온다.

3퍼센트 용액짜리로 세 번 주사. 이거면 자정까지 충분하다.

쓸데없는 일이다. 이 수기는 엉터리다. 그렇게 끔찍하지 않다. 조만간 그만둘 것이다! 지금 자야지, 자야지.

모르핀과의 이런 헛된 싸움으로 나만 고통스럽고 쇠약해진다.

(여기서 공책의 열두 페이지가 찢어져 있었다.)

……이며

……4시 30분에 구토.

고통이 누그러지면 그때 내가 겪었던 끔찍한 인상에 대해 쓸 것이다.

1917년 11월 14일

그래서 모스크바의 아무개 박사 정신 병원〔박사의 성(姓)은 완전히 지워져 있었다〕에서 도망 나와…… 나는 다시 집으로 왔다. 비가 장막처럼 쏟아지고 날 세상과 차단한다. 세상을 나와 떼어 놓아도 상관없다. 내가 세상에 전혀 소용없듯이 세상도 내게 필요 없다. 그 밖에 나는 정신 병원에서 총성을 듣고 혁명을 목격했다. 하지만 모스크바에서 가두(街頭) 전투가 벌어지기 전에 나는 치료를 그만두어야겠다는 생각을 은밀히 갖고 있었다. 모르핀으로 인해 내가 용감해진 것에 대해 감사한다. 어떤 총성도 나는 두렵지 않다. 게다가 오직 한 가지만을, 즉 더없이 아름답고 신성한 결정체만을 상상하고 있는 인간을 그 무엇이 놀라게 할 수 있단 말인가?단속적인 대포 소리에 완전히 공포에 질린 여의사보가…….

(여기서 페이지가 찢어져 있었다.)

자격증을 가진 인간이 어떻게 몰래 도망치고 자신의 고유 가운을 비겁하게 훔쳤는지에 대한 수치스러운 기록을 아무도 읽지 못하도록 이 페이지를 ……했다.

그래, 대체 가운이 무엇이란 말인가!

나는 병원에서 입는 셔츠를 훔쳤다. 예전에 이런 일을 한 적은 없었다. 다음 날 나는 피하 주사를 맞고 생기를 되찾아 I 박사에게 돌아갔다. 그는 연민의 정으로 나를 맞았지만 그럼에도 불구하고 이 연민 속에는 경멸의 뜻이 엿보였다. 이것은 아무짝에도 쓸

모없는 것이다. 그가 정말 정신과 의사라면 내가 항상 제정신은 아니라는 사실을 이해해야 한다. 나는 명을 잃고 있다. 왜 날 경멸하는 거지? 나는 병원에서 입는 셔츠를 돌려주었다.

그가 말했다.

"감사합니다." 그리고 다음과 같이 덧붙였다. "당신은 이제 도대체 무얼 할 작정입니까?"

나는 민첩하게 말했다(그때 난 다행증 상태에 있었다).

"시골로 돌아가기로 결심했어요. 휴가 기간이 만료돼서. 당신의 도움에 깊이 감사드립니다. 훨씬 좋아진 것 같아요. 앞으로는 스스로 치료를 계속할 겁니다."

그는 다음과 같이 대답했다.

"당신은 조금도 좋아지지 않았어요. 내게 그렇게 말하다니 정말 우습군요. 당신 눈동자를 보는 것만으로도 충분해요. 당신은 누구한테 말하고 있는 거예요?"

"교수님, 바로 끊는다는 것은 불가능해요. 특히 모든 사건이 일어나고 있는 지금…… 총성 때문에 난 신경이 곤두서 있어요."

"총성은 멈추었어요. 새로운 권력이 들어섰다고요. 다시 잠자리에 드세요."

그때의 모든 것을 기억한다…… 냉기로 가득 찬 복도들…… 기름칠한 텅 빈 벽들……. 부러진 다리를 한 개처럼 나는 느릿느릿 움직인다. 무엇인가를 기다린다. 대체 무엇을? 뜨거운 목욕? 0.005그램의 모르핀 주사다. 몇 번 맞았다고 해서 그것 때문에 죽지는 않는다. 다만…… 온갖 슬픔이 머물고 이전처럼 중압감에

짓눌려 침대 신세를 지게 된다. 공허한 밤들, 해방되는 것을 간절히 바라면서 갈기갈기 찢어 버린 셔츠들?

아니, 아니다. 사람들은 바싹 말라 딱 소리가 나는 신성한 식물의 꼭지에서 모르핀을 추출해서 발명했다. 그래서 고통 없이 치료하는 방법을 발견하지 않았던가! 나는 고집스럽게 머리를 절레절레 흔들었다. 그때 그가 몸을 일으켰고 나는 갑자기 놀라 문 쪽으로 돌진했다. 그가 방문을 걸어 잠그고 정신 병원에 나를 억지로 감금하는 것으로 착각했다.

교수의 얼굴이 빨갛게 달아올랐다.

"나는 형무소의 간수가 아닙니다." 그가 떨리는 목소리로 말했다. "난 유리병이 없어요. 진정하고 앉으세요. 당신은 2주 전까지 자신이 완전히 정상이라고 호언했습니다. 게다가……." 그는 내가 놀라는 모습을 똑같이 흉내 냈다. "난 당신을 보살필 수가 없습니다."

"교수님, 내 서류를 돌려주세요. 부탁드립니다." 심지어 내 목소리는 연민의 정을 느낄 정도로 떨렸다.

"제발."

그는 열쇠로 탁자 서랍을 열고, 서류를 건네주었다(그것은 내가 두 달간 모든 치료 과정을 마쳤으며, 정신 병원에 입원해 있었다는 내용 등이 적혀 있는, 한마디로 형식적인 문서였다).

나는 떨리는 손으로 서류를 받고는 다음과 같이 중얼거리며 그것을 감추었다.

"감사합니다."

그리고 나는 떠나기 위해 자리에서 일어나 밖으로 나갔다.

"폴라코프 박사!" 의사의 목소리가 내 뒤에서 울렸다. 나는 손으로 문고리를 잡은 채 돌아보았다. 그가 말했다. "그러니까 다시 생각해 보세요. 조만간 당신은 정신 병원에 입원해야 한다는 사실을 알아야 돼요. 게다가 상태가 점점 나빠질 거예요. 나는 그래도 당신을 의사라고 생각했습니다. 하지만 당신은 정신 분열 상태에 접어들게 될 거예요. 친구여, 당신은 절대 의료 행위를 하면 안 됩니다. 제발, 당신의 근무 장소를 미리 알리지 않는 것은 말도 안 되는 일이에요."

나는 몸을 떨었고, 얼굴에 홍조가 올라오는 것을 분명하게 느꼈다(비록 그것이 살짝 드리운 것이지만).

나는 조용히 말했다. "당신에게 간청하는데, 교수님, 이 사실을 아무한테도 말하지 말아 주세요. 안 그러면 나는 쫓겨나고 말 거예요. 사람들이 날 병자 취급 할 거예요. 당신이 무엇을 위해 이런 일을 하겠습니까?"

"가세요." 그는 화가 나서 소리쳤다. "떠나세요. 아무한테도 말하지 않을 거예요. 사람들이 당신을 다시 데리고 올 테지만……."

나는 그곳을 떠났다. 그리고 돌아오는 길 내내 통증과 수치심에 떨었다. 무슨 이유 때문에……?

모든 것이 매우 단순하다. 아, 내 진실한 동반자인 일기장. 너는 정말 내 비밀을 폭로할 것인가? 문제는 가운이 아니라 내가 정신 병원에서 모르핀을 훔쳤다는 데 있다. 3세제곱센티미터의 결정체와 1퍼센트 용액 10그램을.

내 흥미를 끈 것은 이것 말고 또 있다. 열쇠가 벽장 밖으로 삐죽 나와 있었다. 만일 그것이 없었다면? 내가 벽장을 부쉈을까, 부수지 않았을까? 응? 양심에 따라?

아마도 부쉈을 것이다.

결국 의사 폴랴코프는 도둑놈이다. 나는 노트 한 페이지를 찢는다.

그럼에도 불구하고 그가 진료 행위에 대해 언급한 것은 도를 지나쳤다. 그래, 나는 타락한 사람이다. 완전히 그렇다. 내 도덕적 인격이 붕괴되기 시작했다. 하지만 나는 일할 수 있고, 내 환자들 중 어느 누구에게도 해를 끼치지 않을 수 있다.

그래, 왜 훔쳤을까? 그 이유는 아주 단순하다. 혁명과 연관된 전투와 대혼란이 벌어지고 있는 동안 나는 어디서도 모르핀을 구할 수 없을 것이라고 판단했다. 하지만 상황이 잠잠해지자 나는 변두리 한 약국에서 1퍼센트 용액 15그램을 구했다. 이 정도는 나에게 아무 소용이 없는 것이다(아홉 번 주사를 해야 적당하단 말이다!). 그리고 또 나를 비하하는 상황이 벌어졌다. 약사는 처방전을 요구했다. 그는 얼굴을 찡그리고 의심쩍은 눈으로 나를 보았다. 하지만 다음 날 나는 정상적으로 어떤 방해도 없이 다른 약국에서 20그램의 결정체를 받았다. 병원 자체 처방전을 쓴 것이다(물론 이와 더불어 카페인과 아스피린도 주문했다). 그래, 결국

내가 왜 남의 눈을 피하고 두려워해야 하는가? 실제로 내 이마에 모르핀 중독자라고 쓰여 있기라도 한가? 결국 무슨 일이 일어난단 말인가?

정말, 내 도덕적 파멸이 심각한 지경일까? 이 수기는 그 증거가 될 것이다. 이 수기는 단편적이지만, 그렇다고 내가 작가는 아니지 않는가! 여기에 정말 어떤 광기 어린 사상이 있단 말인가? 내 생각에 나는 매우 정상적으로 판단하고 있다.

모르핀 중독자에게는 어느 누구도 빼앗을 수 없는 그만의 행복이 있다. 그것은 완벽한 고독 속에서 생활을 향유할 수 있는 능력이다. 고독, 이것은 중요하고 의미심장한 사상이며, 관조, 평안, 지혜이다.

칠흑같이 어둡고 고요한 밤이 지나간다. 어딘가 앙상한 숲, 그 너머에 실개천, 추위, 가을. 아주 멀리 무질서하고 혼란스러운 모스크바가 있다. 나는 그곳과 아무 상관이 없다. 나는 아무것도 필요 없으며, 어디로 갈 데도 없다.

산간벽지, 램프 불꽃, 산간벽지는 조용하다. 나는 모스크바에서 일어난 사건을 겪고 나서 쉬고 싶다. 나는 그것들을 잊고 싶다.

그리고 잊었다.

잊었다.

11월 18일

아침 냉기가 매섭다. 대기는 건조하다. 바깥공기는 거의 세지 않았기 때문에 나는 오솔길을 따라 실개천으로 나갔다.

인격의 붕괴도 붕괴지만, 나는 모르핀을 줄이려고 한다. 예를 들면 오늘 아침 나는 주사를 맞지 않았다(지금 나는 4퍼센트짜리 용액을 하루에 세 번 맞는다). 이것이 싫다. 안나가 애처롭다. 용액의 함량이 올라갈수록 그녀는 절망한다. 안타깝다. 아, 무슨 사람이 이럴까!

맞다. 그래…… 바로…… 상태가 악화되었을 때 나는 고통을 참기로 결심했다(I 교수는 이런 나를 좋아했을 것이다). 그리고 주사를 맞지 않고 강가로 갔다.

인기척이 없다. 새가 지저귀는 소리도, 풀이 사각거리는 소리도 들리지 않는다. 아직 땅거미는 내리지 않고 어딘가 숨어서 늪지와 작은 언덕을 따라 그루터기 사이로 조금씩 젖어 들고 있었다. 땅거미는 레프코보 병원 쪽으로 조금씩 다가온다. 나는 지팡이를 짚으며 기듯이 걸어갔다(진실을 말하면, 요 근래 나는 부쩍 허약해졌다).

그때 황갈색 머리를 한 노파가 알록달록한 스커트 밑의 짧은 다리를 재게 놀리며 실개천에서 비탈을 따라 내게 빠르게 날아오는 것을 본다. 처음에 나는 그녀를 알아채지 못했고, 심지어 놀라지도 않았다. 평범한 노파였다. 그런데 무슨 이유로 이 추위에 머리에 두건도 하지 않은 채 짧고 얇은 재킷 하나만 입고 있는지 이상하다. 그다음엔 이런 생각이 든다. 노파는 어디서 오는 것일까?

누굴까? 레프코보 병원의 접수계가 마감되고 농부들의 마지막 썰매들이 뿔뿔이 떠난 것이다. 근방 10베르스타 이내에 아무도 없다. 안개, 늪지, 숲! 나는 갑자기 등 뒤로 식은땀이 흐르는 것을 느꼈다. 이제야 깨달았다! 노파는 뛰지 않고 땅에서 공중으로 올라 '날았다'. 알겠는가? 하지만 내가 비명을 지른 것은 이것이 아니라 노파가 손에 갈퀴를 쥐고 있었기 때문이다. 왜 나는 그렇게 놀랐을까? 무슨 연유로? 나는 손을 허공에 뻗고 그녀를 보지 않기 위해 몸을 숨기며 한쪽 무릎을 꿇었다. 그다음에 절뚝거리고 뛰면서 구원의 장소인 집으로 돌아왔다. 내 심장이 멎지 않은 채 재빨리 따뜻한 방으로 뛰어 들어가 살아 있는 안나를 확인하는 것 이외에는 아무것도 바라지 않았다. 그리고 모르핀을…….

드디어 도착했다.

쓸데없는 일이다. 공허한 환각일 뿐. 우연한 착각일 뿐.

11월 19일

구토를 했다. 이것은 불길한 징조다.

21일 밤에 안나와 나눈 대화 내용.

안나 의사보가 알고 있어요.

나 정말이오? 마찬가지지. 대수롭지 않아.

안나 만일 당신이 도시로 떠나지 않으면 나는 목매달아 죽을 거예요. 알아들어요? 자신의 손을 보세요.

나 약간 떨고 있지요. 하지만 이것이 내 일을 방해하진 않아요.

안나 보세요, 손이 창백하잖아요. 피곤이 상접한 상태인데……. 자신의 얼굴을 보세요. 이봐요, 세료자,* 떠나요. 간절히 부탁해요. 떠나세요…….

나 그럼 당신은?

안나 떠나요. 떠나세요. 당신은 파멸하고 말 거예요.

나 음, 그건 너무 심한 표현이군요. 하지만 나는 실제로 왜 내가 이렇게 빨리 쇠약해졌는지 이해할 수 없어요. 내가 아픈 지 채 1년도 안 됐어요. 나는 이런 체질을 가지고 있는 것이 분명해요.

안나 (슬픈 목소리로) 무엇이 당신을 소생시킬 수 있을까요? 아마도 당신의 아내 암네리스가요?

나 오, 아니요. 진정해요. 모르핀 때문이오. 나는 그 덕에 생활로부터 벗어났어요. 모르핀이 생활을 대신했지요.

안나 아, 당신은 제발…… 내가 무엇을 해야 할지…….

나는 안나 같은 사람을 소설에서나 볼 수 있다고 생각했다. 만약 내가 인젠가 정상으로 돌아온다면 난 운명을 항상 그녀와 함께 할 것이다. 그 사람이 독일에서 못 돌아오게 하라.

12월 27일

손에서 공책을 놓은 지 오래다. 나는 외투로 몸을 감싼다. 말들이 기다리고 있다. 봄가르드가 고렐로보에서 출발했다. 그가 나를 대신할 것이다. 내가 있는 곳으로는 여의사가 올 것이다.

안나는 이곳에 있을 것이다. 나에게 달려올 것이다…….

30베르스타나 떨어져 있어도.

1월 1일부터 나는 한 달 동안 병가를 내기로 굳게 결심했다. 모스크바에 있는 교수에게 치료를 받을 것이다. 다시 서약서를 쓸 것이다. 나는 한 달 동안 정신 병원에서 비인간적인 고통에 시달릴 것이다.

안녕히, 레프코보. 안녕, 안나.

1918년

1월

나는 떠나지 않았다. 내가 숭배하는 결정체로 만든 용액과 헤어질 수 없다.

치료 기간 중에 나는 죽을 것이다.

내게 치료가 필요 없다는 생각이 자주 든다.

1월 15일

아침에 구토를 했다.

땅거미가 질 때 4퍼센트짜리 주사를 세 번 맞았다.

밤에 또 4퍼센트짜리 주사를 세 번 맞았다.

1월 16일

수술이 있는 날이다. 그래서 밤부터 다음 날 저녁 6시까지 극도로 절제해야 한다.

땅거미가 지는 시간이 가장 끔찍하다. 이때 이미 방 안에서 다음과 같이 반복하는 위협적이고 단조로운 목소리가 분명하게 들렸다.

"세르게이 바실리예비치, 세르게이 바실리예비치."

주사를 맞자 모든 것이 곧바로 사라졌다.

1월 17일

눈보라가 쳤다. 접수계에는 아무도 없었다. 절제하는 동안 나는 정신의학 교과서를 읽었다. 그 책은 내게 끔찍한 인상을 주었다. 나는 죽을 것이다. 희망은 없다.

절제하는 동안 나는 사각거리는 소리에 놀라고, 사람들이 나를 증오하고 있다고 상상한다. 나는 그들이 무섭다. 다행증을 경험하는 동안 그들 모두를 사랑한다. 하지만 나는 고독을 더 즐긴다.

이곳은 주의할 필요가 있다. 여기는 의사보와 두 사람의 조산부가 있다. 정체가 드러나지 않도록 매우 조심할 필요가 있다. 나는 경험이 많아 탄로 나지 않을 것이다. 내가 여분의 모르핀을 가지고 있다는 사실을 아무도 알아채지 못할 것이다. 내가 용액을 직접 준비하거나 혹은 사전에 처방법을 안나에게 보낸다. 한번은 그녀가 5퍼센트 용액을 2퍼센트 용액으로 몰래 바꾸려는 어리석은 시도를 한 적이 있다. 그녀는 눈보라치는 엄동설한에 레프코보로부터 이것을 가지고 왔다.

이 일 때문에 우리는 밤에 심각한 언쟁을 벌인 적이 있다. 나는 그녀에게 이런 일을 해서는 안 된다고 설득했나. 여기 있는 직원들한테 내가 아프다고 설명했다. 무슨 병인지 꾸며 대느라 오랫동안 골머리를 앓았다. 내가 다리에 류머티즘과 극심한 신경 쇠약에 시달리고 있다고 말했다. 그들은 내가 2월에 치료차 모스크바로 떠날 것이라고 예상하고 있다. 일이 막힘없이 잘 진행되고 있다. 일을 방해하는 어떤 장애물도 없다. 딸꾹질이 나오면서 심하게 구토가 시작된 날들은 수술을 피했다. 그래서 위장 카타르* 처방을 하게 되었다. 아, 한 인간이 이렇게 많은 질병에 걸리다니!

직원이 나에게 동정심을 가지고 휴가 받을 것을 재촉한다.

겉모습이 야위고 밀랍처럼 창백해졌다.

목욕탕에 가서 병실에서 쓰는 체중계로 몸무게를 달아 보았다. 작년에는 4푸드*였는데, 지금은 3푸드 15푼트다. 체중계 바늘을 보고 놀랐다. 그 후에 이 사실을 잊어버렸다.

전박(前膊)* 부분에 만성 부스럼이 생겼다. 대퇴부에도 마찬가지다. 출장을 앞두고 너무 바빠서 물에 끓이지 않은 주사기로 세 번이나 투약했을 뿐만 아니라 소독한 상태로 용액을 준비할 수도 없다.

이것은 결코 있을 수 없는 일이다.

1월 18일

이런 환각을 보았다.

검은 유리창에 창백한 사람들이 나타나기를 기다린다. 참을 수가 없다. 단지 한쪽 커튼만 있을 뿐. 나는 병원에서 쓰는 가제로 창문을 가렸다. 그럴싸한 구실을 찾는 것은 불가능했다.

아, 제기랄! 왜 매사에 자신의 모든 행동에 대해 그럴싸한 구실을 찾아야만 하는 것일까? 정말 이것은 삶이 아니라 실제로 고통이다!

나는 내 생각을 잘 표현하고 있는가?
내 생각에는 그런 것 같다.
삶? 우스꽝스럽다!

1월 19일
오늘 접수계의 중간 휴식 시간에 약국에서 담배를 피우고 있을 때 의사보가 일회용 가루약을 접으면서 모르핀을 구할 수 없는 한 여의사보가 어떻게 아편 술을 작은 잔에 가득 따라 먹었는지에 대해 이야기했다(무슨 이유인지 웃으면서). 나는 이 불편한 이야기를 들으면서 눈을 어디에 두어야 할지 몰랐다. 무엇이 우습단 말인가? 나는 그가 혐오스러웠다. 여기서 무엇이 우습단 말인가? 무엇이?
나는 도둑이 제 발 저린 듯 약국에서 도망쳐 나왔다.
'당신은 이 병이 그렇게 우습단 말인가?'
하지만 참았다, 참아…….

내 상태에서 사람들에게 특히 거만하게 굴어서는 안 된다.

아, 의사분. 그는 환자들에게 전혀 아무것도 해 줄 수 없는 정신과 의사들처럼 잔인하다.

아무것도.

전혀.

모르핀을 맞지 않고 있을 동안 쓴 앞의 구절들에는 사실이 아닌 것들이 많다.

지금은 달이 뜬 밤이다. 나는 구토를 동반한 발작을 일으키고 누워 있다. 쇠약해서 손을 높이 들어 올릴 수도, 연필로 내 생각을 적을 수도 없다. 내 생각은 순수하고 고매하다. 나는 몇 시간 동안 행복하다. 꿈을 꾸었다. 내 앞에 달이 있고, 그 안에 화환이 있다. 주사를 맞자 무서운 것이 없어졌다.

2월 1일

안나가 도착했다. 그녀의 얼굴색이 창백하고 몸이 불편하다.

나는 그녀를 파멸시켰다. 파멸시켰다. 그래, 내 양심상 나는 씻을 수 없는 죄를 저질렀다.

나는 2월 중순에 떠나겠다고 그녀에게 맹세했다.

그 맹세를 지킬 수 있을까?

그래. 지킬 것이다.

나는 살 것이다.

2월 3일

이윽고 작은 언덕이 나온다. 언덕은 유년 시절 동화 속에 나오는, 카이의 썰매가 내달리던 언덕처럼 얼음으로 덮인 채 끝이 없다. 이 언덕을 따라 마지막으로 비상한다. 나는 밑에서 무엇이 기다리고 있는지 알고 있다. 아, 안나, 만일 날 사랑한다면 당신에게 지독한 슬픔이 닥칠 것이다.

2월 11일

나는 이렇게 결심했다. 봄가르드에게 도움을 청할 것이다. 왜 하필 그인가? 그는 정신과 의사도 아니고 젊으며 내 대학 동창이기 때문이다. 내가 옳다면 그는 건강하고 강인하며 온화하다. 나는 그를 기억한다. 아마도 그는……. 나는 그가 정이 많다고 생각한다. 그는 무엇인가를 찾아낼 것이다. 날 모스크바로 데리고 가도 괜찮다. 나는 그에게 갈 수 없다. 나는 이미 휴가를 받았다. 그렇지만 몸져누워 있다. 병원에 다닐 수가 없다.

나는 의사보를 비방했다. 우스꽝스러운 일이다. 이건 중요하지 않다. 그는 날 방문하기 위해 온다. 그는 나에게 청진기를 댄다.

나는 허락하지 않았다. 다시 거절하기 위한 구실을 찾는 것인가? 그럴싸한 구실을 원치 않는다.

봄가르드에게 메모를 보냈다.

사람들이여! 누가 날 도와줄 것인가?

나는 흥분해서 소리쳤다. 만일 누가 이 글을 읽는다면 거짓이라고 생각할 것이다. 하지만 아무도 보지 않았다.

봄가르드에게 메모를 쓰기 전에 나는 모든 것을 회상했다. 특히 모스크바를 떠나던 11월, 기차 정거장이 떠올랐다. 얼마나 끔찍한 저녁이었던가. 훔친 모르핀 주사를 화장실에서 맞았다. 이것은 고통이다. 사람들이 화장실 문으로 몰려들었다. 찢어질 듯한 목소리가 울리며 너무 오랫동안 자리를 차지하고 있었다는 이유로 나에게 손가락질했다. 사람들은 삿대질을 하며 걸쇠를 걷어 올리고 당장이라도 문을 벌컥 열 것만 같았다.

그때부터 나는 부스럼이 생겼다.

이것을 회상하고 밤새 눈물을 흘렸다.

12일 밤

다시 눈물이 난다. 밤에 이렇게 유약해지고 불쾌해지는 것은 무슨 연유인가?

1918년 2월 13일 새벽, 고렐로보에서

나 자신에게 축하한다. 모르핀 주사 없이 이미 열네 시간을 버텼다! 열네 시간을! 이것은 의미 없는 숫자다. 날이 흐릿하게 밝아 오고 있다. 이제 나는 완전히 건강을 회복할까?

심사숙고한 바에 의하면 봄가르드는 내게 필요치 않고, 또 어느 누구도 소용없다. 생명을 1분이라도 연장하려는 시도는 무의미한 짓이다. 그런 생명은 필요 없다. 절대로. 내 손에 약이 있다. 전에 나는 왜 깨닫지 못했던 것일까?

그러면 결론을 내볼까요? 나는 아무것도 해서는 안 된다. 단지 자신의 몸을 망쳤을 뿐이다. 그리고 안나를. 내가 할 수 있는 것이 무엇인가?

암네르*가 노래를 부르듯 시간이 상처를 치유해 줄 것이다. 물론 그와 더불어 모든 것이 단순하고 가벼워질 것이다.

이 공책을 봄가르드에게. 모든 것을…….

5

1918년 2월 14일 새벽, 시골의 작은 도시에서 나는 세르게이 폴랴코프의 이 수기를 읽었다. 여기에 어떤 가감도 없이 그대로 보존된 완전한 수기가 있다. 나는 정신과 의사가 아니다. 나는 확신을 가지고 이 수기가 유익한 것인지, 유용한 것인지 말할 수 없다. 내 생각에는 유용한 것 같다.

10년이 지난 지금, 수기를 읽고 느낀 동정심과 공포는 물론 사라졌다. 이것은 자연스러운 것이다. 하지만 폴랴코프가 죽고 그에 대한 기억도 완전히 사라진 지금, 이 수기를 읽고 나서 나는 그에 대한 호기심을 간직하게 되었다. 아마도 이 수기가 유용할까? 나는 감히 그렇다고 생각한다. 안나 K는 1922년 그녀가 일하던 곳에서 발진 티푸스에 걸려 죽었다. 폴랴코프의 첫 번째 부인이었던 암네리스는 외국으로 나가 돌아오지 않았다.

내 손에 들어온 이 수기를 출간할 수 있을까?

할 수 있다. 이에 출간한다. 의사 봄가르드.

1927년 가을

주

9 **베르스타** 미터법이 시행되기 전, 러시아의 거리 단위. 1베르스타는 약 1,067킬로미터.

17 **드미트리** 1598년 표도르 1세가 후계자를 남기지 못하고 죽자 차르(황제)의 아내의 오빠였던 보리스 고두노프는 국가 회의를 소집해 자신을 황제로 선출했다. 이에 불만을 품은 세력들은 표도르 1세의 전왕(前王)인 이반 4세의 또 다른 아들 드미트리가 살아 있다고 주장하며 보리스 고두노프에 대항했다. 그 후 참칭자 드미트리는 폴란드의 지원을 받아 러시아로 쳐들어와 많은 정치 세력의 지지를 얻게 된다. 이 역사적 사건은 푸시킨의 희곡 「보리스 고두노프」에 잘 나타나 있다.

18 **팅크** 동식물에서 얻은 약물이나 화학 물질을 에탄올 또는 에탄올과 정제수의 혼합액으로 흘러나오게 하여 만든 액제(液劑).

키니네 백색의 침상 결정인데 어린아이의 해열제로 많이 쓰인다.

19 **탈장 고리** 탈장에서 장이 빠져나오는 원환 모양의 결손 부위(복벽 등에 생긴다)를 말한다.

23 **캠퍼 주사** 강심제로서 호흡 중추, 혈관 운동 중추 및 심장의 흥분, 세포 기능을 활성화하기 위해 쓰는 주사약.

앰플 주사약을 넣는 목이 좁은 유리병.

30 **주현절** 그리스도가 하느님의 아들로서 세상 사람들 앞에 나타난 날을 말한다. 러시아 정교에서는 이 축제일을 동방 박사가 그리스도를 찾아 경배한 날로 보고 있다. 주현절은 12일간의 성탄 주일이 끝나고 난 첫날이기 때문에 1월 6일에 해당한다. 공현절(公現節)이라고도 한다.

68 **크루프성 폐렴** 오한, 구토, 경련으로 시작하여 높은 열이 나고 흉통, 호흡 곤란, 기침 따위의 증상이 나타나는 폐렴.

프로브 의사들이 인체 내부 검사에 이용하는 길고 가느다란 기구.

83 **벨라도나** 자주색 꽃이 피고 까만 열매가 열리는 독초.

84 Tinct 알코올에 혼합하여 약제로 쓰는 물질.

92 **아스클레피오스** 그리스 신화에 나오는 의학의 신. 여기서는 의사라는 의미로 사용됨.

93 **간헐열** 주기적인 발열이 특징인 열병.

100 **질레트** 1901년에 설립된 미국의 면도 용품 생산 회사.

103 **사할린** 체호프의 기행문을 말한다. 그는 서른 살이 되던 1890년 4월에서 12월 사이에 시베리아를 횡단하여 사할린을 여행하면서 오지의 풍경과 생활을 생생하게 기록한 바 있다. 불가코프가 자신의 작품에서 체호프의 작품을 인용하는 것은 선배 의사 작가인 체호프에 대한 존경심을 표현한 것으로 볼 수 있다.

104 **사냥꾼** 『모히칸족의 최후』로 유명한 미국 소설가 제임스 쿠퍼(1789~1851)의 5부작 소설 중 하나. 1840년에 발표한 작품으로, 변경의 백인과 인디언의 관계를 다채롭게 묘사한 소설이다.

105 **태양신경절** 좌우의 복강(腹腔) 신경 마디를 통틀어 이르는 말. 이곳의 신경은 태양 광선처럼 방사상으로 뻗어 있다.

110 **과망간산칼륨** 물에 잘 녹고 산화력이 강해 산화제 · 살균제 · 표백제 · 유기 화합물의 합성 · 산화 환원 적정 시약 따위에 쓰인다.

111 **괴저병** 혈액 공급이 되지 않거나 세균 때문에 비교적 큰 덩어리의 조직이 죽는 현상.

패혈증 곪아서 고름이 생긴 상처나 종기 따위에서 병원균이나 독소가 계속 혈관으로 들어가 순환하여 심한 중독 증상이나 급성 염증을 일으키는 병.

케렌스키 Aleksandr Fedorovich Kerenskii(1881~1970). 소비에트 혁명기의 정치가. 1917년 2월 혁명 후 사회 혁명당 당수로서 임시 정부의 수상 겸 총사령관에 취임하여 반혁명 세력의 중심으로 활동하다가 1917년 10월 혁명으로 실각하여 1918년 미국으로 망명했다.

113 **삽관(揷管)** 기도가 막힌 환자에게 산소 공급이나 기타 음식물 등을 공급하기 위하여 목에 관을 삽입하는 것.

115 **육종(肉腫)** 비상피성 조직에서 유래하는 악성 종양을 통틀어 이르는 말.

118 **수종(水腫)** 신체의 조직 간격이나 체강(體腔) 안에 림프액, 장액(漿液) 따위가 많이 괴어 있어 몸이 붓는 병.

130 **푼트** funt. 러시아의 중량 단위로, 1푼트는 약 407.7그램.

133 **콘딜로마** condyloma. 매독 제2기에 항문 주위를 비롯하여 외음부, 유방 밑, 겨드랑이 등과 같이 분비와 마찰이 많은 부분에 생기는 매독 진.

고무종(腫) 매독 3기에 나타나는 특유의 결절.

칼로멜 calomel. 염화 제일수은의 약품명. 단맛이 있는 것이 특징이며 이뇨제와 매독 치료제로 쓴다.

134 **시치** 러시아인이 즐겨 먹는 양배추 수프.

158 **코페이카** 러시아의 옛 화폐 단위.

하감(下疳) 매독균의 감염으로 붉고 딴딴한 멍울이 생겨 헐게 되는 피부병.

159 **차이스** Zeiss. 독일의 광학 정밀 기기 제조 회사 및 그 제품명.

162 **알코올 진전 섬망** Delirium tremens. 급성 알코올 정신병의 일종으로 알코올 금단 섬망이라고도 한다. 만성 알코올 중독자의 5퍼센트 정도에서 나타나며 대개 5~15년의 음주 경력이 있는 30~40대에서 발병한다. 불안과 초조, 식욕 부진, 진전(振顫), 공포에 의한 수면 장

애가 선행하며 주 증상은 섬망이다.

피라미돈 pyramidon. 진통 해열제.

173 **×××7년 1월 20일** 1917년이 분명하다 — 봄가르드(불가코프의 주).

181 **안뉴샤** 안나의 애칭.

184 **염산모르핀** morphium hidrochloricum. 마약성 진통제.

185 **다행증** euphoria. 정신 병리학에서 이야기하는 감정의 흥분성 장애.

199 **세료자** 세르게이의 애칭.

202 **카타르** 조직의 파괴를 일으키지 않는 점막의 염증.

푸드 pud. 러시아의 중량 단위로, 1푸드는 약 16.38킬로그램.

전박(前膊) 팔꿈치에서 손목까지의 부분.

207 **암네르** 폴랴코프가 손에 힘이 빠져 암네리스를 끝까지 적지 못한 것으로 보인다.

해설

러시아 문학의 '의사 작가' 계보와 불가코프

이병훈(아주대 기초교육대학)

1.

근대 문학에 나타난 가장 커다란 변화 중 하나는 질병의 형상과 의사 주인공이 문학 작품에 본격적으로 등장했다는 점일 것이다. 이는 근대에 와서 의학이 체계적인 과학으로 발전했고, 의사가 중요 인물이 되었다는 사실을 암시한다. 근대 의학은 생명의 탄생, 질병의 원인, 노화의 과정, 죽음의 실체 등에 대해 실증적으로 설명하기 시작했다. 이는 사람들의 의식을 획기적으로 변화시켰으며, 그들의 삶의 지형을 근본적으로 바꾸어 놓았다.

근대가 되자 신화, 종교 등 인간의 정신적, 물질적 삶을 규정했던 상징들이 퇴장하고 그 자리를 과학(의학)이 대신했다. 사람들은 이제 실증 과학의 눈부신 발전에 귀를 기울이고, 그것이 삶을 바꾸어 놓는 신비로운 과정을 생생하게 목격했다. 의학이 발전하면서 근대인은 인간의 질병과 죽음이 환경 및 위생과 밀접한 관계가 있다는 사실을 깨달았다. 그들은 질병을 치료하기 위해 더 이상 주술이나 종교에 의지하지 않아도 되었다. 말끔하게 차려입은 의사가 직접 집을 방문해 열병을 앓고 있는 아이들을 돌봐 주었다. 문학이 역사의 이런 변화를 놓칠 리 없었다. 문학은 무엇보다 근대라는 무대 위에 올라온 새로운 주인공에 주목했다. 그는 바로 의사라는 직업을 가진, 합리적인 성향의 과학자였다.

의사가 인간의 운명에 깊숙이 개입한 관여자였다면 질병은 인간이 극복해야 할 절체절명의 과제였다. 질병과 맞서 싸우지 않고서는 근대 사회의 획기적인 생산력 증대와 사회 발전을 기대하기 어려웠다. 산업 사회에 필수적인 노동력을 안정적으로 확보하기 위해 질병은 반드시 극복해야 할 난제였고, 이 과제 해결을 위해 근대 사회는 의사들의 헌신적인 노력과 희생을 요구했다. 따라서 문학에 나타난 의사 주인공과 질병이라는 소재는 새로운 근대인과 그가 해결해야 할 새로운 시대적 과제를 상징하는 것이다.

2.

러시아 문학에서 질병의 형상과 의사 주인공이 자주 등장하는 것은 의학과 의사의 사회적 비중이 그만큼 증대했다는 것을 방증한다. 이러한 경향이 러시아 문학에 가장 두드러지게 반영된 경우는 고골, 달리, 도스토옙스키, 투르게네프, 톨스토이, 체호프, 불가코프, 베레사예프 등이다. 이 중에서 달리, 체호프, 불가코프,

베라사예프는 의사인 동시에 작가로 활동했던 소위 '의사 작가(physician writer)' 였다. 러시아 문학의 '의학적 전통'은 무엇보다도 이 작가들에 의해 계승되고 발전되었다.

블라디미르 이바노비치 달리(1801~1872)는 페테르부르크에 있는 해양 전문 학교를 나와 선원 생활을 하다가 이에 만족하지 못하고 1826년에 타루트에서 의과 대학에 진학했다. 달리는 이 시절을 인생에서 가장 행복했던 시기로 회상하고 있다. 하지만 그의 학업은 러시아와 터키 사이의 전쟁으로 중단되었다. 1829년에 달리는 졸업 논문을 정신없이 마무리 짓고, 전쟁터로 불려 나갔다. 전장에서 그는 군의관으로서 부상당한 병사를 돌보았다. 그리고 1831년 봄에는 폴란드에서 일어난 폭동을 진압하기 위해 파병된 군대를 따라 다시 전선에 나갔다. 당시 장교들의 회상에 의하면, 달리는 탁월한 수술 솜씨를 발휘하여 외과 의사로서의 명성이 높았다고 한다. 달리는 이러한 공훈을 인정받아 성(聖) 블라디미르 훈장을 받았다. 1832년 3월부터 달리는 페테르부르크에서 육군 병원의 주임 의사로 활동했는데 여기서도 훌륭한 외과 의사 겸 안과 의사로 명성을 얻었다. 그러나 이 병원의 책임자와 갈등이 심해져 결국 의사 생활을 중단했다.

의사로서의 경험은 1840년대 자연파적 경향을 띤 달리의 작품에 두드러지게 나타난다. 이 시기에 러시아에서는 인간 사회의 생리와 사회생활, 풍속 등을 기록하는 산문 장르가 유행했다. 그리고 이것이 이후 러시아 리얼리즘 문학의 중요한 토대가 되었다. 달리는 당시에 가장 탁월한 르포 작가 중 하나였다. 그는 러시아

생활의 다양한 영역을 소재 삼아 정확한 관찰과 개성 있는 문체로 「졸병」(1845), 「러시아 농부」(1845) 등 많은 작품을 창작했다.

러시아에서 의사 작가로 가장 성공한 인물은 안톤 파블로비치 체호프(1860~1904)다. 체호프는 모스크바 대학교 의과 대학을 졸업하고 모스크바 근교에서 의사로 활동했다. 의사 작가로서 체호프에 대한 당대의 평가는 대체로 긍정적이었다. 가령, 비평가 갈체프는 "체호프의 기법들 속에서 만나는 묘사의 단순함, 선명함, 정확함에서 우리는 또한 자연 과학자를 발견한다"고 지적한 바 있다. 그리고 암피티아트로프는 "의사 직업은 완전히 독특한 성격을 부여하면서 그의 모든 작품에 선명하게 깊은 흔적을 남겼다"고 평가하기도 했다. 이러한 평가는 작가의 생각과도 일맥상통한다. 체호프는 스스로 "의학과 관련된 업무들이 내 문학 활동에 심각한 영향을 끼친다는 것을 의심하지 않는다"고 고백한 바 있다.

다양한 기록이 전하는 바에 따르면, 체호프는 철저한 자연 과학적 세계관과 문제의식을 가지고 있었던 것으로 보인다. 특히, 그는 의학적 관점에서 환경이 인간에게 어떤 영향을 미치는지에 대해 특별한 흥미를 가지고 있었다. 이는 의과 대학에서 들었던 위생학 강의나 다윈에 대한 숭배에서 비롯된 것이다. 의과 대학 공부는 인간의 삶에서 외부 환경의 역할에 대한 작가의 견해에 결정적인 영향을 주었다. 특히 이러한 생각은 사할린 여행에서 겪은 체험으로 더욱 심화되었다. 예컨대 환경이나 기후가 인간에게 미치는 영향, 육체적인 것과 정신적인 것의 관계 등 체호프의 작품 세계에서 중요한 모티프와 주제가 되는 것들이 이 시기에 형성되었다.

그리고 체호프 작품의 특징으로 들 수 있는 것들, 예컨대 극적인 사건이 아니라 지극히 일상적인 생활 속에서 이야기가 전개되고 있는 점이나, 사건 자체의 의미보다 그것을 받아들이는 인간의 다양하고 모순적인 반응에 주목하고 있는 점 그리고 등장인물들 사이에 소통의 단절이 부각되고 있는 점 등도 그가 의학적 상상력과 세계관으로 현대 사회의 부조리한 점들을 날카롭게 포착한 것으로 볼 수 있다. 우리는 체호프 문학에 나타난 의학의 흔적을 「아뉴타」(1886), 「티푸스」(1887), 「결투」(1891), 「제6병동」(1892), 「왕진」(1898), 「바냐 아저씨」(1897), 「세 자매」(1900) 등의 작품에서 찾아볼 수 있다.

20세기에 들어 러시아 문학은 새로운 실험과 소용돌이 속에 휩싸인다. 혁명과 반혁명, 유토피아와 반유토피아, 낡은 형식의 파괴와 새로운 형식의 실험 등등. 그러나 20세기 러시아 문학에서도 의학적 전통은 발전적으로 계승되었다. 이러한 역사적 전통을 새롭게 발전시킨 대표적 작가가 미하일 불가코프(1891~1940)다.

불가코프는 1909년에 키예프 대학 의학부에 입학했다. 대학을 졸업한 뒤에는 스몰렌스크와 키예프에서 의사로 활동했다. 그가 의사 일을 그만둔 이유는 러시아가 혁명의 폭풍 속에서 극도의 혼란에 빠져 있었기 때문이다. 그는 혁명이 일어나자 이에 반대하는 백군에 가담했고, 내란이 종식되자 모스크바로 옮겨 와 작가로서의 길을 걸었다.

그의 데뷔작이라고 할 수 있는 연작 소설 『젊은 의사의 수기』

(1925~1927)나 중편 소설 「모르핀」(1927)은 불가코프가 의사로서의 경험을 십분 발휘한 작품들이다. 불가코프는 이들 작품에서 의대를 졸업하고 처음 현장으로 나간 젊은 의사들이 어떻게 의료 현장에 적응하는지, 실제 수술은 어떻게 이루어지는지, 약물 중독의 정신적 피해가 얼마나 치명적인지를 심도 있게 묘사했다.

불가코프는 소설가로서뿐만 아니라 희곡 작가로도 화려한 자취를 남겼다. 그는 장편 소설 『백위군』을 각색한 희곡 「투르빈가의 나날들」을 1926년 모스크바 예술 극장에서 상연했다. 1936년에는 희곡 「몰리에르」를 같은 극장에서 초연했으며 고골의 희곡 「검찰관」, 「죽은 혼」을 각색해 무대에 올리기도 했다. 당시 불가코프의 희곡은 초연될 때마다 세간의 논쟁거리가 되었다. 그의 작품이 상징성 강한 대사를 통해 신랄하게 전체주의 사회를 풍자했기 때문이다.

불가코프는 20세기 러시아 문학의 가장 위대한 소설 중 한 편인 『거장과 마르가리타』를 유작으로 남겼다. 작가는 이 소설에서 창작의 자유마저 탄압했던 스탈린 체제를 풍자적으로 비판했다. 그는 이 소설에서 "원고는 불타지 않는다!"는 유명한 말을 남겼다. 이 말은 창작의 자유를 억압해도 예술은 결코 사라지지 않는다는 의미를 담은 명언으로, 아직도 회자되고 있다. 그 밖에도 이 작품은 선과 악, 개인과 권력의 문제, 환상적인 것과 현실적인 것의 관계, 예술의 불멸성 등을 다루고 있다.

3.

『젊은 의사의 수기』는 일곱 편의 연작 단편 소설로 이루어진 작품이다. 불가코프는 각각의 단편을 잡지에 발표하면서 모두 '젊은 의사의 수기'라는 제목으로 쓴 연작임을 밝히고 있다. 불가코프는 생전에 이 작품들을 단행본으로 출판하지 못했다. '젊은 의사의 수기'라는 제목의 작품집이 처음 나온 것은 그가 죽은 지 23년이 지난 1963년이다. 모스크바에 있는 '프라우다'(진리) 출판사가 '불꽃'이라는 문고 시리즈 제23권으로 출간했다. 하지만 이 작품집에 「별 모양의 발진」은 빠져 있었고, 「강철로 된 목」도 제목이 바뀌어 「은으로 된 목」으로 수록되었다.

1963년 작품집에 실린 『젊은 의사의 수기』 연작은 작품이 발표된 순서대로 소개되어 있지 않다. 연작 중 제일 먼저 발표된 것은 「칠흑 같은 어둠」이고, 마지막 것은 「사라진 눈」이다. 하지만 작품집에는 「수탉을 수놓은 수건」이 첫 번째 작품으로 등장한다. 이것은 연작이 다루고 있는 사건의 연대기, 즉 스토리의 시간적 선후관계를 기준으로 배열했기 때문이다. 「수탉을 수놓은 수건」에서 주인공은 시골 병원에 처음 도착한 것으로 서술되어 있다. 이 번역본도 1963년 작품집의 순서를 그대로 따랐다.

「수탉을 수놓은 수건」은 『의료인』 1926년 제33·34호에 발표되었다. 이 단편은 『젊은 의사의 수기』 연작의 첫 번째 작품이다. 주인공인 젊은 의사는 1917년 9월 17일 스몰렌스크 현에 위치한 그라체프카 시에서 40베르스타 떨어진 무린스키 병원에 도착한다. 소설 속에서 이렇게 구체적인 시기를 명시한 것은 이 작품이 불가코프의 실제 체험을 바탕으로 창작되었음을 암시한다. 불가코프는 키예프 의대를 졸업하고 1916년 9월부터 1917년 9월까지 스몰렌스크 현에 위치한 니콜스코예 마을에서, 1917년 9월부터 1918년 1월까지 뱌지마 시에서 의사로 복무했다. 실제 사실이 작품에서는 지명만 바뀐 채 재현되고 있는 것이다.

소설 속의 젊은 의사가 시골 병원에 도착한 날인 1917년 9월 17일은 사실보다 1년이 지난 시점이다. 그것은 1917년 10월에 발생한 사회주의 혁명과 관련이 있다. 작가는 10월 혁명이 일어나기 바로 전인 9월에 젊은 의사가 시골 병원에 처음 부임해 온 것으로 상황을 설정했다. 불가코프의 의도는 무엇이었을까. 그는 「수탉을 수놓은 수건」에 나오는 일상적인 에피소드들을 통해 당시 역사적 상황을 언급하려고 했다.

이 소설에서 사고를 당한 소녀의 아버지는 의사를 찾아와 절규하며 말한다. "단, 죽지만 않게 해 주신다면…… 단, 죽지만 않도록 해 주신다면…… 불구자가 돼도 좋아요. 좋다고요!"(20페이지) 이 말은 당시 러시아 상황을 염두에 두고 읽어도 의미심장하게 다가온다. 혁명이 일어나 혼란에 빠진 러시아는 내전을 겪으면서 절체절명의 위기에 직면했다. 그것은 마치 생명이 위급한 환자가 촌각을 다투는 상황과 흡사했던 것일까. 불가코프는 시골에서 벌어진 젊은 의사의 경험담을 빗대어 러시아의 운명을 걱정하고 있다.

불가코프는 러시아의 운명에 대해 낙관적인 태도를 가졌던 것 같다. 「수탉을 수놓은 수건」에서 불가능한 수술을 마친 소녀는 극적으로 목숨을 건진다. 결국 러시아는 죽지 않고 살아남았다. 그런데 그 소녀가 주인공에게 선물로 준 '수탉을 수놓은 수건'의 의미는 무엇일까. 붉은 수탉과 천에 붉은 실로 수놓은 테두리 장식은 상황의 불안함을 무의식적으로 암시한다. 소녀가 의사를 다시 찾은 것은 수술이 끝나고 두 달 반이 지나서다. 그럼 1917년 12월 초가 된다. 이 시기는 사회주의 혁명이 성공하고 러시아가 내선으로 치닫던 때였다. 불가코프는 이런 상황을 염두에 두고 소녀의 선물과 당시 역사적 상황을 오버랩시키고 있다.

이와 관련해서 흥미로운 것은 1963년 작품집이 출간되었을 때 소비에트 검열 당국에서 이 작품에 나오는 시간적 배경에 손을 댔다는 사실이다. 거기엔 1917년이 1916년으로 고쳐 표기되어 있다. 다시 말해 작가의 정치적 의도를 애초에 차단하겠다는 생각이었다. 하지만 검열 당국도 '붉은 수탉'이 지닌 상징적 의미까지 바꿀 수는 없었다. 러시아어에 '불을 지르다'라는 의미의 숙어가 있다. 이 숙어는 '붉은 수탉'에서 파생된 것이다. 당시의 문헌을 보면 혁명이 일어났을 때 농민들이 지주들 집에 끊임없이 불을 질렀다는 기사가 나오는데, 이것은 수탉이 역사적 시간을 초월하여 작가의 의도를 전달하고 있다는 뜻도 내포하고 있다.

「주현절의 태아 회전술」은 『의료인』 1925년 제41 · 42호에 발표되었다. 불가코프의 첫째 부인 라파의 회상에 의하면, 소설 속에 묘사된 수술은 1916년 9월 18일에 있었다. 실제 상황은 소설의 이야기보다 좀 더 복잡하다. 소설은 작가의 경험담을 단순화했다. 라파의 진술에 따르면, 당시 산모의 남편이 병원에 찾아와 수술 준비를 하고 있는 젊은 의사를 협박했다. 남편은 산모가 죽으면 의사를 가만두지 않겠다고 위협했다. 하지만 이 에피소드는 작품에 반영되지 않았다. 또 당시 수술실에 불가코프의 아내가 같이 따라갔다. 그녀는 산부인과 수술과 관련된 서적을 들고 수술실 옆 환자 대기실에 앉아 있었고, 불가코프는 수시로 이곳에 와서 책을 들여다보고 다시 수술실로 돌아갔다. 그러나 아내의 이야기도 소설에는 생략되어 있다. 그것은 아마도 이 작품이 발표될 당시에는 불가코프 부부가 이혼한 상태였기 때문이 아닌가 싶다. 그들은 1924년 합의하에 이혼했다.

「주현절의 태아 회전술」에서 가장 재미있는 부분은 경험이 미천한 젊은 의사가 수술하는 과정에서 의학 교과서를 커닝하는 장면이다. 작품은 이 에피소드로 인해 실제와 같은 리얼리티를 획득한다. 의사는 교과서를 들추다가 수술에 임박해서는 책을 던져 버리고 만다. 그리고 다음과 같이 독백한다.

> 이 순간에 모든 학술 용어들은 아무 소용이 없다. 중요한 건 하나다. 한 손은 안으로 집어넣어야 하고, 다른 손은 밖에서 태아 회전술을 도와야 한다는 것. 그리고 책이 아니라 의사에게 꼭 필요한 감각에 의지하여 조심스럽고 끈기 있게 한 다리를 끌어 내리고 그걸 잡아서 아기를 꺼내야 한다는 사실이다.(41페이지)

주인공의 말은 당시 러시아 상황을 상징적으로 암시하고 있다. 우선 산모의 배 안에 가로누운 태아는 혁명에 의해 새로 건설된 세계의 불안정성을 의미한다. 의사는 실제 수술에서 학술 용어들이 아무 소용 없다고 고백한다. 이는 혁명이 이론이나 도그마에 기초해 도식적으로 진행되는 것이 아니라는 사실을 드러낸다. 혁명은 의사들이 집도하는 수술처럼 실제 상황이라는 것이다. 그리고 소설 속의 의사는 수술을 하면서 주위 사람들의 충고를 귀담아듣고, 실제로 그들의 말이 수술에 결정적인 역할을 한다. 젊은 의사를 돕는 그들은 삶의 생생한 경험을 간직한 민중의 형상이라고 할 수 있다. 혁명은 민중의 살아 있는 삶의 경험에 바탕을 둬야 성공할 수 있다. 결국 소설 속 의사는 그들의 경험을 기초로 어려운 수술을 성공리에 마친다.

「강철로 된 목」은 『붉은 파노라마』 1925년 제33호에 발표되었다. 이 소설의 사건은 시기적으로 1917년 10월 혁명 이후에 발생한 것으로 설정되어 있다. 『젊은 의사의 수기』 연작의 다른 작품과 달리 「강철로 된 목」에서는 주인공의 고독한 생활과 외로움이 특히 부각되어 있다. 이런 분위기는 소설 첫 구절부터 시작해서 마지막 구절까지 이어진다.

> 결국 나는 혼자 남았다. 주위에는 눈보라가 소용돌이치는 11월의 어둠뿐이다. 집은 눈에 파묻혔고 굴뚝에선 윙윙거리는 소리가 나기 시작했다. 나는 24년을 줄곧 대도시에서 살았고, 눈보라가 울부짖는

일은 소설에서나 일어나는 줄 알았다. 그런데 눈보라는 실제로 울부짖고 있었다. 이곳의 밤은 굉장히 길었다. 푸른색 갓 밑의 램프가 시커먼 창문에 비쳤다. 나는 왼팔에 비치는 그림자를 바라보며 지방 도시에 대한 공상에 잠겼다. 도시는 내가 있는 곳에서 40베르스타 거리에 있었다. 나는 이곳에서 그곳으로 달아나고 싶었다. 그곳은 전기가 들어왔고, 의사가 네 명 있었다. 그들과 상의할 수도 있고 어떤 경우에도 이렇게 두렵지는 않았다. 하지만 도망갈 수 있는 가능성은 없었다. 게다가 종종 내가 소심하다는 것도 알고 있다. 도대체 이걸 위해 내가 의과 대학에서 공부를 했단 말인가.(46페이지)

나는 작별 인사를 하고 숙소로 돌아왔다. 함박눈이 내려 세상을 온통 뒤덮고 있었다. 가로등이 켜져 있었다. 내 집은 외롭고 조용하고 엄숙했다. 집에 오면 나는 자고 싶은 마음뿐이었다.(60페이지)

이 작품의 주인공은 「모르핀」에서 자살로 인생을 마감하는 비극적 의사를 떠올리게 한다. 시골 병원에서 고독과 외로움 때문에 지친 젊은 의사가 그것을 잊을 수 있는 가장 손쉬운 방법은 약물 중독이었다. 그래서 「강철로 된 목」의 주인공이 느끼는 고독과 외로움은 예사롭지 않다. 시골 의사에게 유일한 위안이 있다면, 그것은 마을 사람들이 보내는 존경심뿐이다. 주인공의 이런 상태는 불가코프의 당시 상황을 그대로 반영하고 있다. 불가코프는 1917년 12월 31일 누이동생에게 보낸 편지에서 시골 병원의 고독하고 우울한 생활을 다음과 같이 고백한 적이 있다. "뱌지마 시에서 난 가장 힘든 시기를 보내고 있단다. 나는 완전히 고독하게 살고 있어. 생각에 잠기기 좋은 광활한 벌판이 있을 뿐이지. 난 지금도 생각에 잠겨 있어. 나에게 유일한 위안이 있다면 그것은 낮에 일하고 저녁에 책을 읽는 것뿐이야.” 이런 점에서 이 소설은 불가코프가 약물 중독에 빠졌던 이유를 이해하는 데 중요한 단서가 되는 작품이다.

「눈보라」는 『의료인』 1926년 제2 · 3호에 발표되었다. 이 작품의 플롯은 「수탉을 수놓은 수건」과 연결되어 있다. 아마(亞麻) 분쇄기에 빠져 심각한 부상을 당한 소녀의 목숨을 건진 의사의 이야기는 「눈보라」 앞부분에 언급되어 있다. 독자는 이를 통해서 『젊은 의사의 수기』에 등장하는 주인공이 동일 인물이라는 사실을 깨닫게 된다.

> 나는 아마 분쇄기에 빠진 소녀의 다리를 절단하고 나서 감당할 수 없을 만큼 엄청난 명예를 얻을 정도로 유명해졌다. 하루에 백 명의 농부들이 썰매를 타고 나를 찾아왔다. 점심 먹을 시간도 없었다. 산수는 잔인한 과학이다. 내가 백 명의 환자들에게 5분…… 단 5분만을 할애했다고 가정해 보자! 그러면 5백 분, 즉 8시간 20분이다. 줄을 서서. 그리고 이외에 나는 30명의 입원 환자를 맡고 있었다. 게다가 수술까지 했다.
>
> 한마디로 저녁 8시에 병원에서 돌아오면 먹기도 마시기도 잠자기도 싫었다. 출산 때문에 불려 나가지 않았으면 하는 것 이외에 아무

것도 바라는 게 없었다. 2주 동안 다섯 번이나 사람들은 밤에 나를 썰매에 태우고 어디론가 데리고 갔다.(61~62페이지)

젊은 의사가 하루에 백 명의 환자를 진료했다는 언급은 불가코프가 직접 경험한 사실에 근거한 것이다. 1917년 9월 18일 스이체프스키 자치 의회가 불가코프에게 보낸 확인서에 의하면 1916년 9월 29일에서 1917년 9월 18일까지 불가코프는 1만 5613명의 외래 환자를 진료하고, 211명의 입원 환자를 돌봤다. 공휴일이나 휴가를 빼고 근무한 날을 기준으로 계산하면 하루에 대략 44명의 환자를 진료한 셈이다. 그러니까 환자가 특별히 많은 날에는 백 명도 받았을 것이다.

「눈보라」는 『젊은 의사의 수기』 연작 중 유일하게 의사의 실패담을 다루고 있다. 젊은 의사는 약혼식 날 불의의 사고로 머리를 다친 농업 기사의 딸을 치료하기 위해 먼 길을 떠나지만 결국 그녀는 죽고 만다. 주인공의 노력에도 불구하고 결과는 해피 엔딩과 멀어진다. 이런 이유로 「눈보라」는 다른 작품과 비교해서 더욱 어두운 분위기를 띠고 있다. 작품 제목인 '눈보라'의 형상도 이런 분위기와 밀접한 연관이 있다. 눈보라는 주인공의 운명을 암시한다. 눈보라는 한 치 앞을 볼 수 없는 의사의 운명을 상징적으로 표현하고 있다. "눈보라가 나를 나뭇잎처럼 흔들었다. 그래, 나는 집에 도착할 것이고, 그들이 선량한 나를 다시 어디론가 인도할 것이다. 그렇게 눈보라 속을 달릴 것이다."(75페이지)

그리고 이 작품에 나오는 의사가 다른 작품의 주인공과는 다른 왕진 의사로 등장한다는 점도 주목할 만하다. 다른 작품에서는 환자들이 주인공인 의사를 찾아오지만, 「뉴보라」의 주인공은 환자를 직접 찾아가서 의료 행위를 한다.

「칠흑 같은 어둠」은 『의료인』 1925년 제26·27호에 발표되었다. 작품 제목은 구약 성서에서 빌려 온 것이다. 「출애굽기」 10장 21~23절에 이런 구절이 나온다.

> 야훼께서 모세에게 이르셨다. "너는 하늘을 향하여 팔을 뻗어라. 그러면 이집트 땅이 온통 손으로 만져질 만큼 짙은 어둠에 휩싸이게 되리라." 모세가 하늘을 향하여 팔을 뻗치니 이집트 땅이 온통 짙은 어둠에 싸여 사흘 동안 암흑세계가 되었다. 사흘 동안 사람들은 서로 알아보지도 못했고 제자리에서 움직이지도 못했으나, 이스라엘 백성이 사는 고장만은 환하였다.(공동 번역 개정판)

소설에서 칠흑 같은 어둠은 러시아 민중의 무지몽매함을 상징한다. 제분소 주인은 의사가 처방해 준 대로 약을 복용하지 않고 자기 판단에 따라 약을 먹는다. 서른 살 된 붉은 얼굴의 젊은 여자는 의사가 처방해 준 물약을 동네 사람들에게 마시라고 나눠 준다. 주인공인 젊은 의사는 이런 무지몽매함에 맞서 싸운다. 그가 바라는 것은 상식 수준의 이성적 판단이다. 이는 곧 계몽을 의미한다. 하지만 현실은 그렇게 간단치 않다. 작품 결말에 가서 주인공은 민중의 무지몽매함과 맞서 성전(聖戰)을 불사하는 꿈을 꾼다. "꿈은 행복한 농담이다!" 다시 말하면 꿈은 현실이 아니란 말이다.

'음, 아니야. 나는 싸울 거야. 난 할 거야…… 나는.' 고단한 밤을 보내고 달콤한 꿈을 꾸었다. 칠흑 같은 어둠이 장막처럼 길게 누워 있었고, 그 속에서 나는…… 메스도, 청진기도 없이 어디론가 간다, 싸운다…… 촌구석에서. 하지만 혼자가 아니다. 나의 군대가 진군한다. 데미얀 루키치, 안나 니콜라예브나, 펠라게야 이바노브나. 모두 흰 가운을 입고 앞으로 나간다, 전진…….(97~98페이지)

「사라진 눈」은 『의료인』 1926년 제36 · 37호에 발표되었다. 이 작품은 여러모로 「눈보라」와 비교된다. 「눈보라」와 마찬가지로 「사라진 눈」의 주인공도 자신이 얼마나 많은 환자를 진찰했는지 되돌아본다. 그리고 시골 병원에서 대단한 경험을 쌓았다고 생각한다.

나는 감격스럽게 외래 환자 등록대장을 펼치고 한 시간 동안 이리저리 살펴보았다. 그리고 마침내 계산을 마쳤다. 저녁 이 시각까지 1년 동안 나는 1만 5613명의 환자를 받았다. 내가 치료한 입원 환자는 약 2백 명이고, 그중 오직 여섯 명만 목숨을 잃었다.(115페이지)

앞에서 살펴봤듯이 이 기록은 사실에 근거한 서술이다. 다른 작품과 마찬가지로 불가코프는 「사라진 눈」을 실제 경험담에 기초해서 썼다. 이 소설은 의사의 실수, 즉 오진(誤診)이라는 주제를 다루고 있는데, 이 또한 작가가 겪은 실제 경험에서 우러나온 것이다. 하지만 이 작품에 나오는 의사의 실수는 「뉴보라」에서처럼 비극적 결말로 끝나지 않는다. 다행히 어린아이의 눈은 정상으로 돌아왔고, 의사는 이런 사실에 난처할 뿐이다.

불가코프가 이런 에피소드를 다룬 또 다른 이유는 의사와 작가의 길 중 하나를 선택해야 했던 심리적 갈등 때문이다. 의사에게 오진은 참을 수 없는 존재의 무상함 그 자체이다. 이로 인해 그들은 자신의 직업에 깊은 회의를 품거나 심지어 사신을 해할 정도의 참담한 심정에 이른다. 우연이었을까. 불가코프도 이 작품을 쓰면서 이런 갈등을 겪었다. 그는 자신이 작가로 성공할 수 있을지 여러 번 자문했다. "더 깊이 공부해야 한다"는 이 작품의 마지막 구절은 어쩌면 의사로서가 아니라 작가로서 새로운 길을 찾아 나선 불가코프의 고민이 짙게 스며 있는 말인지도 모른다.

「별 모양의 발진」은 『의료인』 1926년 제29 · 30호에 발표되었다. 이 소설은 『젊은 의사의 수기』 연작 중 마지막 작품이다. 주인공이 시골 병원에서 의료 행위를 시작한 것은 1917년 10월 사회주의 혁명이 일어나기 직전이다. 「별 모양의 발진」은 "운명 같은 격동의 세월이 지나고" 화자가 과거를 회상하는 형식을 취하고 있다. 이로써 『젊은 의사의 수기』는 막을 내린다.

결국, 한 해가 지났다. 운명 같은 격동의 세월이 지나고 나는 눈 덮인 별관 병동을 떠났다. 거기에 지금 무엇이 있고, 누가 있는지? 옛날보다 훨씬 나아졌을 것이라 믿는다. 건물도 페인트칠을 새로 하고, 침대 시트도 새것으로 바뀌었겠지. 물론 아직 전기는 들어오지 않겠지만, 아마도 내가 이 글을 쓰는 지금 어떤 젊은 의사가 환자를 진찰하고 있겠지. 석유램프가 누렇게 뜬 피부에 황색 빛을 비추고 있을 거야.

안녕, 내 친구!(141페이지)

주인공은 이 연작의 마지막 대목에서 다른 젊은 의사가 자신의 옛 자리를 지키고 있을 거라고 믿는다. 그 젊은 의사는 주인공과 마찬가지로 매독 환자를 돌보며 그들이 투덜대는 소리를 들을 것이다.

엉터리야. 애송이 의사인 주제에. 나는 목이 막혔는데 의사는 가슴하고 배만 진찰하더라고. 한나절이나 병원에서 기다렸는데 이게 뭐야. 지금 가면 밤에나 집에 도착할 텐데. 오, 세상에! 나는 목이 아픈데 의사는 발에 연고나 바르라니.(125페이지)

하지만 젊은 의사는 온갖 난관을 극복하면서 매독과 싸울 것이다. 왜냐하면 매독이 얼마나 지독한 병인지 정확히 알고 있는 사람도 젊은 의사고, 그 질병을 치료할 수 있는 방법을 알고 있는 유일한 사람도 그이기 때문이다. 무엇이 문제고, 어떻게 해결해야 하는지 알고 있는 사람은 고독하고 외로운 법이다. 그는 부와 명예가 따르지 않아도 이 일을 해야만 한다. 그것이 운명이든 아니면 직업적인 요구이든 간에……. 『젊은 의사의 수기』는 이런 사람들의 진솔하고 감동적인 일기장 같은 것이다.

「붉은 관」은 1922년 10월, 『전날 밤』이라는 잡지의 문학 작품 부록에 발표되었다. 이 작품은 특이하게도 라틴어로 *Historia morbi* (질병의 역사)라는 부제가 붙어 있다. 「붉은 관」은 작가의 자전적 이야기를 담고 있는 작품이다. 이 소설에는 생사의 갈림길에 선 가족의 불안과 공포가 잘 반영되어 있다. 주인공은 러시아 내전 시기에 끔찍한 경험을 겪고 정신병을 앓고 있는 1인칭 화자 '나'이다. 화자의 동생이 콜랴로 나오는데, 실제로 불가코프의 동생 이름과 동일하다. 작품 배경이 된 사건은 1917년 10월 말 키예프에서 발생한 혁명군과 반혁명군 사이의 전투이다. 1922년 2월 1일에 불가코프의 어머니가 죽은 것도 이 작품을 쓰게 된 직접적인 동기가 되었다. 몽롱한 상태에서 주인공이 어머니의 말("콜랴를 찾아야 돼. 네가 형 아니니")을 기억하는 장면이 마치 임종을 앞둔 모친이 유언을 하는 것처럼 보이는 이유가 여기 있다. 꿈속에서 주인공이 본 방도 불가코프가 살았던 집과 유사하다. 불가코프는 자신의 집을 여러 번 작품에서 묘사한 바 있다. 그리고 베르쟌스크에서 가로등에 교수형 당한 노동자의 형상도 1919년 가을에 전선에서 부대를 따라 키예프에서 북부 캅카스로 이동하는 도중 목격한 것이다.

이 작품의 모티프는 인간의 양심이다. 주인공은 꿈이나 광기의 상태에서 희생자들의 환영을 만나는데, 이는 그가 양심의 가책에 시달리고 있음을 암시한다. 인간의 양심이라는 모티프는 불가코프 문학에서 자주 등장하는데, 「붉은 관」은 이 모티프를 다룬 첫 번째 작품이다. 불가코프는 이후에 장편 소설 『백위군』, 『거장과 마르가리타』, 희곡 「질주」 등에서 인간의 양심이라는 모티프를 발전시키고 있다.

「붉은 관」에서 상처받은 인간의 양심은 광기로 이어진다. 주인공은 이름 없는 노동자를 장군이 교수형에 처할 때 아무 제지도 하지 못한다. 또 전쟁터에서 동생을 구하지도 못한다. 주인공은 이런 소심함 때문에 스스로 미친다. 그것은 불가코프가 폭력에 대해 저항하는 일이 지식인들의 도덕적 책무라고 생각하고 있음을 암시한다. 정신 병원에 갇힌 주인공이 작품 마지막 부분에서 다음과 같이 말하는 대목은 그의 양심이 극한에 도달해 의식의 분열이 일어났다는 것을 의미한다. "베르쟌스크 가로등에서 교수형 당한 그을음투성이 사내가 당신을 찾아갈지 누가 알겠어요? 만일 그렇다면 우리는 정당하게 고통을 맛볼 것입니다. 교수형 집행을 거들라고 난 당신에게 콜랴를 보냈습니다. 당신은 교수형을 집행했지요. 문서 번호 없이 구두 명령에 따라."(153~154페이지)

작품의 비극적 결말은 양심을 버린 인간에게 그 죄가 얼마나 무거운 것인지를 엄중하게 경고하고 있다. 붉은 관을 쓴 기마병의 환영이 화자에게 고통을 안겨 주는데, 그 역시 이런 맥락에서 이해할 수 있다. 여기서 붉은 관은 머리에서 피를 흘리고 있는 전쟁의 희생자들을 상징한다. 한번 저버린 양심은 끝까지 주인공을 따라다니며 괴롭힌다. 주인공은 이를 두고 "중압감은 사라지지 않는다"(154페이지)고 말하고 있다.

「모르핀」은 『의료인』 1927년 제45~47호에 발표되었다. 이 작품은 연작 『젊은 의사의 수기』에 포함된 것으로 발표되었지만 불가코프 연구자 대부분은 별개의 작품으로 분류하고 있다. 그 이유는 「모르핀」이 연작 『젊은 의사의 수기』보다 1년 늦게 발표되었을 뿐 아니라 작품의 내용이나 형식이 판이하기 때문이다. 다른 작품과 마찬가지로 「모르핀」도 작가의 자전적 이야기에 기반을 두고 있다. 이 작품은 불가코프가 1916년 9월부터 1918년 1월까지 시골 의사로 활동한 경험을 담고 있다.

「모르핀」의 이야기는 디프테리아 발병 후 기관 절개 수술을 받고 마취제에 중독된 적이 있는 작가 자신의 경험을 생생하게 반영하고 있다. 불가코프가 모르핀 중독에 걸렸던 시기는 1917년 3월이었다. 이때는 러시아에서 사회주의 진영이 주도한 2월 혁명이 실패로 끝난 직후였다. 작가의 첫째 부인이었던 라파는 당시 불가코프의 상태를 다음과 같이 묘사한 적이 있다. "그는 아주 평온했다. 평온한 상태를 유지했다. 잠에 취한 상태가 아니었다. 전혀 달랐다. 그는 심지어 이런 상태에서 글을 쓰려고 했었다."

불가코프가 니콜스코예 마을에서 뱌지마 시로 옮긴 것도 모르핀 중독 때문이었다. 라파의 회상록에 의하면, 니콜스코예 병원의 많은 사람들이 불가코프가 심각한 약물 중독에 빠졌다는 사실을 알고 있었다고 한다. 그래서 그는 그곳을 떠나 다른 곳으로 거처를 옮겨야 했다. 하지만 그의 모르핀 중독은 뱌지마 시에서도 계속되었다. 라파는 도시에 있는 약국을 돌아다니면서 모르핀을 구해야 했다. 이것은 작품에도 그대로 반복된다. 의사 폴랴코프의 애인인 여의사보 안나 키릴로브나는 라파처럼 의사에게 모르핀 주사를 놓아 준다. 소설 속 안나는 불가코프의 첫째 부인이 변형된 형상이라고 할 수 있다.

불가코프가 모르핀 중독에 걸린 것은 니콜스코예 마을의 우울한 생활을 견디지 못해 발생한 것이기도 하다. 젊은 의사였던 불가코프는 대도시의 생활과 유흥에 익숙해 있었다. 그런 그가 고독한 시골 생활을 인내하기란 쉽지 않았을 것이다. 이런 상황에서 약물 중독은 그에게 울적한 생활을 잊고 창조적 고양 상태를 제공했다. 모르핀에서 현실 도피적인 달콤한 환상을 맛보았던 것이다.

그 후 불가코프는 가까스로 모르핀 중독에서 벗어났다. 라파는 사태가 심각한 것을 깨닫고 그에게 키예프로 돌아갈 것을 종용했다. 그리고 1918년 2월, 부부는 산간벽지의 시골 도시를 떠나 대도시로 옮긴다. 불가코프가 완전히 모르핀을 끊은 것은 키예프로 돌아온 후 주위 사람들의 도움을 받고 나서였다.

불가코프의 모르핀 중독 경험은 이 작품에서 다음과 같이 생생하게 묘사되어 있다. "목에 촉감이 느껴지는 첫 번째 순간. 이 촉감은 따뜻해지고 온몸으로 퍼진다. 갑자기 명치끝에 서늘한 파도가 지나가는 두 번째 순간이 찾아온다. 그다음에 생각이 아주 분명해지고 작업 능력이 폭발적으로 증가한다. 모든 불쾌한 감각이 완전히 중지된다. 이것은 인간의 영적 능력이 발현되는 가장 높은 지점이다."(178~179페이지)

불가코프는 모르핀 중독을 문학적으로 묘사한 톨스토이를 「모르핀」에서 극찬하기도 했다. 『전쟁과 평화』에서 톨스토이가 묘사한 페탸 로스토프를 염두에 두고 하는 말이다. 이것은 불가코프가 마취제에 취한 몽롱한 상태를 인간의 영감이 최고조에 달한 상황과 유사하게 이해하고 있음을 의미한다. 이를 증명하듯 불가코프는 모르핀 중독을 자신의 다른 작품에서도 다룬 바 있다. 대표적인 장편 소설 『거장과 마르가리타』가 그것이다. 그는 모르핀 중독 상태를 마치 꿈속같이 현실에서는 경험하기 힘든 상황을 연출하는 문학적 장치로 사용하고 있다.

「모르핀」은 액자 소설의 형식을 취하고 있다. 액자 소설이란 작품 속에 독립적 형태의 이야기가 별도로 있는 소설을 말한다. 이 작품에서는 폴랴코프의 일기가 그 역할을 한다. 일반적으로 액자 소설은 소설의 플롯을 이중적 구조로 만든다. 주인공인 화자가 이끌어 가는 이야기가 있고, 그 안에 독립된 구조의 이야기가 또 있는 식이다. 액자 소설에서 중요한 것은 화자의 이야기가 아니라, 화자를 다시 독자로 전환시키는 독립된 이야기이다. 액자 속 이야기를 통해 화자와 독자는 동일한 지위를 획득한다. 그 결과 독자는 액자 속 이야기를 읽으면서 마치 화자가 된 듯한 착각에 빠지기 쉽다. 폴랴코프의 죽음을 접하면서 우리가 의사 봄가르드의 처연한 심정을 생생하게 경험할 수 있는 것은 바로 이런 문학적 장치 때문이다.

작품 해설을 쓰기 위해 참고한 자료는 다음과 같다.

1. 불가코프 작품집 중 제1권에 붙어 있는 주석과 V. 라크신이 쓴 해설.

2. 1984년 알디스 출판사에 나온 불가코프 사진 자료집의 작가 연보.

3. Y. 빌렌스키가 쓰고, 1991년 키예프에서 출판된 단행본 『의사 불가코프』.

4. 2005년 러시아 과학 아카데미 산하 러시아 문학 연구소(일명 '푸시킨스키 돔')에서 발행한 세 권의 『20세기 러시아 문학 전기 사전』 중 제1권.

5. 1990년 모스크바에서 발행한 두 권의 『러시아 작가 전기 사전』 중 제1권.

6. 불가코프, 『거장과 마르가리타』, 김혜란 옮김(문학과지성사, 2008).

불가코프 작품을 번역하는 데 가장 힘들었던 것은 전문 의학 용어들을 해독하는 일이었다. 러시아어 원본에도 라틴어로 된 처방전은 주석 없이 그대로 소개되어 있다. 그래서 이것을 우리말로 옮기는 데 전문가의 도움이 필요했다. 여러 번 귀찮은 일을 마다하지 않고 자문에 응해 준 연세대학교 의과 대학 여인석 교수에게 이 자리를 빌려 감사의 말을 전한다. 본문에 있는 주석은 역자가 붙인 것이며, 작가가 직접 붙인 주석에는 '불가코프의 주'라고 따로 표시했다. 아무쪼록 이 단편집이 불가코프의 작품 세계를 이해하는 데 조그만 도움이 되었으면 한다.

판본 소개

이 책의 대본은 1989~1990년 모스크바에서 출판된 다섯 권의 불가코프 작품집 *Sobranie sochinenii v piati tomakh* 중 제1권이다.

미하일 불가코프 연보

1891 **5월 3일** 키예프에서 아버지 아파나시 이바노비치 불가코프와 어머니 바르바라 미하일로브나 포크로프스카야 사이에서 장남으로 태어남. 당시 성직자였던 아버지는 키예프 신학교에서 종교사를 강의했음. 그는 또한 키예프 검열소의 검열관으로 일했는데, 프랑스어, 독일어, 영어로 된 자료들을 검토했음.

1907 **3월 14일** 48세의 나이로 아버지가 신장 경화증으로 사망하고, 그 후 어머니가 7남매(3남 4녀)를 키움.

1909 **8월 21일** 상트블라디미르 제국 대학의 후신인 키예프 대학 의학부에 입학.

1913 **4월 20일** 어머니 지인의 조카딸인 타티아나 니콜라예브나 라파와 결혼.

1914 제1차 세계 대전 당시 사라토프에 있는 부상자들을 위한 진료소에서 의료 행위를 도움.

1915 학업을 위해 키예프로 돌아와 키예프 국군 병원에서 수련의 과정을 밟으면서 졸업 시험을 준비함.

1916 **4월 6일** 우수한 성적으로 의사 자격증을 획득. 그 후 우크라이나 남서부 야전 병원에서 적십자사 지원 군의관으로 일함. 간호사 교

육을 받은 아내와 함께 그곳에서 9월까지 머물다 러시아군의 예비역 장교가 되어 모스크바로 소환됨. 거기서 스몰렌스크 현에 있는 니콜스코예 마을의 시방 의사로 임명됨.

1917 **3월** 니콜스코예 병원에서 일하면서 디프테리아를 앓음. 육체적 고통을 줄이기 위해 스스로 모르핀을 주사함. 생명이 위험한 지경에 처함. **9월** 뱌젬스키 시립 병원으로 직장을 옮김. **12월** 모스크바와 사라토프에서 사회주의 혁명의 실상을 목격함.

1918 **2월 19일** 수차례 군대 동원 해제를 요청한 끝에 드디어 건강상의 이유로 퇴역하고, 아내와 함께 키예프로 돌아옴. 자신의 집에서 성병 전문의로 개원. **3월** 독일군이 키예프를 포위하고 우크라이나 지도자 스코로파드스키를 통치자로 내세움. **12월** 우크라이나 민병대가 페틀류르의 지휘하에 독일군에 대항함. **12월 13일** 정부 군대에 소집되었지만 며칠 후 탈영함.

1919 **2월 3일** 페틀류르 군대에 소집됨. 전쟁의 만행과 잔혹성을 목격하고 군대가 도시를 떠날 때 탈영, 데니킨이 지휘한 백위군에서 군의관으로 활동함. 처음에는 퍄티고르스크 남쪽 지방에 있다가 블라디캅카스(현재의 오르조니키드제)로 옮김. 블라디캅카스에서 저널리스트와 희곡 작가로 활동(~1920). 이 시기에 최초로 전문적인 소품들을 창작하였고, 희곡 작품을 무대에 올림. 의사를 포기하고 작가로서 살기를 결심함.

1921 **여름** 바투미를 거쳐 배를 타고 콘스탄티노플로 망명하려는 막연한 목적으로 블라디캅카스를 떠남. 하지만 건강과 재정상의 이유로 망명 포기. 아무 대책도 없이 사회 분위기를 탐색하기 위해 아내를 모스크바로 보냄. 모스크바와 레닌그라드의 잡지에 소품, 에세이, 단편 소설 등을 발표(~1923).

1922 **1월** 어머니가 티푸스로 사망함. **6월 18일** 단편 소설 「소맷동 위에 쓴 수기」 제1부를 잡지 『전날 밤』에 발표.

1923 「소맷동 위에 쓴 수기」 제2부를 잡지 『러시아』에 발표. 이때 장편

소설 『백위군』을 쓰기 시작함.

1924 중편 소설 「악마의 서사시」와 『백위군』 일부분 발표. **봄**, 첫째 부인과 이혼하고 류보피 예브게니예브나 벨로제르스카야와 결혼함.

1925 모스크바 예술 극장(MXAT)에서 불가코프에게 『백위군』 각색을 의뢰. 이 작품은 '투르빈가(家)의 나날들' 이라는 제목으로 각색됨. 소설집 『악마의 서사시』 출간. 이 작품집에 중편 소설 「비운의 달걀」이 포함됨. 연작 소설 『젊은 의사의 수기』를 잡지 『의료인』에 발표(~1927). 이것이 불가코프 생존 시 소비에트에서의 마지막 발표가 됨.

1926 **봄** 동반자 작가들이 출판한 불가코프의 중편 소설 「개의 심장」(1925년 완성되었지만 검열 때문에 출판하지 못한) 때문에 불거진 소동으로 인해 국가 보안부 대리인들이 불가코프의 가택을 수색. 이때 불가코프의 일기장과 「개의 심장」의 유일한 원본이 압수당함. **9월** 국가 보안부가 「투르빈가의 나날들」 시연회 날 작품을 심의. **10월 5일** 「투르빈가의 나날들」이 모스크바 예술 극장에서 초연. 공연에 대한 찬반 논란이 격화됨. **10월 28일** 희곡 「조야의 아파트」가 바흐탄고프 극장에서 초연됨.

1927 희곡 「투르빈가의 나날들」이 상연 금지됨. 스타니슬랍스키가 이 작품을 공연에서 빼면 극장에 큰 손실이 생길 것이므로 공연을 허락해 달라는 요지의 편지를 루나차르스키에게 보냄. 불가코프와 '동반자 작가' 들에 대한 비난이 가열됨. **12월** 단편 「모르핀」을 잡지 『의료인』에 발표.

1928 장편 소설 『거장과 마르가리타』의 작업을 시작함. **10월** 희곡 「도주」가 고리키 등의 노력에도 불구하고 상연 금지됨. **12월 11일** 희곡 「자줏빛 섬」이 카메르니 극장에서 초연됨.

1929 **3월** 「투르빈가의 나날들」, 「조야의 아파트」, 「자줏빛 섬」의 상연이 금지됨. 모든 희곡과 산문이 금지되고, 신문에서 비난이 쏟아지자 소비에트 중앙 집행 위원회 서기 예누키드제에게 서한을 보냄. 짧

은 편지 속에서 작가는 아내와 함께 서방으로의 망명을 요청했으나 거절당함. 파리 콩코르드 출판사에서 작가가 교정을 본 『백위군』 출간됨.

1930 **3월** 큰 희망을 걸었던 희곡 「위선자들의 밀교」가 금지되자 낙담하여 모든 원고를 불태움. **3월 28일** 스탈린에게 보내는 유명한 편지를 씀. 작가로서 소비에트에 전혀 필요 없는 존재라고 표현하며 자신의 망명을 요청함. **4월 14일** 마야콥스키 자살. 스탈린은 큰 충격을 받음. **4월 18일** 스탈린이 불가코프에게 전화를 걸어 모스크바 예술 극장과 함께 일할 수 있을 것이라고 알려 줌. 청년 노동자 극장에서 작업을 시작함. **5월** 모스크바 예술 극장에서 고골의 「죽은 혼」의 조연출을 맡음.

1931 희곡 「아담과 이브」를 완성하지만 소비에트에서 출판하지 못함. **4월** 외국 여행 허가를 요청하는 편지를 소비에트 정부에 보냄. 친구인 자마틴은 허가를 받았지만 불가코프는 아무 회신도 받지 못함.

1932 **1월** 「투르빈가의 나날들」이 정기 심의를 거쳐 상연이 허가됨. **2월 18일** 두 번째 각색한 「투르빈가의 나날들」이 모스크바 예술 극장에서 초연됨. **10월 4일** 세 번째 부인인 옐레나 세르게예브나 실롭스카야와 결혼. **12월 9일** 불가코프가 각색한 「죽은 혼」이 모스크바 예술 극장에서 초연됨.

1933 **3월 5일** '위대한 사람들의 생애'라는 유명한 출판 기획물 중 하나로 『몰리에르의 생애』를 완성. **4월** 출판사 편집자 티호노프가 원고를 퇴짜 놓음. **여름과 가을** 『거장과 마르가리타』를 새롭게 쓰는 작업에 몰두.

1934 희곡 「지극한 행복」을 완성함. **5월 1일** 자신과 아내의 외국 여행 허가를 요청하는 편지를 소비에트 정부에 보냄. **10월** 고골의 희곡 「검찰관」을 각색함.

1935 **5월** 파리 공연을 위해 「조야의 아파트」를 개작함.

1936 **2월 16일** 모스크바 예술 극장 내부의 격렬한 논쟁 끝에 희곡 「몰리

에르」(「위선자의 밀교」를 각색한 작품)가 초연됨. 스타니슬랍스키의 작품 해석 오류에도 불구하고 공연은 대단한 성공을 거둠. **3월 9일** 『프라우다』에 「몰리에르」 공연에 대한 비판적인 비평 「화려한 형식과 위선적인 내용」이 실림. 작품이 곧바로 상연 목록에서 제외됨. 이 사건으로 불가코프는 스타니슬랍스키와 결별함. **9월 14일** 볼쇼이 극장 예술 감독이 불가코프를 오페라 대본 작가로 초빙. **9월 15일** 불가코프는 모스크바 예술 극장에 공식적으로 사직서를 제출함. **11월 16일** 모스크바 예술 극장 시절의 불행했던 일들을 풍자한 『극장 소설』을 집필하기 시작함.

1937 **봄과 여름** 베레사예프와 공동으로 희곡 「푸시킨」을 완성. 작품에 대한 이견으로 베레사예프는 원본에서 자신의 이름을 삭제함. **9월 10일** 「푸시킨」이 바흐탄고프 극장에서 상연됨. **9월 24일** 희곡 「이반 바실리예비치」의 첫 번째 초안을 완성.

1938 『거장과 마르가리타』 작업에 몰두. **9월 8일** 희곡 「돈키호테」를 완성.

1939 **5월 14일** 『거장과 마르가리타』 에필로그를 완성. **7월 24일** 스탈린의 젊은 시절을 다룬 희곡 「바투미」(모스크바 예술 극장의 요청에 따라 스탈린의 60세 생일을 기념하기 위해 쓴)을 완성. 공연을 위해 바투미로 가는 도중 공연이 취소되었다는 전보를 받음. **9월 10일** 아내와 함께 레닌그라드로 떠남. 이때 부친이 비슷한 나이에 앓았던 신장 경화증이 발병. 모스크바로 돌아와 병세가 심하게 악화됨. 병상에서 구술하여 아내 옐레나 세르게예브나가 『거장과 마르가리타』의 마지막 부분을 받아 적기 시작.

1940 **2월 13일** 『거장과 마르가리타』 첫 장 교정을 마무리 지음. **3월 10일** 사망. 유해는 화장하여 모스크바 노보데비치 수도원 묘지에 묻힘.

새롭게 을유세계문학전집을 펴내며

을유문화사는 이미 지난 1959년부터 국내 최초로 세계문학전집을 출간한 바 있습니다. 이번에 을유세계문학전집을 완전히 새롭게 마련하게 된 것은 우리가 직면한 문화적 상황에 적극적으로 대응하기 위해서입니다. 새로운 을유세계문학전집은 세계문학의 역할이 그 어느 때보다 중요해졌다는 인식에서 출발했습니다. 오늘날 세계에서 타자에 대한 이해는 우리의 안전과 행복에 직결되고 있습니다. 세계문학은 지구상의 다양한 문화들이 평등하게 소통하고, 이질적인 구성원들이 평화롭게 공존할 수 있는 문화적인 힘을 길러 줍니다.

을유세계문학전집은 세계문학을 통해 우리가 이런 힘을 길러 나가야 한다는 믿음으로 만들어졌습니다. 지난 5년간 이를 준비하기 위해 많은 노력을 기울였습니다. 세계 각국의 다양한 삶의 방식과 문화적 성취가 살아 있는 작품들, 새로운 번역이 필요한 고전들과 새롭게 소개해야 할 우리 시대의 작품들을 선정했습니다. 우리나라 최고의 역자들이 이들 작품 속 한 문장 한 문장의 숨결을 생생히 전하기 위해 심혈을 기울였습니다. 또한 역자들은 단순히 번역만 한 것이 아니라 다른 작품의 번역을 꼼꼼히 검토해 주었습니다. 을유세계문학전집은 번역된 작품 하나하나가 정본(定本)으로 인정받고 대우받을 수 있도록 최선을 다했습니다. 세계문학이 여러 경계를 넘어 우리 사회 안에서 주어진 소임을 하게 되기를 바라며 을유세계문학전집을 내놓습니다.

을유세계문학전집

1924 **마의 산**
토마스 만 | 홍성광 옮김 |1, 2|
1929년 노벨 문학상 수상
서울대 권장 도서 100선
연세 필독 도서 200선
『뉴욕타임스』 선정 20세기 최고의 책 100선
미국대학위원회 SAT 권장 도서

1925 **소송**
프란츠 카프카 | 이재황 옮김 |16|

요양객
헤르만 헤세 | 김현진 옮김 |20|
수록 작품: 방랑, 요양객, 뉘른베르크 여행
1946년 노벨 문학상 수상
국내 초역 「뉘른베르크 여행」 수록

1927 **젊은 의사의 수기 · 모르핀**
미하일 불가코프 | 이병훈 옮김 |41|
국내 초역

1935 **루쉰 소설 전집**
루쉰 | 김시준 옮김 |12|
서울대 권장 도서 100선
연세 필독 도서 200선

1936 **로르카 시 선집**
페데리코 가르시아 로르카 | 민용태 옮김 |15|
국내 초역 시 다수 수록

1938 **사형장으로의 초대**
블라디미르 나보코프 | 박혜경 옮김 |23|
국내 초역

1954 **이즈의 무희 · 천 마리 학 · 호수**
가와바타 야스나리 | 신인섭 옮김 |39|
1952년 일본 예술원상 수상
1968년 노벨 문학상 수상
「호수」 국내 초역

1964 **개인적인 체험**
오에 겐자부로 | 서은혜 옮김 |22|
1994년 노벨 문학상 수상

1970 **모스크바발 페투슈키행 열차**
베네딕트 예로페예프 | 박종소 옮김 |36|
국내 초역

1979 **천사의 음부**
마누엘 푸익 | 송병선 옮김 |8|

1981 **커플들, 행인들**
보토 슈트라우스 | 정항균 옮김 |7|
국내 초역

1982 **시인의 죽음**
다이허우잉 | 임우경 옮김 |6|

1991 **폴란드 기병**
안토니오 무뇨스 몰리나 | 권미선 옮김 |29, 30|
국내 초역
1991년 플라네타상 수상
1992년 스페인 국민상 소설 부문 수상

1996 **아메리카의 나치 문학**
로베르토 볼라뇨 | 김현균 옮김 |17|
국내 초역

2001 **아우스터리츠**
W. G. 제발트 | 안미현 옮김 |19|
국내 초역
전미 비평가 협회상
브레멘상
「인디펜던트」 외국 소설상 수상
「LA타임스」, 『뉴욕』, 『엔터테인먼트 위클리』
선정 2001년 최고의 책

새로운 을유세계문학전집은 구 을유세계문학전집(1959~1975, 전100권)에서 단 한 권도 재수록하지 않았습니다.
을유세계문학전집은 계속 출간됩니다.